일본에서 살기

일본에서 살기

2022년 11월 1일 초판 인쇄
2022년 11월 5일 초판 발행

지은이 | 이홍매
교정교열 | 정난진
펴낸이 | 이찬규
펴낸곳 | 북코리아
등록번호 | 제03-01240호
주소 | 13209 경기도 성남시 중원구 사기막골로 45번길 14
　　　우림2차 A동 1007호
전화 | 02-704-7840
팩스 | 02-704-7848
이메일 | ibookorea@naver.com
홈페이지 | www.북코리아.kr
ISBN | 978-89-6324-972-8(03810)

값 19,000원

일본에서 살기

이홍매

북코리아

추천사

　　재일 조선족의 삶을 고스란히 담은 책 『일본에서 살기』를 이제 곧 세상에 선보인다. 이 책은 이민자의 이문화 체험기이자 신문기자의 시각에서 본 생생한 현장의 기록이며, 이방인의 삶을 그린 문학작품이다. 주지하다시피 조선족은 "이동의 시대를 살아내는 사람들"의 표상이다. 조선족은 중국 동북3성에 모여 살던 시기를 거쳐 현재 초국적 도시 도쿄로, 서울로, 뉴욕으로 월경(越境)하여 정체성을 고민하면서 하루하루 열심히 살아가고 있다.

　　이 책은 1996년 바다를 건너 일본으로 온 한 남자의 아내이자 한 아들의 엄마가 쓴 수기로 시작된다. 독자들은 일본이라는 낯선 세계의 삼라만상을 담은 수필을 통해 그녀의 생활 세계와 감수성을 공유하게 된다. 아울러 재일 조선족 커뮤니티 리더들, 그리고 조선족 사회와 인연이 깊은 저명한 두 명의 인물 — 오무라 마스오와 이케다 스미에 — 을 특별 인터뷰로 만나볼 수 있다.

『일본에서 살기』는 우리 글로 쓰인 재일 조선족의 두 번째 기록물로, 『왜 갔느냐면, 일본에 왜 사느냐면 일본서』(오기활, 2018)가 출판된 이래 약 5년 만에 이뤄낸 쾌거다. 당시 저자는 『길림신문』 특파원 신분으로 도쿄에서 출판기념회를 기획했고, 필자도 그 모임에 재일 조선족의 구술사를 엮은 문집 출판을 축하하기 위해 참석했다. 각고의 노력 끝에 재일 조선족의 경험과 목소리를 우리 글로 담아낸 것에 감개무량했던 기억이 생생하다. 오늘도 그때 못지않게 가슴이 뭉클하고 말로 표현할 수 없을 만큼 벅차다. 필자는 그 누구보다 더 저자가 기자로서의 사명감과 투철한 직업정신을 바탕으로 사방팔방으로 열심히 뛰며 노력해왔다는 것을 잘 알고 있다. 그래서 더 열렬한 박수와 축하를 보내고 싶다.

저자는 초등학교 조선어문 교원이었던 어머니와 연변대학 조선언어문학학부 언어학 교수였던 아버지의 영향을 많이 받고 자랐다. 부모님의 바람대로 초등학교부터 중·고등학교까지 조선족 학교에 다녔으며, 연변대학 조선언어문학학부 졸업 후 연변텔레비전 방송국에서 우리말 방송기자로 6년간 일했다. 일본에 온 이후 20년 동안 철저하게 우리말을 사용하는 환경에서 벗어나서 생활했던 저자가 본래의 자기 세계를 되찾기 시작한 것이 『길림신문』 일본 특파원으로 활약하면서부터다. 저자는 『길림신문』에 일본에서 열리는 조선족의 여러 행사장을 누비며 취재한 30여 편의 조선족 인물기사를 포함하여 총 120여 편의 기사를 발표했다. 그중 일부가 이 책에 수록되어 있다.

흔히 책을 펴내는 과정을 출산의 고통에 비유하곤 한다. 새 생명이 세상에 나오기까지 그 과정이 결코 녹록지 않다는 것과 생명 자체가 갖는 경이로움과 존귀함에 경외감을 느끼기 때문일 것이다. 이러한 점에서, 이

책이 갖는 의미는 인고의 시간 — '어려움' — 을 통해 빚어낸 값진 삶의 기록 — '소중함' — 그 이상일 것이다. 이를 다른 각도에서 의미를 부여해보면 '순탄하지 않은 과정을 거쳐 세상에 나오게 된 한 권의 책이 과연 무엇이, 왜 소중한가?'라는 질문으로 바꿔볼 수 있을 것이다. '과연 무엇이, 왜 소중한가?' 질문을 되풀이하여 던져보니, 당사자의 목소리 — '말'을 담아 기록 — 를 '글'로 적었다는 점을 특별히 언급할 만하며, 그 중요성은 아무리 강조해도 지나치지 않다고 생각된다.

지금까지 구술사의 학술적인 맥락에서 '말'과 '글' 두 가지 중 이야기된 '말'보다는 쓰인 '글'이 항상 우위를 선점하며 권위가 있는 것으로 평가받아왔음을 지적해야 할 것이다. 역사학에서 학문의 주류가 아니었던 구술사가 지금처럼 주목을 받게 된 것은 오래되지 않았다. 조선족 역사는 150년이 넘었지만 통치자 입장에서 기록된 문헌은 방대한 자료로 보관되어 있는 한편, 조선족 당사자의 삶의 기록은 비교가 안 될 만큼 미미한 것이 현실이다. 게다가 일본으로 이동한 조선족의 역사가 짧아 아직까지 쓰여지지 않은 상태다. 그렇기 때문에 이번에 이렇게 당사자의 경험을 담은 '말'이 생생하게 '글'로 기록되고 출판된다는 사실은 더더욱 귀하고 또 귀하다고 할 수 있다.

이 책에 담긴 실천적 의미는 이뿐만이 아니라 이동주체의 다양성이라는 맥락에서도 의미가 깊다. 일반적으로 재일조선족 역사는 1980년대 이후 지금까지 초기 유학생들의 발걸음으로 시작되었다고 이야기된다. 물론 많은 이들이 일본 유학을 택하여 현재 재일 조선족 사회를 형성한 것은 틀림없다. 그러나 저자의 일본행은 유학생으로서의 이동이 아니었다. 먼저 일본으로 유학 온 남편이 일본으로 불러들임에 따라 네 살짜리 아들과 함께 이동한 '가족 재결합'이기 때문이다. 즉, 저자 이홍매는 지금까지 기존 연구가 놓친 관점의 부재를 부각하면서, 주관적 경험을 객관적인 시야로 재일 조선족의 현실을 입체적으로 관찰함과 동시에 문학적 감수성과 필체로 자타(自他)의 희로애락을 생생하고 풍성하게 그려내고 있다.

2022년은 연변조선족자치주 성립 70주년, 중일 수교 50주년, 한중 수교 30주년을 맞이하는 뜻깊은 해다. 이러한 뜻깊은 해에 순탄하지 않은 과정을 거쳐 소중한 책으로 이 세상에 나온 기록이 더 많은 분들께 읽히고 대대손손 후손들에게도 전해지기를 기대하며, 다시 한번 이번 출판의 의의를 되새겨본다.

권향숙
일본 조치대학 부교수

서문

오랫동안 남의 말로만 살다가 많이 서툴러진 모어를 끄집어내기 시작한 것이 2016년이었습니다. 꼬박 20년을 일본에서 산 후였습니다. 어린 시절의 추억으로 조상의 역사를 각인하고, 나(우리)의 오늘이 내 자식과 내 자식의 자식에게 루트가 된다는 것에 민감해진 때였습니다.

나는 세상과 소통하기 위해 글을 쓰기 시작했습니다. 나와 내 주변의 이야기가 비슷한 삶을 살고 있는 다른 이들에게 알려지기를 바라며 글을 썼습니다. 그러다 보니 고향에 계시는 부모님께 잘 살아가는 모습을 보여드리는 것으로 효도하고 싶은 모두의 마음을 대변하게 되었습니다. 그 과정에 중국 『길림신문』이 창구가 되어 늘 따뜻하게 맞아주었습니다.

역사는 기록해야 남는다는 일념으로 6년간 많은 사람을 인터뷰했습니다. 제한된 편폭 때문에 그 만남들을 다 담지 못함에 아쉬움을 남깁니다. 객관적이고 사실적으로 그때그때를 남기려는 취지로 이 책에 담긴 기사 내용은 발표된 때의 상황 그대로임을 밝히는 바입니다.

나는 글을 쓰면서 그리움을 달랬습니다. 나의 말을 지켰습니다. 그리고 나 자신을 찾았습니다.

이 책이 세상에 나오기까지 인내의 기간이 있었습니다. 책 출판에 도움을 주신 전일본 중국조선족연합회 허영수 명예회장님과 마홍철 현 회장님, 일본 조선족연구학회 권향숙 회장님과 재외한인학회 임영상 전임 회장님, 북코리아출판사 이찬규 대표님 외 많은 분들께 감사를 드립니다.

그리고 늘 힘과 용기를 주는 가족에게 감사함을 전합니다.

2022년 11월 1일 일본에서
이홍매

목차

목차

산다는 것은···　수필

특파원의 기록_인물　신문기사

특파원의 기록 _커뮤니티 신문기사

목차

제2회 청년생활 계림문화상 대상 수상작

일본 인상기: 내가 본 일본 사람

살아보니 꽤 살만한 곳

수기

머리말

1983년, 당시 일본 나카소네 야스히로(中曾根康弘) 내각이 '유학생 10만 명 계획'을 세우고 세계를 향하여 일본 고등교육의 대문을 열었다. 1980년대 말에 이르러 중국 정부의 유학생 정책이 활성화되면서 당시 일본어가 널리 보급되었던 지구인 동북3성 지역의 조선족 사이에 일본 유학 붐이 일었다.

1994년 4월, 남들보다 빨리 그 붐에 올라탄 남편이 유학길을 택하게 되었다. 2년 후인 1996년에 나도 네 살 반이 지난 아들애의 고사리손을 잡은 채 겁 없이 일본 땅을 밟게 되었다. 그때부터 우리 가족은 20여 년째 일본에서 살고 있다.

20대 후반이던 우리 부부가 이미 50 고개를 넘어섰고, 유치원 중반 '병아리반'에서 축구공 덕분에 친구를 사귀기 시작했던 아들애가 직장인이 된 지도 벌써 5년째에 들어선다. 뭔가를 배우기 위해 바다를 건너온 우리는 세 식구가 모여 살기 위해 정착을 시작했고, 인생 설계도에 없던 제

2의 고향을 만들어버렸다. 처음엔 공기마저 신선한 땅이었는데, 점차 고달픔을 이겨내느라 심신이 단단해지는 시련의 시간도 보냈다. 이젠 차분한 마음으로 지난 삶을 추억하는 여유로움도 생겼다.

되돌아보면 그리움에 젖었던 일본 생활의 시작이었다. 지인 하나 없는 낯선 곳에서 인맥을 쌓으며 한 발자국 한 발자국 열심히 걸어온 고독한 삶의 길이기도 했다. 언어의 장애를 넘고 나니 사람과 사람 사이의 벽이 기다렸고, 사람의 마음을 얻고 나니 이문화(異文化)의 미묘한 차이가 보였다.

그래도 꽤 살만한 일본 땅이었다. 3년을 살고 나니 이곳의 음식을 맛있게 먹을 수 있게 되었고, 5년을 살아보니 이곳 사람들에게 불만의 소리도 내뱉을 수 있게 되었으며, 10년을 살다 보니 '이곳에 정착해도 괜찮지 않을까?'라는 생각을 하기 시작했다. 그동안 서러움도 많았다. 그리움에 지칠 때도 있었고, 따뜻함에 목 메일 때도 있었다. 그리고 무엇보다 많은 것을 배우고 느끼며 살았다.

오늘날 문화의 차이는 더 이상 감추고 극복하는 차원의 것이 아니다. 그것에 대한 충분한 이해는 서로가 소통하며 살아가는 데 밑거름이 된다.

알고 보면 납득이 가고 흥미로운 일본인의 전통과 문화였다. 생각의 차이에 대한 이해와 용납은 쉽지 않았지만, 멈추지 않는 고민 속에서 우리는 살기 위해 안간힘을 썼다.

문화에 대한 포용은 이주 생활에 큰 도움을 주었다.

바다를 건너다

아들애가 세 돌이 되던 해인 1994년 4월, 결혼 5년 만에 남편이 일본 유학길에 오르게 되었다. 자격이 통과되는 사람만 받을 수 있는 행운이었던지라 깊은 고민 따위는 하지도 않은 채 어리벙벙하게 남편을 떠나보냈다.

1980년대 말부터 시작된 자비유학 붐은 큰 부담과 리스크가 동반되었다. '출국'이라는 개념조차 거의 없던 그때는 우선 연봉의 열 배 정도 넘는 비용이 없으면 유학 수속을 마칠 수 없었다. '만원호'라는 칭호가 존재할 정도로 만 위안이면 부자 행렬에 들어설 수 있었던 그 당시에 5만 위안이라는 큰 빚을 지고 떠나야 하는 유학이었지만, 일본에 가면 그 정도는 이내 갚을 수 있을 거라는 근거 없는 확신을 가졌다.

누구나 다 그러하듯이 첫 한 달은 황홀한 꿈에 잠겨 집 생각을 할 새가 없었다는 남편이었다. 한 달 정도 지나고 나니 학교 생활과 아르바이트 생활에 지친 나머지 매일 국제전화로 마음을 달래야 했다. 당장이라도 다

살아보니 꽤 살만한 곳

19

팽개치고 집에 돌아가고 싶었지만, 다행히(후에 생각해보니 다행이었다고 한다) 지고 온 빚 때문에 돌아갈 수는 없었고, 그 빚을 갚느라 아득바득하면서 1년쯤 더 버티다 보니 어느덧 일본 생활에 적응하고 있는 자신을 발견했다고 한다. 그래서 남편은 유학길에 오른 후배들에게 늘 "1년만 버텨봐!"라는 조언을 하곤 했다.

1년 후 경영학과 대학원 공부를 시작하게 된 남편이 세 식구가 같이 일본에서 살자는 제의를 해왔다. 생각 같아서는 내가 좋아하는 일을 열심히 하면서 남편이 공부를 마치고 돌아오기를 기다리고 싶었다. 하지만 아빠를 찾기 시작하는 어린 아들애한테 3년이라는 시간은 결코 짧은 기간이 아니었다.

1996년 1월 11일, 나와 아들애는 북경-나리타 비행기에 몸을 실었다. 영하 20°C 안팎의 추운 날씨 때문에 친구가 한땀한땀 떠준 아래위 털실 내의를 입은 나는 나리타 공항에 내리는 순간부터 숨이 막히기 시작했다. 공항 실내온도가 25°C를 넘는데다가 말이 통하지 않아 긴장한 얼굴은 고뿔을 앓는 사람처럼 달아올랐다.

2시간 정도 걸린 입국 수속을 무사히 마쳤지만, 귓가에 들리는 오가는 사람들의 말을 한마디도 알아들을 수 없었다. 여태 경험하지 못한 언어 환경이었다.

중학교 때부터 10년간 일본어를 배웠다는 자신감 외에는 아무런 대책도, 타산도 없었다. 다만 식구가 모여 살고 싶다는 희망 하나로 총망히 바다를 건넌 나였다. 나를 기다리고 있는 것은 네온등 불빛처럼 낭만이 넘치는 일본 생활이 아니었다. 20대 후반에 들어선 내가 난생처음 겪으면서 이겨나가야 할 일들이 너무나 많았다.

한동안 귀가 먹먹해지고 성대가 소리내기를 주저하는 시기가 있었다. 교과서에서 익힌 일본어와 전혀 다른 생활언어 환경이 나를 괴롭혔다. 게다가 뉘앙스와 분위기로 이해해야 하는 일본 사람들과의 대화였기에 첫 몇 달 동안은 종이에 글을 쓰면서 하는 소통이 많았다.

아들애는 달랐다. 도착한 이튿날부터 밖에서 뛰어노는 아이들 속에 끼고 싶은 눈치였다. 전혀 들어본 적도 없는 말들이 오가는 속에서 같이 웃고 떠드는 아들애가 신기하기도 했다. 열흘이 지나자 유치원에 보내달라고 떼를 썼다. 좀 더 말이 통하고 난 후에 보내려는 우리 생각으로는 아들애를 설득할 수 없었다.

시내 복판에 자리 잡은 유치원이었지만, 원내는 넓고 단출한 공원처럼 꾸며져 있었다. 입구에는 나이든 벚나무가 자라고 있었고, 원장선생님이 매일 문밖에서 아이들을 맞아주었다. 날마다 스스로 옷을 입고 가방을 챙겨야 한다는 유치원 선생님과의 약속을 지키는 아들애를 보면 대견스럽기도 했다.

처음으로 외국인을 받아들인 유치원에서는 중국어 공부 중인 젊은 나오코 선생네 '병아리반'에 아들애를 배치했다. 중국 사람이라고 신경을 써준 유치원 측에는 미안했지만, 중국어보다 한국어가 모어라는 말을 하지 않을 수 없었다. 나오코 선생은 유치원에서 잘 쓰는 일본어 용어들을 적어주면서 한국어로 번역하여 그 발음을 일본어로 적어달라고 했다. 선생님과 아들애의 소통은 그렇게 한국어의 일본어 발음으로 시작되었다.

유치원 연락 수첩에 '친구', '밥', '화장실', '선생님' 등 단어의 한국어 발음을 일본어로 적어 보냈던 기억이 생생하다. 매일 유치원에서 돌아오면 아들애의 하루 상황을 상세하게 적어놓은 나오코 선생의 연락메모를 보면서 감동할 때도 있었다. 화장실에 갔을 때의 일이며, 우유를 못 마셨다는 일이며, 처음으로 자기 이름을 일본어로 유창하게 말했다는 일이며…. 농담도 섞어가면서 적어주는 선생님의 일지를 읽으면서 친절한 유치원 교육에 안심이 되었다.

한 달이 지나니 아들애의 입에서 일본어가 술술 나오기 시작했다. 깜짝 놀랐다. 의외로 아들애가 낯선 환경에 빨리 적응하는 것 같아서 조금 안심이 되었다.

신기하기만 했던 일본 생활의 첫 시작

첫 몇 달은 신기하기만 한 일본 생활이었고 일본 사람들이었다. 거리를 청소하는 사람들을 한 번도 본 적이 없는데 거리가 항상 너무 깨끗했다. 습도가 높아서인지 봄철인데도 공기가 그닥 건조하지 않고 맑았다. 당연히 먼지도 거의 없었다. 생각 밖으로 자전거를 타고 다니는 사람들이 많았는데, 기본적으로 인도에서 달렸다. 걷고 있는 사람들 곁을 지날 때는 "스미마셍(죄송합니다)"이라는 말로 딸랑방울을 대신하기도 했다. 인도인만큼 사람이 우선이었다.

제일 신기한 것이 전철 안의 사람들이었다. 빼곡한 전철 안에서 큰소리로 이야기를 주고받는 사람이 거의 없었다. 요즘처럼 스마트폰이 보급되지 않았던 때라 적지 않은 사람들이 신문과 책을 읽고 있었다. 그들을 보면서 같은 책이라고 해도 단행본(単行本)보다 문고본(文庫本)이 더 잘 팔리는 이유가 아마도 가격대가 저렴한 동시에 사이즈가 한 손에 쥘 수 있는 정도여서가 아닐까 하는 생각도 들었다. 전철역이나 편의점에서 석간 신문을 사서 읽는 사람들도 엄청 많았다. 요즘에는 핸드폰을 보는 사람들이 훨씬 더 많지만….

일본인 지인의 초대를 받고 처음으로 일본 요릿집에 갔을 때의 일이다. 첫눈에 보이는 것이 우리와 완전히 다른 젓가락 방향이었다. 젓가락 문화는 중국에서 생겼고, 일본은 중국 문화를 받아들이기 시작하면서 젓가락을 쓰게 되었다고 한다. 헌데 원래 가로로 놓았던 중국의 젓가락 문화가 수요에 따라 점차 세로로 놓는 것으로 변했다는데, 일본에서는 아직도 젓가락을 가로로 놓는 습관 그대로였다.

또 요리의 양과 종류, 그리고 그릇에 담는 방법도 달랐다. 하나하나 작은 그릇에 종류별로 나오기에 마치 나오는 시간에 따라 주역이 바뀌는 격이었다. 양은 그릇의 크기에 비해 적은 축이었고, 색깔이 서로 다른 식재료들로 만든 모둠요리는 정갈한 그릇 위에 잘 어울려 담겨 나왔다. 요리보다 색깔이 튀는 그릇은 없었다. 식욕을 자극하는 풍성하고 향기로운 중화요리들과 달리 먹고 싶다는 생각보다 보고 싶다는 생각이 먼저 들게 눈을 즐겁게 해주었다. 헌데 덴푸라와 함께 밥을 넘길 수 없었으며, 식재료의 원 맛을 강조하여 만들어진 요리에서도 별로 맛을 느낄 수 없었다. 시각과 미각으로 즐기는 일본식 요리가 2013년 유네스코 무형문화유산에 등록될 정도로 세계 각국에 널리 알려졌다고는 하지만, 처음 접촉했을 때 나는 그 진미를 제대로 느끼지 못했다.

우리가 제일 처음 살았던 곳은 아파트 2층이었다. 방 2개에 작은 주방, 욕실과 화장실이 겸비되어 있는 아담진 셋방이었다. 텔레비전 드라마나 영화에서만 보아왔던 미닫이문과 다다미방이 내가 일본에 왔다는 것을 실감나게 해주었다.

어느 날, 초인종 소리에 문을 열어보니 아랫집에 사는 여자였다. 나와 비슷한 나이에 일본 사람과 결혼한 대만 여자였고, 세 아이의 엄마였다. 말이 통한다는 것 때문에 나는 그녀의 방문에 약간 마음이 흥분되었다. 이웃들 중에 하나뿐인 중국어권 사람인지라 마음을 터놓을 수도 있고 여러모로 도움을 받을 수도 있겠다는 생각에서였다.

"니하오(你好)!"

오랜만에 중국어로 나누는 나의 기분 좋은 인사말을 들었는지 말았는지 그녀는 문을 열자마자 퉁명스럽게 뭐라고 일본말을 했다. 그녀가 틀림없이 중국말을 할 거라고 여겼던 나는 어리벙벙했다.

지금 생각해보면 그녀의 일본어가 '가타코토(더듬거리는 불완전한 말)' 수준이었을 수도 있었고, 그래서 아직 일본어에 적응이 안 된 내가 더 이해하기 힘들었는지도 모른다.

"응?"

나의 반응에 그녀가 다시 한번 같은 말을 반복했다. 대체로 좀 조용히 살라는 뜻인 것 같았다.

"쓰마(그래요?)"

나는 나대로 그녀가 중국말을 하도록 유도해봤다. 헌데 허사였다.

'중국말을 하면 너도 나도 다 편할 텐데….'

나는 한마디 대꾸도 하지 못한 채 속으로 중얼거렸다.

그때는 다섯 살에 가까운 아들애가 자나 깨나 공을 찾던 시기였다. 해 질 녘까지 밖에서 공을 차다가 집에 돌아와서도 공을 굴리며 놀았고, 잘 때도 공을 안고 잘 정도였다. 그러니 아들애 때문에 아랫집에서 올라온 것이다. 처음으로 목조 주택에서 살게 된 우리가 전혀 생각지도 못한 점이었다. 그날부터 아무리 늦은 밤이라도 공은 동네 공원에 나가서 차게 했다. 그런 노력과는 상관없이 애가 방에서 조금만 빨리 걸어도 아랫집에서는 뭔가로 쿵쿵 올려치기 시작했다. 아예 조용하라는 신호를 그런 식으로 보내기 시작했다.

매일 아들애를 닦달했지만 다섯 살도 안 된 남자애가 시시로 도둑 고양이처럼 걸어 다닐 수도 없었고, 움직이지 않고 앉아서만 놀 수도 없는 일이었다. 아이 셋을 키우는 집이라 이해해줄 만도 했지만, 만날 때마다 애를 잘 관리하라는 뜻의 불만을 들어야 했다. 그때마다 '스미마셍'이라는 일본어로 미안함을 표현했던 나는 밖에 나갈 때면 그녀의 행적을 먼저 살피곤 했다. 하여 아직 일본 생활에 적응도 하지 못했던 그때 내가 제일 먼저, 또 제일 많이 쓴 일본어가 '스미마셍'이었다.

소외감과는 무연으로 살았던 나는 처음으로 여태 살았던 것에 비해 격 떨어지는 위치에 처해 있는 느낌이 들었다. 내가 일본 사람이 아니라는 이유 때문에 아랫집 대만 여자가 만만하게 보는 것 같아서 기분이 언짢았다.

그렇게 일본에서의 첫 인간관계의 장벽은 의외로 일본인이 아니었다. 요즘과는 달리 그때는 "중국 사람인데 왜 국방색 옷을 입지 않았어요?", "중국에도 사과랑 귤이랑 있어요?", "전기는 있어요?"라고 물을 정도로 중국에 대해 잘 모르는 일본 사람들이 꽤 많았다. 그리고 가짜 국제결혼과 불법 체류가 많았던 시기였다. 요즘 생각해보면 우습지만 나는 늘 "우리는 유학생입니다!"를 입에 달고 다니면서 돈 벌러 온 게 아니라 배우러 왔다는 인상을 주기 위해 필사적으로 노력했다.

이중언어 환경 속에서 자란 정체성 때문에 새로운 언어 환경에 쉽게 적응할 것이라고 나름 자신했지만 그리 쉬운 일은 아니었다.

첫 반 년간이 제일 어려웠다. 일본 사람과 대화할 때면 머릿속에서 일련의 복잡한 과정을 거쳐야 했다. 우선 대화 속에 나열되는 단어의 뜻을 머릿속에서 번역하여 이해하는 절차가 필요했다. 다음은 말하는 사람의 뉘앙스와 표정으로 분위기를 파악해야 했다. 같은 단어라 하더라도 용처에 따라 완전히 다른 뜻으로 이해해야 하는 경우가 많기 때문이다.

예를 들면 "고노 혼 도데스카?(이 책 어때요?)"라는 물음에 "이이데스"라는 대답이 뉘앙스에 따라 "좋네요"와 "필요 없어요"라는 두 가지 대답으로 받아들여지는 경우가 있다. 또 긍정 혹은 부정 같은 '결론'이나 기쁨 혹은 슬픔의 '태도'가 먼저 제시되는 중국어 어순과 달리 일본어는 마지막까지 들어야 대화의 결말을 알 수 있다. 한국어의 어순과 같아서 다행이긴 했지만, 그 내용을 머릿속에서 자기 모어로 번역하여 이해한 후 모어로 생각해낸 대답을 다시 일본어로 번역하여 입에까지 옮기려면 엄청 시간이 걸렸다.

그나마 다행인 것은 외국인에게 친절한 일본 사람들이 말이 잘 통하지 않으면 손짓, 눈짓, 심지어 발짓까지 하면서 상대방이 알아들을 때까지 천천히 말한다는 점이다. 첫 1년간 내 주변의 일본 사람들은 내가 낀 자리에서는 항상 알아듣기 쉬운 일본말로 천천히 말해주었다. 그런 습관이 몸에 배어 다른 사람들과 대화할 때도 또박또박 천천히 말하게 되더라고 우스개를 할 정도로 그들은 나에게 생활 용어를 자상하게 가르쳐주었다.

그러고 보면 일본 사람들보다 같은 입장의 외국인이 더욱 인색할 때가 있었다. 아랫집 대만 여자와의 사이처럼 이방인 간의 상호 배척이 분명히 존재하고 있었다.

월세집

2층 아파트에서 조심조심 살다가 반 년 만에 아예 이사를 결심한 우리는 부동산에 가서 1층 월세집을 알아보기로 했다.

일본에서는 단독주택이 아닌 2, 3층 정도의 집합주택 임대건물을 '아파트'라고 하고, 우리가 흔히 말하는 고층건물 주택은 '맨션'이라고 부른다. 아파트 두 곳을 돌아본 우리에게 부동산 사무원이 애 때문이라면 아파트가 아닌 단독주택은 어떠냐고 물었다. 단독주택은 아파트에 비하면 마당도 있고 주차장도 딸려 있어서 애들을 자유롭게 키울 수 있을 뿐만 아니라 따로 주차장을 빌리지 않아도 된다고 하면서 마침 적당한 가격대의 단독주택이 나와 있다고 했다. 아파트에 비해 임대료가 엄청 비싼 단독주택이라니 엄두도 나지 않았지만 호기심이 동한 나는 한번 보고 싶다고 사무원을 따라 나섰다.

집안에 층계가 있는 2층 건물이었는데, 주로 다다미방이어서 일본 정취가 물씬 풍기는 목조 건물이었다. 2층에 침실 2개, 아래층에는 방 하나에 넓은 주방이 딸려있었다. 세 식구에게는 호강에 겨운 집이었다. 한 번쯤은 이런 집에서 살고 싶다고 중얼거릴 뿐 나는 아예 단념하고 돌아 나왔다. 헌데 몇 날 며칠을 고민한 끝에 남편이 그 집을 계약하러 가자고 했다. 썩 후에야 안 일이지만, 좀처럼 안정을 찾지 못하는 내 마음을 붙잡기 위해서였단다.

월세집을 구하는 일은 결코 쉬운 일이 아니었다. 우선 일본인 연대 보증인이 있어야 했다. 보증인의 주민등록증과 납세증명서 등 개인정보에 관한 서류가 필요할 뿐만 아니라 집세가 체납되었을 경우에 대신 물어야 한다는 연대책임서에 사인까지 받아야 했다. 그리고 집세 석 달치에 해당하는 보증금과 한 달치의 사례금, 부동산 수수료 한 달치에 집세 한 달치까지 한꺼번에 적어도 여섯 달치의 방세가 있어야 집을 빌릴 수 있었다. 보증금은 후에 돌려받을 수 있다고는 하지만, 집을 원상복구하는 데 걸리는 요금을 물고 나면 거의 절반 이상은 돌아오지 않는다고 지인들이 알려주었다. 제일 관건은 우선 우리가 집주인의 심사에 통과되어야 했다.

중화요리의 기름기 때문에 중국인을 사절하는 경우, 카레 냄새 때문에 인도와 파키스탄 사람들을 거부하는 경우, 그리고 재활용쓰레기 분리수거 때문에 아예 외국인을 거절하는 집주인들도 종종 있었던지라 한 주일 동안 엄청 긴장했던 기억이 난다.

복잡한 여러 절차를 무사히 밟고 우리는 단독주택으로 이사하게 되었다. 우선 이사한 구역 내의 주민자치회(町内自治会)에 가입해야 했다. 같은 지역에 사는 주민들이 자주적으로 결성하는 단체인 자치회는 같은 곳에 살게 된 인연들이 모여 서로 돕고 어울린다는 의미에서 '지연단체(地縁団体)'라고도 불린다. 가입 여부는 자유라고 했지만, 우선 쓰레기를 지정된 장소에 버릴 수 있고 무슨 일이 생겼을 경우에도 도움을 받을 수 있다는 말에 아무 고려도 없이 1년간의 회비를 물었다.

그때 우리는 일본 사람들의 이사문화를 처음으로 체험했다. 에도(江戶) 시대부터 전해 내려오면서 널리 퍼지기 시작했다는데, 동네 사람들에게 일본 소바(메밀국수)를 선물로 주는 습관이었다. 소바 형태가 가늘고 길다는 점에서 '가늘고 길게 오래오래 잘 지냅시다'라는 의미를 담았다고는 하지만, 실제로는 값이 싸고 맛도 좋기에 주는 사람과 받는 사람 양쪽 모두 부담을 느끼지 않는다는 것이 가장 큰 이유다. 20여 년이 지난 요즘에는 점점 희미해지는 습관이지만, 동네 사람들과 친해지는 좋은 기회이기도 했다.

이사한 날 자치회의 책임자가 집에 찾아왔다. 분리수거 방법과 각종 쓰레기를 버리는 요일이 적혀 있는 안내장을 가져다주었다. "괜찮죠?"라는 물음에 "하이"라고 이내 대답한 나는 그 걱정 어린 시선의 진짜 의미를 두고 훗날 깊이 반성하게 되었다.

그날은 화요일이어서 플라스틱 쓰레기를 버리는 날이었다. 쓰레기 청소당번인 듯한 아주머니 한 분이 내가 버리는 플라스틱 쓰레기를 유심히 살펴보고 있었다. 조금은 신경이 쓰였지만 하던 대로 음료수 병과 일상용 플라스틱 용기들을 분리하여 각기 주머니에 넣어 지정장소에 버렸다.

"스미마셍~ 잠깐 괜찮죠?"

그 아주머니가 나를 불러 세웠다. 아주머니는 내가 가져간 플라스틱 용기 주머니를 헤치기 시작했다. 라벨은 떼어내야 하고, 빈 용기는 반드시 뜨거운 물에 헹구어야 하며, 음료수 병의 마개는 따로 버려야 하고… 등등 구구절절 설명해주었다. 그러면서 쓰레기를 회수하는 사람들이 요 며칠 분리되지 않은 쓰레기를 회수하지 않아서 자기가 다시 정리하느라 애먹었다고 했다.

요즘도 그렇지만 지역에 따라 쓰레기 분리 방식이 미묘하게 다르다. 그날 이후부터 나는 그 아주머니의 말대로 플라스틱 용기를 뜨거운 물로 열심히 씻어서 버리곤 했다. 다른 일로도 아니고 쓰레기 문제로 눈총을 받기는 싫어서였다. 헌데 플라스틱 용기를 뜨거운 물로 세척할 경우 재활용으로 환원될 에너지 자원보다 씻을 때의 에너지 자원 소모량이 더 높아질 수 있다는 데이터가 나왔다는 뉴스에 울지도 웃지도 못했다. 내가(아니, 우리가) 에너지 자원의 마이너스 순환에 일조할 수도 있다는 생각이 들어서였다.

일본 사람과 까마귀

갓 일본에 왔을 때 해질 무렵이면 들려오는 동요 「유야케고야케(저녁노을)」의 멜로디를 들으면서 고향 생각을 많이 했다. 어린 시절에 아버지가 가르쳐주신 일본 동요였는데, 일본어를 배우기 시작했을 때 학교에서도 늘 불렀다.

요즘 26년 전과 변함없는 일 중의 하나가 바로 저녁이면 무선 스피커를 통해 들리는 「유야케고야케」 멜로디다. 일본의 대부분 지역에서 오후 4시 혹은 5시에 이 동요가 울려 퍼지는데, 밖에서 뛰놀던 아이들이 서둘러 집에 돌아가야 하는 신호이기도 하다.

가사를 보면 대체로 이렇다.

저녁노을 비끼고 해는 지는데
산속 절에서 종소리가 울리네
손에 손잡고 모두 돌아가자

까마귀와 함께 돌아갑시다

　중국에서 일본어를 배운 사람들 대부분이 이 동요를 기억하고 있지만, 설마 일본에 와서 거의 날마다 들을 줄은 생각지도 못했을 것이다. 까마귀는 날이 어두워지면 산에 돌아가는 속성을 갖고 있다고 한다. 그래서 "까마귀와 함께 돌아갑시다"라는 가사가 나온 듯하지만, 까마귀가 동요 가사에 올랐다는 자체에 조금 이해가 가지 않았다.

　까마귀로 시작되는 또 다른 동요 「일곱 아이」도 있다.

　　까마귀는 왜 우는 걸까
　　까마귀는 산 속에
　　귀여운 일곱 아이가
　　기다리고 있어서
　　예쁘다 예쁘다고
　　까마귀는 우는 거야

　일본어로 '예쁘다', '귀엽다'를 '가와이이(可愛い)'라고 하는데, '가와이이'의 발음과 까마귀의 '까욱까욱' 하는 울음소리가 비슷하게 들린다는 일본 사람들도 있다. 까마귀에 대한 호의가 섞인 해석이 아닐까 싶기도 하다. 헌데 우리한테는 불길한 징조인 까마귀다. 까마귀를 보면 집에 불상사가 생긴다고, 간혹 까마귀 울음소리가 들려도 감히 쳐다볼 엄두를 내지 못했던 기억들이 많았다.

　일본에 온 후 처음 얼마 동안은 까마귀 울음소리가 들리기만 하면 고향에 안부전화를 하곤 했다. 헌데 상상외로 일본 땅에는 까마귀가 많았고, 의외로 인간과 공생하는 관계를 맺고 있었다.

일본 사람들에게 까마귀는 어떤 존재일까.

일본인 지인에게 까마귀를 좋아하냐고 물어봤더니 "까마귀가 울면 사람이 죽는다는 설이 있어요. 게다가 까마귀는 벌을 받아서 새까맣게 됐대요"라고 하면서 옛이야기를 들려주었다.

옛날 옛적에 올빼미는 염색가였다. 어느 날 제비, 비둘기 등 온갖 새들이 찾아와서 염색해달라고 했다. 헌데 제일 마지막에 나타난 새하얀 까마귀가 자기를 제일 예쁘게 염색해달라고 졸라댔다. 옛이야기에는 여러 가지 전개가 있는데 욕심 많은 까마귀에게 벌을 주기 위해 올빼미가 새까만 색으로 염색해주었다는 설과, 까마귀의 요구에 따라 여러 가지 무늬로 색깔을 겹쳐서 염색하는 바람에 결국 새까만 색으로 변했다는 설이 있다. 그래도 결말은 한 가지 "그때부터 올빼미와 까마귀는 천적이 되었고, 올빼미는 까마귀를 피해 밤에만 활동한다"였다.

까마귀가 '불길함'의 상징이라는 설 외에도 연기(緣起)가 좋은 새라는 또 다른 전설도 있다. 그 전설에 의하면 일본의 초대 천황이 신이 내려준 새에게 무술을 전수받고 길을 안내받으면서 자기 땅을 동으로 넓혔고 강대한 조정을 세웠다고 하는데, 그때 그 새가 발이 3개 달린 '야타가라스(八咫烏)'라는 까마귀였다고 한다. 즉, 일본의 전설 속 삼족오다. 그때부터 까마귀는 일본인 속에서 신의 사자 혹은 태양의 신으로 상징되어 대대로 전해 내려왔다.

현재 일본 축구협회의 상징 마크가 야타가라스이고, 국제대회에 출전하는 일본 대표팀의 유니폼에 야타가라스가 새겨져 있는 것도 바로 그런 전설에서 유래된 것이다.

검은색을 불길한 색상으로 간주해온 일본인이 까마귀를 견제하지 않는 또 하나의 이유는 울음소리마저 음침한 까마귀이지만, 먹이를 물어다가 부모 입에 넣어주는 '효조(孝鳥)'라는 점에서다. 실제로 새끼가 자립할 때까지 키워서 둥지 밖으로 내보내면 새끼는 그때부터 먹이를 물어다가 어미를 봉양한다는 까마귀다. 그래서일까. 까마귀의 효도를 찬양하는 사자성어인 '자오반포(慈烏反哺)'를 쓰는 일본 사람이 많다.

한편 실제 생활에서는 사람들에게 여러모로 고민을 가져다주는 새여서 요즘엔 사회적인 문제거리이기도 하다. 과일이 무르익어 먹을 만할 때를 기다렸다가 밭에 침입하곤 하는 까마귀는 음식쓰레기를 헤집고 먹이를 찾는 골치 아픈 새이기도 하다. 어릴 때 자주 들었던 "까마귀처럼 까먹지 말라"는 말의 근거를 의심할 정도로 까마귀는 학습능력이 대단하다. 한번 먹어보고 맛없는 먹이는 두 번 다시 먹지 않는다고 한다. 음식쓰레기를 버리는 날이면 무리를 지어 그 주위를 빙빙 돌다가 사람 그림자가 보이지 않으면 작업을 시작하곤 하는데, 그때그때 먹이를 먹을 뿐만 아니라 먹이를 옮겨갈 정도이니 영리하다고 할 수밖에 없다.

고향에서는 어쩌다가 한번씩 듣는 울음소리에도 섬뜩해하던 까마귀였는데, 일본에서는 너무 자주, 그리고 너무 가까운 곳에서 접하곤 한다. 더욱이 사람을 무서워하지 않는 그 자세에 기가 꺾일 때도 있다. 까마귀가 사람의 얼굴을 기억한다는 말에 나는 감히 눈도 마주치지 못한다. 또 위로 올려다보는 시선보다 내려다보는 시선에 민감하게 반응한다는 까마귀의 속성 때문에 베란다에서 까마귀 울음소리만 들려도 황급하게 피하게 되는 것이 이젠 습관이 되었다.

언제부터인지 확실하지는 않지만 지방에서보다 도심에서, 그리고 이곳에 갓 왔을 때보다 요즘에 더욱 빈번히 보게 되는 까마귀다. 길가는 사람들의 손에 음식이 쥐여져 있으면 어느새 낚아채가는 경우도 있을 정도로 까마귀는 우리와 가까운 곳에 정착하고 있는 것 같다. 산 속에서 고생스럽게 먹이를 찾지 않아도 되는 이유는 풍부한 먹이들이 도심에 많고도 많기 때문이다. 별로 가리는 음식이 없이 닥치는 대로 다 먹는다는 그들에게, 매일매일 음식쓰레기를 배출하는 세간(世間)이 노동을 하지 않고도 먹고살 수 있는 지상낙원일지도 모른다.

　　사람도 까마귀도 서로 적응하고 있는 것인지는 잘 알 수 없지만, 쓰레기를 버리러 오는 사람들을 피하던 까마귀들이 요즘에는 아예 피하지도 않는다. 이젠 인간과 어우러져 사는 것이 자연의 숲속에서 먹이를 찾아헤매는 일보다 편한지도 모른다. 게다가 영양가 높은 먹이로 점점 번식이 잘 되어가고 있고, 또 수명조차 길어지는 게 아닐까 싶기도 하다.

　　기후가 따뜻하고 나무들이 많으며 거기에 음식쓰레기까지 많아지니 까마귀가 인간을 위해 자주적으로 떠나는 일은 아마 없을 것 같다. 사회적인 화제가 되고 있어 그 퇴치 방법을 모색하여 여러모로 조치도 취하고 있지만, 아직도 까마귀에 대한 사람들의 고민은 사라지지 않고 있다.

　　일본이라는 작은 땅덩어리 위에서 '소비기한'에 대해 과도하게 신경을 쓰기보다 음식쓰레기를 줄이는 게 우선이 아닐까 싶다. 그렇게 점차 맛있는 먹이가 줄어들게 되면 도심에서 까마귀가 떠나는 날이 오지 않을까!

● 사람 사이

와카(和歌: 일본 고전 시), 와후쿠(和服: 일본 민족 복장), 와쇼쿠(和食: 일본 음식), 와후(和風: 일본식) 등에서 알 수 있듯이 '화(和)'는 일본을 상징하는 한자다. 오래전부터 '조화롭고 온화하며 부드러움'을 세상 사는 이치로 여겨온 일본 사람들의 '화'문화는 개성보다 질서와 안녕을 중시하며 예의를 선호하는 오래된 전통을 바탕으로 하고 있다.

같은 행사에 참가하거나 조그마한 공통점만 있으면 안목 없는 사람들끼리라도 서로 인사를 나누면서 이내 친숙해지는 이곳 사람들이다. 처음에는 신기하기만 했고, '이 사람들 사이에 트러블은 존재할까?'라는 어처구니없는 생각도 해봤다.

일본 사람들의 대화 방식은 더욱 흥미로웠다. 비슷한 생각이라는 전제하에서 나누는 대화여서인지는 몰라도 마지막에 늘 "소데쇼(그렇지)?!"를 붙이곤 한다. 듣는 사람 역시 "소데스네(그러네요)~"로 대화를 이어가면서 될수록 정반대 쪽의 의견을 말하지 않는다. 그들의 무난한 대화 방식인 것이다.

때로는 엄연히 다른 의견인데도 습관적으로 "소데스네~"로 이야기를 시작하면서 우선 상대방의 생각에 대해 긍정한 다음 자기 의견을 말하곤 한다. 하여 공공장소이거나 모임에서 자기주장을 내세우면서 서로 다른 견해로 크게 다투는 경우가 아주 적다.

얼마 지나지 않아 나는 그것이 바로 일본 사람들의 사교술이라고도 할 수 있는 '혼네(本音, 속내)'와 '다테마에(建前, 겉치레)'라는 것을 알게 되었다. 속마음은 누구나 다 갖고 있지만 전체적인 분위기에 맞지 않거나 상대방을 언짢게 하는 일, 혹은 자기에게 불이익을 주는 것이라면 될수록 감추는 것이 일본 사람들의 일반적인 심리다. 민족적인 성격이거나 문화를 떠나서 그것은 이미 인간관계에서의 매너로 자리 잡혀 있다. 어찌 보면 자기를 낮추고 상대방을 존중하며 사람들 사이의 조화로운 관계를 유지할 수 있는 미덕인 것 같지만, 거기에 적응하지 못하고 마음에 상처를 받는 외국인이 적지 않다. 백 퍼센트라 할 정도로 겉과 속이 분명한 우리에게 중립인 듯 망설이는 듯하는 일본 사람들의 미지근한 태도에 답답할 때가 많았다. 오랫동안 모방하기조차 어려웠던 부분이다.

처음엔 잘 모르는 사람과 별로 관심없는 이야기를 나누면서 시간을 허비하기 싫어서 슬그머니 피한 적도 많았다. 때론 초인종 소리를 무시하고 숨 죽이고 집안에서 나오지 않았던 일도 있었고, 쓰레기를 버리려고 나서다가 사람들이 모여 있으면 주춤하면서 되돌아서기도 했다.

그런 일본 사람들 사이에는 동그라미식 관계가 존재했다. 한두 가지 공통점만 생기면 이내 그룹을 만들고 싶어 하는 그들은 그 동그라미 관계 속에 들어가지 못하고 혼자가 될까 봐 무척 두려워하는 눈치다. 될수록

'평범하게', '다 같이', '무난하게' 지내려면 솔직한 기분을 드러내는 것과 직설적인 대화를 피해야 한다.

알고 보니 사람과 사람 사이에는 보이지 않는 선이 그어져 있었다. 만나서 1시간 후면 가족 관계까지 다 털어놓는 우리(나뿐인가?)와 달리 일본 사람들은 오랫동안 지내면서 차츰차츰 신뢰관계를 쌓아가는 편이다. 그렇기 때문에 일단 모든 것을 보여줄 수 있고 털어놓을 수 있는 관계가 성립된 후에는 쉽게 무너지지 않는 것이 그들의 인맥이다. 솔직히 늘 감동을 주는 일본 사람들이지만, 진심을 주고받기까지는 조금 시간이 필요하다.

'어떻게 살 것인가?'를 두고 오랫동안 고민한 나는 '산에 가면 산 노래, 들에 가면 들 노래'를 부르기로 작심했다. 자꾸 우리와 다르다는 생각으로 이문화적인 요소를 밀어내지만 말고 조금씩 이해하고 받아들여야만 내가 편히 살 수 있을 것 같아서였다.

재난대국

일본에서 9월 1은 '방재(防災)의 날'이다. 해마다 이날이면 각 자치단체나 학교에서 지진 발생 시를 상정(想定)하여 규정된 매뉴얼에 따라 피난 훈련을 하게 된다.

특별히 강요하는 것은 아니지만 이맘때가 되면 가정용 재해대책 용품을 점검하는 사람들도 많다. 음료수, 건빵, 통조림, 컵라면 등 간이 식료품과 비상약품, 손전등, 라디오, 충전기, 휴지, 휴대용 화장실 등 적어도 하루이틀 버틸 수 있는 비상용품을 챙긴다.

처음으로 새벽녘에 지진을 체감했을 때 나는 잠든 아들애를 안고 총망히 밖으로 뛰어나갔다. 집 전체가 좌우로 흔들리는 짧은 흔들림이었는데, 어쩌면 집이 무너질 것 같은 예감이 들었다. 헌데 한참을 지나도 밖으로 뛰어나오는 사람들이 보이지 않았고, 더욱이 남편은 나와 아들애 걱정은 하지도 않은 채 그대로 곤히 자고 있었다. 그 후 긴 세월을 일본에서 살다 보니 그 정도의 흔들림은 일상생활에 별로 영향 없이 비일비재하게 나타나는 현상임을 알게 되었다.

오랜 역사를 바탕으로 수정과 개정을 거듭하는 일본의 건축물 내진(耐震) 기준은 고층건물이 '무너지지 않는다'에 그치지 않고 '사람의 안전을 확보한다'에까지 이르고 있다. 그 새로운 기준에 따라 건축물을 시시로 진단하고 개선하기에 집이 쉽게 무너지지 않는다는 것도 나중에야 알게 되었다.

일본 사람들은 비행기에 탑승할 때처럼 호텔이나 영화관 같은 공공 장소에 가면 꼭 먼저 비상구를 체크한다. 개인 집 현관에는 늘 손전등이 구비되어 있다. 처음엔 괜히 민감하다고 그들의 소심성에 의문을 가졌지만, 몇 년 전 큰 지진을 겪고 보니 그런 사소한 일들이 결코 실없는 짓이 아니라는 생각이 든다.

2011년 3월 11일, 나는 지인들과 함께 레스토랑에서 늦은 점심 식사를 하고 있었다. 14시 46분경 갑자기 레스토랑 건물이 상하로 크게 흔들렸다. 3, 4초쯤 지난 후에는 좌우로 심하게 흔들리기 시작했는데, 그 흔들림이 예사롭지 않았다. 천천히 그리고 강하게 흔들렸다. 각종 전자 시스템이 '삐-삐-' 경종을 울리기 시작했고, 주방에서 그릇 깨지는 소리가 무서울 정도로 요란스러웠다.

공포 자체였다. 나중에 나온 통계에 의하면, 그때 일어난 지진은 일본 내의 근대적 관측사상 최대 규모의 지진이었다고 한다. 실성할 정도로 혼란상태에 빠진 나는 눈물 콧물 범벅이 되어 외마디소리를 질렀다.

헌데 그런 나와는 달리 같이 식사 중이던 지인들은 마음을 불안케 하는 흔들림 속에서 서로 분담하여 노인들과 아이들을 테이블 밑으로 피신시키고 있었다. 누군가 "괜찮습니다, 괜찮습니다"를 외치고 있었는데, 그

와중에 큰 위안이 되었다.

세상이 끝나버릴 것 같았던 무시무시한 흔들림이 잠시 멈추었다. 레스토랑의 종업원들이 손님들을 비상구로 안내하기 시작했다. 언제 여진이 닥칠지도 모르는 상황에 7층 건물에서 층계를 내려가는 과정은 또 하나의 감동스러운 정경이었다. 누구 하나 지시를 내리는 사람이 없었는데도 다리가 불편한 노인들과 아이들을 앞세우고 천천히 층계를 내려가는 질서정연한 모습에 놀라움을 금치 못했다. 몇 년이 지나도 그때의 감격은 잊히지 않는다.

자연의 횡포 앞에서는 절대적으로 무력한 인간이지만, 그 속에서 보여지는 일본인의 차분함과 쉽게 무너지지 않는 정신력, 질서 있는 행위에 머리가 숙여졌다.

재난 앞에서 침착하면서도 의연하고 제도화된 듯한 그들의 행동은 그때 지진을 통해 널리 세상에 알려졌다.

"그게 그렇게 대단한 일인가? 그냥 평상심(平常心)일 뿐인데…."

세계적인 찬사를 받는다는 말에 흔히 돌아오는 일본 사람들의 반응이다. 그럴 법도 하다. 그때 그들의 행동은 도덕적인 범주를 벗어나 이미 습관이 되어버린 것처럼 너무 자연스러웠다.

일본은 재난과의 공생국가다. 지리적으로 태풍의 진로 위에 위치한 연유로 1년간 지구상에서 발생하는 태풍 중 거의 절반이 일본 땅에 접근하게 된다. 일본에는 또 세계 활화산 수의 7%를 차지하는 활화산이 존재하기 때문에 언제 분화(噴火) 활동이 일어날지 예측하기 어려운 형편이다. 더욱이 세계적으로도 지진대국으로 알려져 있다. 이런 데이터를 접하다 보면 좀처럼 안심하고 살 수 없을 만큼 불안한 땅이라고 생각할 수도 있다.

하지만 홍수 피해를 막기 위한 높은 투자액으로 국제적으로도 높은 평가를 받고 있는 일본이다. 엄격한 건축기준 등 재난국으로서의 국가적인 방재(防災) 대책이 세워져 있기에 생활 기반의 파괴를 미리 예방하고 신속히 회복할 수 있는 조건을 구비하고 있다.

도쿄 지하철만 보더라도 자연재해 시의 침수 대책과 내진 보충 공지, 지진 경보 시스템에 의한 긴급 정차 등 여러 체제를 구축하고 있다. 하여 2011년 지진 때 대부분 전차가 적시에 긴급 정차했으며, 6시간 후에는 안전전검 후 운행을 다시 시작할 수 있었다. 그때 지진으로 515만 명(수도권내)에 달하는 귀택 곤란자(帰宅困難者)가 생겼던 것을 큰 경험으로 삼아 요즘에는 그런 상황에 대비하여 공급할 수 있는 음료수, 알루미늄 담요, 휴대용 화장실, 간이 매트 등을 각 역에 구비하고 있다고 한다.

자연재해를 마주하는 일본 사람들의 생사관과 사회관 역시 독특하다. 가족의 죽음 앞에서도 조용히 침착하게 그것을 인정하고 받아들인다. 한 사람의 힘으로는 도무지 살 수 없었던 농경생활 시기에 생긴 사람들 사이의 집단의식이, 오늘날 지역사회에 대한 책임감이나 주위 사람들에 대한 배려, 또 타인과의 연대성에서 나타나기도 한다. 더욱이 그러한 것들이 독재나 강박으로 이루어지는 게 아니라 오래된 상식처럼 자리 잡고 있다는 데 조금 놀랍기도 했다.

지진이 발생한 후 물자 운송 중단으로 각지에서 상품 결여 현상이 나타났다. 그런데도 대량으로 사들이는 사람들이 거의 없었다. 평균적으로 다 같이 구매할 수 있게 서로 배려하는 모습을 여러 번 목격했다. 심지어 지진 발생 시 대형 슈퍼에 있던 손님들이 이리저리 널브러진 상품들을 제자리에 정리해주는 모습, 통신과 교통수단 등 생활 기반의 파괴로 당일 저녁 집에 돌아가지 못한 이른바 귀택 곤란자들이 아무런 혼란상태도 빚지 않은 채 줄을 서서 택시를 기다리고 있는 모습이 텔레비전 뉴스로 전 세계에 전파됐다.

대체 이 사람들은 왜 이렇게 단단한 심리 소질을 갖고 있을까! 자연을 사랑하는 사람들이라 자연재해와도 그렇게 친하게 지낼 수 있을까?! 자연으로 인해 벌어진 모든 악렬한 상태에 대한 무상관적인 태도의 근원은 과연 어디에서 오는 것일까.

나는 항상 미묘한 거리감을 유지하는 '차가운' 일본인에 대해 다시 생각하게 되었다.

남편의 자존심

일본에서는 2011년 동일본대지진에서 받은 피해와 그로 인한 후쿠시마 제1 원자력발전소에서 받은 피해를 통틀어 제2차 세계대전 이래 일본 최악의 자연재해인 '동일본대진재(東日本大震災)'라고 역사에 기재했다.

지진이 발생한 이튿날부터 한동안 모든 텔레비전 채널은 후쿠시마 제1 원자력발전소 사고를 생중계했다. 지진 발생과 더불어 밀려오는 해일로 인한 자동정전의 원인으로 대량의 방사성 물질이 방출되는 사상 최대 규모의 원자력발전소 사고였다. 사고로 인해 대기, 토양, 해수, 지하수 등에 방사성 물질이 방출되었고, 그로 인해 민심은 심한 혼란에 빠졌다. 지진과 해일에 의해 집과 가족을 잃은 재난민들은 물론, 방사성 피해를 피하기 위해 부득불 삶의 터전을 떠나야 하는 피난민들이 매일같이 늘어났다. 후쿠시마 제1 원자력발전소 부근의 귀환곤란구역(帰還困難区域)의 수많은 주민들은 지금도 집으로 돌아가지 못한 채 생소한 곳에 흩어져 살고 있다.

그때 '3 · 11지진'과 더불어 일본은 비상사태에 들어갔다. 수도권에 전기를 공급하는 전력회사인 도쿄전력(東京電力)은 후쿠시마 제1, 제2 원자력발전소와 화력발전소, 수력발전소 등에 커다란 피해를 입었다. 전력부족을 예측한 도쿄전력은 3월 14일부터 계획적인 '윤번정전(輪番停電)'을 실시했다.

계획적인 정전인 만큼 미리 주민들에게 통지가 내려졌다. 그때 또 한번 깨달았지만, 일본 사람들은 매사에 너무 고지식하고 신중한 면을 갖고 있었다.

가정에서도 회사에서도 될수록 에어컨을 켜지 않는 것이 일반화되었으며, 전기를 절약하는 것이 당연한 일과가 되었다. 전 국민이 일제히 전기 절약에 나선 덕에 정전하지 않아도 되는 날이 늘어갔다. 정전에 대비하여 만반의 준비를 한 주민들은 지정된 날에 정전되지 않으면 되레 화를 내곤 했다. 구청이나 시청에 "왜 정전을 실시하지 않느냐?"라는 항의전화가 쇄도하기도 했다 한다.

전력뿐만이 아니었다. 지진으로 일부 제유소가 폭발사고를 일으키고 석유탱크 트럭이 해일로 인해 떠내려가는 바람에 전국적으로 휘발유 부족을 심하게 겪게 되었다. 무인 주유소마다 '한 사람당 2천 엔씩'이라는 표어가 붙어 있었다. 놀라운 것은 대부분 사람들이 그것을 지키고 있었다는 점이다. 설령 매일 나와서 줄을 서서 몇 시간을 기다리더라도 매번 2천 엔씩이라는 '부탁'을 받아들이고 있었다.

소리 없는 협력이고 약속이었다. 이 사람들은 눈앞만, 자기만 보는 것이 아니었다. 자원을 절약해야 한다는 의식과, 같이 살아가야 한다는 일념이 모두의 머릿속에 오래전부터 자리 잡고 있는 듯했다. 그때 지진 이후로 일본 전력의 30%를 담당했던 원자력발전소는 점검에 들어가면서 전부 가동을 멈추게 되었다. 재가동하기 전 4년 동안 원자력발전소의 힘을 빌리지 않고도 일본의 전반적인 전력이 정상적으로 움직이게 되었다는 데, 일반 주민의 협력 없이는 절대 불가능한 일이었을 것이다.

지진은 사람의 모습을 알아가는 하나의 계기였으며, 가치관의 차이 가 뚜렷해지는 좋은 기회이기도 했다.

지진이 발생하고 나서 한 달 이내에 간사이(関西)지방으로 터전을 옮 기는 사람들이 꽤 많았다. 방사성 피해를 조금이라도 멀리하기 위해서였 다. 또 일부 조건 때문에 주저했던 커플들이 앞다투어 결혼했는데, '진재 혼(震災婚)'이라는 새로운 단어가 생겼을 정도였다.

재해지구 복귀사업에 참여하는 사람들도 많아졌다. 출세보다 사회 공헌에 초점을 두는 사람, 죽을 수도 있었던 시각에 머리에 떠올랐다며 진 정으로 하고 싶었던 일을 하기 시작한 사람, 대기업을 포기하고 재해 지구 에서 벤처기업을 일으킨 명문대학 졸업생들도 있었다. 특히 원자력발전 소 사고 현장에서 죽음을 무릅쓰고 작업을 계속한 50명에 달하는 도쿄전 력 사원들을 두고 해외 미디어가 일제히 'Fukushima 50'이라고 찬양했다. 그때 지진은 단지 지반을 크게 진동시킨 것만이 아니었다. 자신의 존재가 치를 다시 점검하는, 이른바 인생관과 사업관을 흔들어놓은 큰 사건이기 도 했다.

내 남편도 예외가 아니었다.

각기 시청 빌딩과 쇼핑몰에 거점을 둔 두 곳의 중화요리점과 커피숍 하나가 70% 이상의 파손 피해를 입었고, 여진과 점검 때문에 영업중지 통 보를 받았다. 직원들과 그 가족의 생계가 걸려 있는 것은 물론, 영업중지 와 상관없이 물어야 할 임대료 또한 어마어마한 지출 비용이었다. 그때만큼은 사장이 아닌 일반 직원들이 얼마나 부러웠는지 몰랐다고 한다.

파손된 물건들을 정리정돈하는 데 꼬박 2주가 걸렸다. 자연재해에서 받은 손해는 하루 빨리 영업을 시작하는 것으로 메꾸는 수밖에 없었지만, 좀처럼 영업허가가 나오지 않아 속이 바질바질 탔다.

한동안 쌀을 비롯한 품귀현상 때문에 모두 아우성이었다. 그나마 불행 중 다행인 것은 식재료들이 저장된 냉동·냉장 창고가 크게 손상 받지 않았다는 점이다. 우선 남편은 직원들의 집을 찾아 다니면서 식재료를 나눠주었다. 그리고 일본인 지인들한테도 문안을 다녔다. 그땐 한 달이라는 시간이 1년처럼 느껴졌다. 좀처럼 영업허가가 내려오지 않았다. 정작 허가가 내려온다 하더라도 물자 유통이 거의 정지되다시피한 상황에서 영업도 불가능했다. 앞이 보이지 않았다.

길고 막막했던 한 달이 지난 후 정상적인 영업이 시작되었지만, 한동안 불경기가 지속되었다. 큰일을 겪은 사람들이 외식행위를 꺼린 것이다. '물건보다 현금'이라는 생각이 한동안 사람들의 마음을 사로잡았다. 그뿐만 아니라 일본의 외식사업은 노동력 부족으로 한동안 진통을 겪게 되었다.

지진뿐만 아니라 방사성에 대한 두려움 때문에 귀국한 외국인이 많았다. 벌여놓은 사업을 접고 일본을 떠난 사람들도 수두룩했다. 외국인 회사원들, 아르바이트를 하던 유학생들이 줄줄이 일본을 떠났다. 하여 날이 갈수록 민심이 불안에 싸여갔다. 충분히 이해한다고, 돌아갈 수 있는 곳이 있어서 부럽다고 하면서도 일본 사람들은 그 이후 외국인에게 불신감을 갖게 되었다. 주로 외국인을 채용했던 회사가 큰 타격을 입었으니 그럴 만도 했다. 그동안의 은공과 배려를 저버릴 만큼 자연재해가 무서운 것이라고 낙담하는 사람들도 많았다.

　남편이 경영하는 중화요리점도 그랬다. 요리사가 갑자기 중국에 돌아갔고, 아르바이트하던 유학생들은 거의 연락이 두절됐다. 지인들을 동원하고 일본인들에게 도움을 청하면서 간신히 영업을 계속했던 그때의 기억을 도무지 지울 수 없다.

　"일본이 이렇게 망해가고 있는데 우리를 버리지 않아서 감사합니다."

　"제발 이렇게 맛있는 중화요리가 우리 곁에서 없어지지 않게 잘 부탁합니다."

　매일이다시피 찾아주는 사람들도 있었다. 덕분에 반 년이 지난 후 영업은 정상 궤도에 들어서게 되었지만, 지진 전과는 비길 수 없었다. 생각 같아서는 현실을 받아들이고 가게 하나는 접고 싶은 마음이 굴뚝같았던 남편이었다. 하지만 믿고 찾아오는 손님들을 저버릴 수 없었다며 지금도 그때 정신없이 보낸 세월을 후회하지는 않는 남편이다. 더욱이 입찰에 뛰어들어 일본 기업들과 동등하게 경쟁하여 따낸 사업 제휴관계였으니 신용을 지켜야 했다.

　말 그대로 적자를 내서 지킨 자존심이었다.

히사타케 씨

일본에 온 지 얼마되지 않아 저녁에 산책하러 나갔다가 기겁하고 돌아온 적이 있었다. 그때 살았던 아파트에서 조금 떨어진 곳에 공동묘지가 있었던 것이다. 밝게 전등까지 켜져 있어 생화가 꽂혀 있는 개개의 묘비가 길 쪽을 향해 있는 것이 확연하게 보였다. 무심결에 그 옆을 지나가게 된 나는 온몸이 오싹해짐을 느꼈다. 헌데 낮도 아니고 밤길에 그 옆을 지나다니는 일본 사람들은 아무렇지도 않은 듯싶었다.

나중에야 알았지만 그곳은 오래된 사원(寺院)이었다. 좀 지나서야 일본의 사원은 주로 납골하는 곳이며 주택가와 가까운 곳에 자리 잡고 있는 경우가 아주 많다는 것을 알게 되었다.

일본은 에도 시대(江戸時代, 1603~1868)에 들어서면서 가족의 제사와 조상에 대한 공양을 사원에 일임하는 단가제도(檀家制度)를 강화하게 되었다. 그 후 호주(戸主)를 중심으로 가까운 친족관계가 있는 사람들을 한 집[一家, 일가]에 속하게 하는 이에제도(家制度, 1898~1947)가 나오면서부터 단가제도가 더욱 단단해졌다고 한다. 하나의 이에, 즉 '집'을 단위로 하카(墓, 묘소)를 만들게 되는데, 거기에는 대대로 장남과 장남 가족의 유골이 함께 묻히게 된다. 그렇게 대대로 그 '집'의 하카가 이어지고, 장남 이외의 가족은 또 새롭게 자기의 하카를 만들어 대대로 이어가게 된다. 우리에게 하카는 죽은 사람과 산 사람 간의 경계선이고 무서워서 떠올리기도 싫은 존재이지만, 일본인에게 하카는 고인의 명복을 빌고 남은 가족의 평안을 바라는 마음을 전하는 자리인 동시에 종국적으로 너도나도 가야 할 '집'의 이미지를 담고 있다. "같은 하카에 들어가고 싶다"는 말이 프러포즈에 쓰일 정도로 하카는 가족을 느끼게 하는 곳이다.

공동묘지가 보여서 밤길이 무서울 때가 많다고 하는 나에게 일본인 지인 히사타케(久武) 씨가 "죽은 사람이 왜 무서운가요? 아무것도 할 수 없는데…. 세상에서 제일 무서운 것은 산 사람입니다"라고 익살조로 말한 적이 있었다. 10여 년 전 그를 저세상에 보내면서 나는 처음으로 일본인의 장례문화를 접하게 되었고, 죽음에 대한 그들의 생각을 이해하게 되었다.

우리 가족이 믿고 의지했던 히사타케 씨는 독특한 생각을 가진 일본인이었다. 1990년대 중반에 이미 연변에 몇 번 다녀갔고, 도쿄와 연길의 차이를 '간격' 혹은 '틈새'라고 표현하면서 연변의 가치를 알아낸 사람 중의 한 사람이다. 남편더러 중학생이던 아들 마사노 군에게 중국말을 가르쳐달라 했고, 내 친정아버지 보증으로 어린 마사노를 연변대학에 3년간 유학 보내기도 했다.

정당한 대우를 받지 못하면 당당하게 시청에 가서 책상을 두드려도 된다고 알려준 사람이었고, 나리타(成田) 공항 입구에서 신분증을 내놓으라는 경찰들에게 (요즘에는 없어졌지만 한동안 공항 입구에서 검문이 있었다) 항상 먼저 당신의 신분증을 보여달라고 하는 것으로 그 제도에 대한 불쾌감을 표현했던 사람이다. 다른 일본 사람들과는 많이 달랐다.

2006년 봄, 히사타케 씨가 췌장암 진단을 받았다면서 우리 집에 들렀다. 여명이 1년이라는 선고도 받았다고 했다. 술과 담배와는 인연이 없는 50대 중반의 그가 암 선고를 받으리라고는 상상도 하지 못했던지라 듣는 순간에 받은 쇼크는 너무나 컸다. 일본 땅을 밟았을 때부터 의지하고 보호를 받았던 우리에게 히사타케 씨는 가족 같은 존재였다.

"죽기 싫어서 병원에 다니고 치료도 받겠지만, 그래도 죽음을 피할 수 없으면 운명을 받아들여야 합니다."

그때 슬픈 표정으로 앉아 있는 우리 부부를 보고 그가 했던 말이다. 담담하게 말하는 그 모습은 죽음에 대한 준비가 이미 시작되었다고 말해주는 것 같았다.

결국 항암치료에서 자신을 해방시킨 그는 물리치료를 선택했다. 전문의의 조언을 받으면서 사망하기 두 달 전까지 자유인으로 살았다. 그는 그동안의 시간을 가족의 부담을 덜어주는 데 소비했다. 한창 진행 중이던 사업을 원만하게 정리했고 채무관계, 재산 상속관계 등 자기가 떠난 이후 가족이 해야 할 일들을 미리 마무리해놓았다. 그가 입원을 선택했을 때는 이미 자신의 장례식 장소를 정해놓고 비용까지 지불한 후였다. 살아있는 동안에 자유로운 삶을 살았으니 죽을 때도 마음대로 죽게 됐다고 마지막으로 병문안 갔을 때 농조로 말하던 히사타케 씨였다.

2007년 여름, 병문안을 갔다 온 후 한 달 만에 쓰야(通夜) 통지를 받았다. 고인이 다시 눈을 뜰 것을 간절히 바라면서 사망한 날 밤에 고인의 유체 옆에서 선향을 피우고 승려의 독경을 들으며 고인에 대한 추억을 떠올린다는, 일본인들이 고인을 보내는 하나의 절차였다. 장남인 마사노 군이 아버지의 유언대로 조용한 가족장을 하게 되었다고 하면서 히사타케 씨가 남겨놓은 장례식 참가자 희망 명단에 가족이 아닌 사람으로는 우리 부부뿐이라고 했다. 그에게 우리가 가족 같은 존재였다는 생각에 가슴이 뭉클해졌다.

이튿날 장례식장에서는 고인이 생전에 즐겼던 음악이 조용히 흐르고 있었다. 국화꽃으로 장식된 제단에는 미소 짓는 히사타케 씨의 영정사진이 모셔져 있었다. 본인이 생전에 정해놓았다는 음악과 사진이라 했다.

나는 하얀 목제관 속에 누워 있는 히사타케 씨의 얼굴을 똑똑히 보면서 하얀 국화꽃을 머리맡에 올렸다. 돌아간 사람을 그처럼 가까이에서 본 적은 그때가 처음이었다. 고인의 유체에 한 사람 한 사람씩 인사하는 것이 일본 사람들의 장례식 중 또 하나의 중요한 절차였다. 나는 생각 밖으로 경건해지는 마음을 느끼면서 고인을 향해 "편히 쉬세요"라고 말했다.

유체 화장이 끝난 후에는 장례식의 마지막 순서인 습골(拾骨) 의식, 즉 '오코쯔아게'가 진행되었다. 다리 부분부터 머리 순서로 한 번에 두 사람이 동시에 젓가락으로 뼈를 집어서 골회함에 조심스레 옮겼다. 가까운 가족만 참가하는 절차에도 우리를 참가시키라는 히사타케 씨의 당부가 있었기에 그날 나와 남편은 처음으로 오코쯔아게를 체험하게 되었다.

친족만 참가한 장례식이었지만, 시종 조용한 가운데 진행되었다. 통곡소리와 아우성소리는 전혀 들리지 않았다. 일전에 듣기만 했던 비교적 현실적인 일본 사람들의 사생관을 그곳에서 느끼게 되었다. 당연히 가족의 죽음을 슬퍼하지 않는 사람은 없을 테지만, 그것을 받아들이는 과정은 그닥 거창하지 않았다. 죽음에 대한 차분하고 담담한 그들의 수용력을 나는 직접 보았다.

습골 된 골회함은 49일 동안 자택의 부쯔단(仏壇)에 보관했다가 사원이나 능원에 납골하게 된다. 한동안 집안에 골회함을 모시고 고인에게 매일 인사를 건네거나 사원에 납골한 후에도 매일 부쯔단을 마주하고 고인의 위패(位牌: 죽은 사람의 이름을 적어 그의 혼을 대신한다는 상징성을 갖는 나무 조각)를 향해 집안 일을 알리거나 하는 일본인의 습관은 통곡소리나 몸부림을 낯설어하는 그들만의 애수의 표현이기도 하다. 집안에 있는 작은 사당이라 해도 무방한 부쯔단은 종교신앙의 유무와 상관없이 먼저 간 가족을 공양하기 위해 일본인이 만들어낸 일본 특유의 문화라고 한다.

최근에 전신암으로 세상을 뜬 일본의 유명한 배우 기키 기린(樹木希林) 씨가 생전에 남긴 "사는 것도 일상이고 죽어가는 것도 일상"이라는 말이 일본인의 사생관을 보여주기도 한다. 죽음도 살아가는 동안의 일부분이고 거부할 수 없는 정해진 과정이기 때문에 더 살려고 힘을 빼지도 말고 그만 살려고 단념하지도 말며 오늘과 지금을 충실하게 살아야 한다는 현세주의적인 것이 바로 일본인의 사생관이다. 그들은 "죽은 사람은 변명할 수 없기에 죽은 사람에 대해서는 비난하지 말아야 한다"는 합리주의적인 관용도 갖고 있다.

동일본대지진 때 다른 물건은 다 제쳐놓고 남편의 유골함을 가슴에 안은 채 피난했다는 일본 할머니의 이야기를 들은 적이 있다. 또 공동묘지 바로 옆에 집을 짓고 사는 일본 사람들을 수없이 보아왔다. 아침마다 능원 안을 산책하고, 봄이면 능원에 일부러 벚꽃구경을 가는 일본 사람들, 밤길에도 묘비들이 총총한 절 앞을 편안하게 지날 수 있는 그들이다.

세계적으로도 명확한 종교가 없다는 평가를 받는다는 일본 사람들은

어쩌면 죽은 사람들과 늘 함께 생활할 수 있는 자기들만의 독특한 신앙을
갖고 있는지도 모른다.

일본 여자들

세계경제포럼(WEF)이 발표한 '2021년 성 격차 지수'에서 일본은 조사 대상인 156개 국가 중 120위였다. 물론 정치 참여에 관한 중시도가 큰 비중을 차지했다고 하지만, 경제적인 면에서 남성들과의 임금차이 등 홀시할 수 없는 부분이 많다고 보아야 할 것이다.

'남녀불평등'이라는 말은 가끔 듣지만 '남존여비'라는 말 자체에는 그닥 익숙지 않은 일본 여자들은 상기와 같은 통계에 대한 반응도 전혀 강렬하지 않다. 정치에 관심이 없는 국민성의 연장선이라 할까. 일본 여자들은 아예 개변되기 어려운 전통과 현실에 기대조차 하지 않고 쓸데없는 일에 힘을 빼지 않으려는 듯 조용히 자신들의 힘이 닿을 만한 곳인 실제 생활에서 합리성을 찾고 있는 것으로 보인다.

오랫동안 살펴본 결과 일본 여자들은 단단한 일면을 갖고 있다. 불평할 만한 것들에 대한 집념을 아예 버리고 불가능한 것을 단념해버리는 그들은 냉정한 판단력과 참을성을 갖고 있다. 한편 가정에서나 자기 울타리

안에서 충분히 자기의 권리 범주를 만들고 있으며, 자기 만족을 달성하고 있어서 나름대로 충실한 일상을 보내고 있다는 느낌을 받는다. 대부분의 여자들은 취미생활이나 자기 관리에 절대 등한하지 않으며, 정당한 이유와 적당한 범위 내에서의 사회적인 역할과 책임도 짊어지고 있다.

하지만 육아나 효도가 일방적으로 여자들의 어깨에 놓이거나, 회사 내에서 여러 가지 제한을 받거나, 상사의 성희롱을 참아내야 하는 등 문제가 많은 것도 사실이다. 남녀 사이 관계에 재래적 감각의 깊은 뿌리가 존재함을 그들 사이의 호칭에서도 자주 느끼게 된다. 타인에게 자기 아내를 "내 안쪽에 있는 사람입니다"라고 낮추어 소개하는 일본 남자들과는 반대로 일본 여자들은 자기 남편을 '우리 집 주인'이라고 자기보다 높여 소개한다. 결혼을 계기로 하나의 '집'이 형성되면 호주가 된 남편이 가족의 생계를 책임지기 위해 밖에서 일해야 하고 아내가 '집안'에서 부모를 모시고 아이를 키워야 했던 재래식 가족 구조에서 온 부부 사이의 호칭이다. 뭔가 종속적인 관계가 엿보이는 것 같아서 처음에는 받아들이기 쉽지 않았지만, 알고 보면 단지 오랫동안 내려온 관습에 불과하다.

가족 내의 재래식 구성은 변화하고 있다. 인기 절정이던 스물한 살 난 야마구치 모모에(山口百恵) 씨가 결혼을 계기로 전업주부가 된 1980년에는 결혼한 일본 여성의 65%가 전업주부였다고 하는데, 35년 후인 2015년에는 38%로 줄어들었다고 한다. 또 최근에는 아내가 전업주부이기를 바라는 젊은 남성들이 그닥 많지 않으며, 대부분 맞벌이 부부를 원한다고 한다. 그만큼 남자들의 힘만으로 풍족한 생활이 불가능한 현실이다.

일본은 부부 동성(同姓)의 나라이기도 하다. 갓 일본에 왔을 때 아예 묻지도 않고 남편의 성으로 나를 부르는 일본인이 대부분이었다. 아이가 학교에 다니기 시작하고 나서부터는 나 자신도 남편의 성으로 자신을 소개하기 시작했다. 일본에서 엄마와 자식이 다른 성을 가진다는 것은 있을 수 없는 일이기 때문이다. 가끔 "중국은 부부 별성(夫婦別姓)의 나라입니다"라는 말을 덧붙이면서 자기소개를 하기도 했는데, 흥미진진해하는 일본인이 대부분이었다.

일본인에게 '성(姓·苗字)'이라는 개념은 정체성을 바탕으로 하는 우리와는 전혀 다르다. 그들에게 '성'이라는 존재는 가족의 형성을 의미하는 것이며, 사랑하는 사람에게 속하는 하나의 '집'을 이루는 법적인 절차다. 결혼하면 여자가 남자의 성을 따르게 되는 일본의 부부 동성 제도는 100여 년 전부터 시작되었다고 한다. 일본의 호적법에 의해 동씨(同氏)·별씨(別氏) 선택이 가능한 국제결혼 외에는 결혼할 때 반드시 어느 한쪽의 성(보통 여자가 남자의 성으로)으로 바꾸어 같은 성으로 입적(入籍)해야 법률적으로 인정받는 부부가 될 수 있다. 각자의 성을 바꾸지 않을 경우의 혼인은 '사실혼'이 될 뿐 법적인 인정을 받지 못한다. 만일 '사실혼' 부부 사이에 아이가 태어나면 아이의 친권은 엄마한테 속할 뿐만 아니라 '혼외자식'으로 엄마의 호적에 오르게 된다. 명확한 유언이 없을 경우 사실혼 부부 사이에는 유산 상속도 불가능하게 된다.

이혼한 엄마가 아이들 때문에 전남편의 성을 그대로 쓰는 경우도 있으며 재혼한 엄마를 따라 아이들이 새롭게 성을 바꾸는 경우도 있는데, 이런 경우에는 혈통과 전혀 상관없는 '성'이 형성되는 것이다. 성을 바꾸다니 우리는 상상도 못할 일이지만 말이다.

법적인 문구로는 '어느 한쪽'이라고 적혀 있지만, 대부분 결혼하면 남편의 성으로 바꾸게 되며 아내가 회사에서만 자기의 옛 성(旧姓)을 계속 쓰는 경우도 있다. 혹여 남편이 아내의 성으로 바꾸는 경우도 있지만, 여자가 남자의 성을 따르는 것에 비해 사회적으로나 가정 내에서 불필요한 눈치를 많이 봐야 하는 것이 현실이다.

　그나마 다행한 것은 부부 별성 제도에 대한 논의가 계속되고 있다는 점이다.

고민가와 고층건물

아마 2년쯤 전일 것이다. 고향에서 온 지인을 데리고 일본 전통 음식점인 '아카네(茜)'에 갔다. 아카네는 우리말로 다년생 덩굴식물인 '꼭두서니'를 말한다. 길게 뻗은 국도를 마주하고 이름처럼 수수하게 꾸며져 있었지만, 꽤나 인기를 모으고 있는 고민가(古民家) 일본 전통 음식점이다.

'아카네'의 전반적인 분위기는 여유로움을 지녔다. 테이블 사이에는 일정하게 공간이 있었고 천장과 벽, 창문과 마룻바닥까지 고풍스러움을 풍겼다. 일부러 멀리하기라도 하듯이 현대의 빛과 색깔은 전혀 찾을 수 없었다. 우리는 1950년대의 일본 가옥에 몸을 담근 채 일본식 전통 음식을 맛보는 귀중한 체험을 하게 되었다. 예약하기 쉽지 않았던 이유를 말해주듯 손님들로 꽉 차 있었다.

일본의 '고민가'란 옛날 장인들이 각지의 기후와 풍토에 맞게 지혜를 모아 지은 오래된 민가를 말한다. 대체로 지은 지 50년 이상에 달하며, 1950년 제정한 건축법에 의해 못을 사용하지 않고 지은 전통적인 일본 건축물을 말한다.

최근에 와서 전통적인 목조축조구법(木造軸組構法)의 합리성과 내구성(耐久性)이 현대인 사이에도 인기를 모으기 시작하면서 오래된 민가를 새롭게 재생시킨 전통 음식점이 갈수록 늘어가고 있으며 노후대책으로 고민가를 택하는 사람들도 적지 않다.

"일본이 선진국이라는 느낌이 안 들어요. 깨끗하기는 하지만 건물들이 너무 낡았네."

지인은 좀 낯설어했다.

우리에게는 좀 생소하지만, 고민가에 매력을 느끼는 일본인을 많이 보아왔다. 대대로 내려온 100년 이상 되는 민가에서 사는 사람들도 있고, 그런 민가에서 상업을 벌이는 사람들도 있다. 물론 인위적이 아니라 옛 집을 수리하고 정비하여 원래의 모양을 보존하면서 말이다. 낡고 뒤떨어졌지만 역사를 읽을 수 있는 그런 건물을 엄청 많은 비용을 들여 개축·정비하는 섬세하고 독특한 그들의 기술에도 탄복하게 된다.

같은 가격대의 같은 음식을 고민가식 음식점에서 먹다 보면 나도 모르게 진정한 일본 속에 있는 것 같아서 마음이 차분하고 편안해진다. 그러면서 일본의 고유문화가 그것을 계승해가는 사람들과 그것을 향수해가는 일반인들에 의해 꾸준하게 보존되어왔을 수도 있다는 생각도 하게 된다.

"일본에는 생각보다 고층건물이 적은 것 같아."

지인이 일본에 와서 받은 첫인상이었다.

세계적으로도 고층건물이 많은 도시 중의 하나인 국제도시 도쿄이지만, 도쿄 이외의 지방에는 고층건물이 그다지 많지 않은 것은 사실이다. 마천루 세계 순위 1위인 두바이의 부르즈 할리파(828.9m)에 비하면 3분의

1 정도의 높이밖에 안 되는 오사카(大阪)의 아베노하루카스(300m)가 현재 일본에서 제일 높은 건물(세계 순위 145위)이라고 한다. 2027년 도쿄역 앞에 390m 높이의 빌딩이 건설될 예정이라 하는데, 그렇게 되면 일본에서 최고로 높은 건축물 기록은 갱신하게 되지만 그래도 세계적인 순위로는 그다지 앞자리가 아니다.

전문적인 조사와 연구를 해본 적 없는 내가 다년간 이곳에서 살면서 납득한 몇 가지가 있다.

우선 일본이 세계적인 지진대국이라는 점에서 초고층건물을 '자숙'하는 게 아닐까 싶다. 매번 큰 지진이 발생한 후에는 수정과 개정을 거듭하는 일본의 건축물 내진(耐震) 기준이다. 건축 당시의 기준이 꼭 현재에 적합하다고 할 수 없기에 새로운 기준에 따라 건축물을 진단하고 개선해 나가야 한다.

백 년에 한 번이라는 2011년 일본 도호쿠지방의 태평양 해역 지진에서 현재의 엄격한 지진 대책으로 지어진 일본의 고층건물은 파괴 위험성은 적지만 천장이 파손되고 가구가 넘어지는 등 위험성이 있다는 것이 실증되었다. 하여 요즘에는 6급 지진의 큰 좌우 흔들림이 와도 사람이 안전하고 건축물이 피해를 입지 않는 정도의 면진구조(免震構造)가 주류라고 한다. 일본에 초고층건물이 적은 원인의 하나가 바로 이러한 엄격한 지진대책의 제한을 받아서가 아닐까 하는 생각을 하게 된다.

도쿄뿐만 아니라 역사적인 도시이며 오랫동안 일본의 정치와 문화의 중심지였던 교토(京都)에서도 초고층건물을 찾아보기 어렵다. 교토에는 지진대책 외에도 역사적이고 전통적인 옛 도시 경관(景観)을 보호하기 위한 엄격한 조례(条例)가 있기 때문이다.

예를 들면 새로 건설되는 모든 건축물은 기요미즈데라(淸水寺), 도지(東寺) 등 세계유산을 품은 교토의 풍경과 조화를 이루어야 하며, 건축물의 높이뿐만 아니라 지붕의 색상조차 역사 유산에 손상을 주지 말아야 한다는 제한을 받게 된다. 그렇기 때문에 교토시 구역에는 도지(東寺)의 탑(54.8m) 높이를 크게 초과하는 고층건물을 지을 수 없으며, 경우에 따라 지붕의 색상도 진한 회색이나 검은색으로 정해진다고 한다.

건물의 높이, 건물의 신구(新舊) 상태에 대한 사람들의 가치관은 서로 다르다. 맨션의 층수에 따라 집값이 올라가는 단순한 현상으로만 보아도 고층건물에 대한 사람들의 꿈과 기대를 엿볼 수 있다. 반대로 현대적인 건물에 대한 매력보다 역사의 흔적과 오래된 전통에 대한 애착을 갖고 있는 또 다른 일본인들이 있는 것도 사실이다.

그들의 그런 독특한 문화적인 경향으로 인해 현재의 일본 속에는 옛 일본도 살아 숨 쉬고 있다.

숨막히는 일본 사람

일본의 전차는 문제가 생기거나 사고를 제외하고는 도착 시간과 전차가 멈추는 위치가 거의 정확하다. 1분 이상부터 지연에 속하는 일본의 전차 지연 기준은 세계적으로도 유명하다고 한다. 전차가 역에 들어서서 지정된 위치에 딱 멈추는 것을 보면서 감탄하는 외국 관광객도 많다. 그런 정확한 시스템에 습관이 된 사람들로 빼곡한 아침 출근 전차는 전쟁터와도 흡사하다.

매일 아침 출근길에 같은 시간대의 전차를 타다 보면 늘 익숙한 풍경이 눈에 들어온다. 한결같이 같은 자리에 앉아 있는 사람, 내리는 역이 항상 같은 사람, 하루도 빠짐없이 책을 열심히 읽는 사람, 아예 맨 얼굴로 올라와서는 기본 화장부터 시작하는 사람….

휴일 외에는 항상 같은 시간에 오르는 전차인지라 다른 사람들의 눈에 나도 그런 일상의 풍경이 되고 있을 것이 분명하다. 혹여 화장을 시작하는 젊은 여자가 보이지 않는 날에는 재미가 하나 줄어들기도 한다. 그녀의 화장 마무리가 잘 안 될까 두근거리며 바라보는 자극을 맛보지 못하게 되니 말이다.

거의 한 달 전부터 새롭게 보이기 시작한 여성이 있었다. 이사를 왔는지 아니면 직장을 바꾸었는지 같은 시간에 여러 번 보게 되었다. 처음 만났던 날, 그녀가 읽고 있던 책 제목이 『아내 사용 취급서』여서 무척 인상적이었다.

그날부터 한 주에 세 번 정도는 같은 전차에서 그녀를 보게 되었다. 그러던 어느 날, 그녀 곁에 빈자리가 생겨서 내가 앉게 되었다. 늘 그러하듯이 나는 이어폰으로 음악을 듣고 있었다. 2분 정도 지났을까. 그녀가 내 어깨를 두드렸다. 급히 이어폰을 뺀 나에게 그녀는 이렇게 말했다.

"음악소리가 너무 커서 책을 읽을 수 없네요."

웃음기 없는 얼굴로 조용히 짜증을 부리는 모습에 나는 순간적으로 "죄송합니다" 하면서 아예 음악을 꺼버렸다. 그녀는 아무 일도 없었던 듯이 계속 책을 읽었다.

며칠이 지난 같은 시간에 같은 전차에 탄 나는 누군가가 집요하게 쳐다보는 것 같은 느낌에 머리를 돌렸다. 또 그녀였다. 아마도 이어폰에서 새어나오는 음악 소리가 또 신경을 건드린 모양이었다. 나는 반사적으로 일어나 아예 그녀와 떨어진 곳으로 이동했다.

어망결에 자리를 바꾸기는 했지만, 생각해보면 도서관도 아닌 전차 안에서 이어폰으로 음악을 감상할 수 없다니 말도 안 되는 일이었다. 전차는 도서관이 아니라 여러 움직임이 존재하는 공공의 장소가 아닌가? 자그마한 소음도 견디지 못한다면 아예 도서관에 가든가, 자가용을 타든가, 아니면 이어폰으로 귀를 막고 독서를 하든가…. 그런 생각 때문에 그날은 종일 기분이 우울했다.

　그 이튿날부터 나는 쪽지 한 장을 준비하여 갖고 다녔다. "공존공간, 잘 부탁드립니다"라고 적은 쪽지였다. 언젠가 또다시 그런 시선을 보내면 그녀에게 보여주려 했다. 아침 전차에서 긴 이야기를 할 수도 없고 트러블로 이어질 수 있다는 우려도 있었지만, 그녀의 반응이 궁금하기도 했다. 헌데 그 후로 아무리 찾아보아도 그녀는 보이지 않았다. 이튿날도 그 이튿날도 그녀의 모습은 없었다. 트러블을 피해 그녀가 나에게 크게 양보했다고 착각하고 있을지 모른다고 생각하니 억울하기도 했다.

　이렇듯 자기와 다른 것을 피하고, 싫은 것을 아예 접하지 않으려 하면서 타협과 이해의 과정을 포기하는 조용한 일본 사람들이 결국은 자기중심적으로 세상을 보는 것에 습관되어버리는 경우가 있다. 지나치게 이지적이고 지나치게 상식적이며, 완벽함과 결벽증세를 일반화하려 하는 일부 사람들 때문에 가끔 숨이 막힐 때가 있다.

내가 만난 중국 부자

몇 년 전 지인의 부탁을 받고 일본에 여행 온 그의 친구를 맞이한 적 있었다. 그녀가 엄청난 부자라는 것과 그녀를 동반하여 이틀 동안 쇼핑을 해달라는 간단한 연락을 받은 나는 생면부지의 그녀와 SNS로 만났다.

약속한 날 그녀를 안내하여 여행오는 중국 관광객이 반드시 간다고 해도 과언이 아닌 일본의 대표적인 백화점 긴자(銀座) 미쯔코시(三越)로 갔다. 긴자의 랜드마크인 긴자4쵸메(銀座 4丁目) 교차로를 보여주려고 10시부터인 영업시간을 1시간 앞두고 긴자에 도착했다.

긴자는 일본 사람들의 감성과 미의식이 농축된 일본의 대표적인 도시로, 세계적으로도 차분하고 고급스러우며 아름답다는 평가를 받고 있다. 전문가들은 도쿄의 중심지인 긴자가 오랜 세월 명품도시의 품위를 지켜오게 된 것은 모든 면에서 전통과 혁신을 공존한 결과라고 평가하고 있다.

그날도 고급스러움을 연출하는 긴자는 계절을 알리는 가로수와 기품 있는 건물 색상, 개성적인 백화점의 진열창만으로도 충분히 독특한 분위기를 자아내고 있었다. 긴자4쵸메 교차로를 중심으로 왼쪽이 와코(和光) 본점이고 오른쪽이 미쯔코시인데, 화려함만을 강조하지 않는 무게 있는 분위기가 마음을 끌었다. '근대화 산업유산'으로 인정받은 긴자의 상징인 와코 본점 시계탑은 120여 년의 역사를 묵묵히 내비치고 있었다.

지방에 사는 일본 여자들이 세상 돌아가는 모습과 유행을 파악하기 위해 적어도 한 달에 한 번씩은 긴자에 간다는 말을 많이 들었다. 자기 자신한테 하는 투자인 것이다. 다들 긴자 거리를 거닐려면 옷단장과 몸가짐에 신경써야 하며, 적어도 긴자가 오랫동안 지켜온 컬러를 깨지는 말아야 한다는 마음을 지니고 있다고들 한다. 그래서일까. 활기에 넘치는 긴자는 늘 뭔가 모르게 지켜지는 색조들이 있고 조화가 엿보인다. 건축물은 물론 오가는 행인들의 옷차림에서도 그것을 느낄 수 있다.

긴자에 대한 구구한 설명을 마친 나는 일본 사람들에게서 늘 들어온 한마디를 했다.

"긴자에 오니 '긴자답게'라는 말이 떠오르네요."

내가 건네는 말에 그녀가 의아하다는 듯 물었다.

"긴자답게'라는 게 무슨 뜻입니까?"

"세계적으로 유명한 상업도시인 만큼 상품의 질과 서비스 수준이 최고라는 뜻입니다. 그리고 모든 사람이 품위를 지킨다는 말도 되고요."

오랫동안 일본에서 살다 보면 간혹 객관적인 입장에 몸을 담그기도 한다. 운명적으로 중국, 한국, 일본의 문화권 내에 생존환경을 두고 있기에 문득문득 중국 사람도, 한국 사람도, 일본 사람도 아닌 또 다른 부류의 문화를 자기 속에서 발견할 때가 있다. '짬뽕'이라는 표현을 떠올리기도 하는 나의 정체성을, 통역을 하면서 자주 느끼게 된다. 쌍방의 심리를 꿰

뚫고 서로 불편하지 않게 조율을 모색하면서 중간 역할을 할 때가 많다. 조금 거창하게 말해본다면 모두의 습관을 존중하여 서로 납득이 가고 실례되지 않는 한때를 보낼 수 있는 엔딩을 구상하는 프로듀서 역할이기도 하다.

단지 쇼핑하러 온 그녀에게 여러 가지 설명을 하는 것이 필요한지는 모르겠지만, 비싼 '물건'만이 아니라 공짜인 '문화'까지 덤으로 가져갔으면 하는 바람이 생기는 것도 그런 의도에서였다.

드디어 미쯔코시 백화점에 들어갔다. '웰컴' 분위기가 차고 넘치는 오모테나시(접대)가 역시 최고급 수준이었다. 물건도 명품이지만 그들이 굽히는 허리 각도의 일치는 물론, 상냥한 말소리와 미소는 더더욱 명품이라며 그녀는 혀를 찼다. 소비자를 대하는 일본 서비스업계의 매뉴얼을 체험할 수 있는 좋은 기회라고 나도 한마디 했다.

패션감각이 뛰어난 그녀는 시간 가는 줄 모르고 쇼핑에 몰입했다. 통역하면서 값을 인민폐로 체크하여 알려주곤 했지만, 그것이 헛수고임을 한참 후에야 눈치챘다. 그녀에게 값은 별로 중요하지 않았다. 얼마를 써야 한다는 제한이 없을 만큼 그녀는 부자였다.

나는 거의 모든 브랜드를 체크하는 그녀의 파워에 놀랐다. 점원들이 그녀의 뒤를 따라다니면서 그녀가 고르는 상품들에 대해 일일이 나에게 설명해주었다. 물론 그 설명이 끝날 무렵에 그녀는 이미 다른 상품을 손에 들고 있었다. 하지만 점원들의 오모테나시 때문에 나는 나와는 전혀 인연이 없는 상품들에 대한 설명을 귀담아듣지 않으면 안 되었다.

"이거 내 사이즈가 없네."

내가 통역을 하지 말아야 했다. 말이 떨어지기가 바쁘게 눈치 빠른 점원이 어디론가 상품을 찾으러 갔다. 하필이면 왜 그녀의 사이즈가 없었는지, 살 마음도 없으면서 뱉은 푸념 같은 고객의 그 한마디 때문에 점원이 물류창고에까지 가지 않았나 싶었다. 역시 그녀는 이미 다른 명품에 정신이 팔려 있었다. 하지만 나는 뛰어나간 그 점원의 모습이 생각나 차마 그 자리를 떠날 수 없었다. 한참 후 헐떡거리며 상품을 가져온 그 남성 점원에게 나는 "스미마셍"을 몇 번이나 해대며 머리를 숙였다.

지인의 친구인지라 따끔한 말 한마디 하지 못한 채 그녀의 몸이 고달파지기만을 기다렸다.

"여기서부터 저기까지 다 주세요."

'설마?!'

나는 뉴스에서만 보았던 부자의 씀씀이를 눈앞에서 목격했다. 몇만 엔씩 하는 옷 20여 벌은 족히 될 것 같은데, 자세히 보지도 않은 채 옷걸이의 왼쪽부터 오른쪽으로 그녀의 손가락이 움직였다. 헌데 깜짝 놀라는 나와 달리 점원들의 표정은 변하지 않았다. 그것도 매뉴얼의 한 부분인지, 아니면 그것이 긴자 백화점의 일상인지는 알 수 없지만.

문득 '바쿠가이(爆買い)'라는 단어가 떠올랐다. 2014년부터 중국 관광객의 대명사로 정착하기 시작한 '바쿠가이'는 2015년 일본 유행어 대상을 받을 정도로 큰 화젯거리가 되었다. 화장품 같은 가벼운 상품을 한 사람당 몇십 세트씩 사는 일은 아무것도 아니었다. 선물로 온수 변기를 여러 개 사는 이들이 있어서 화제를 모았다. 심지어 중국 손님들의 바쿠가이 때문에 생산량이 정해져 있는 분유와 종이 기저귀 등 인기 상품에 결품 현상이 나타났다. 하여 일본 국내 소비자의 소비 생활에 영향을 주게 된 것도 사실이었다. 그야말로 돈을 쓰고도 뒷소리를 듣는 형편이었다.

그날 그녀는 몇 시간 동안 인민폐 30여만 위안을 썼다. 그 대신 나는 통역 외에도 종일 그녀의 뒤치다꺼리를 하지 않으면 안 되었다. 수십 벌에 달하는 옷들을 입어보고는 그대로 벗어 던지는 그녀의 행동은 나를 아연하게 만들었다. 솔직히 백화점 점원들의 얼굴을 대하기가 민망스러웠다. 나는 모든 손님을 가미사마(神様)로 모셔야 하는 점원들이 안쓰럽기까지 했다.

나는 그곳을 빨리 떠나고 싶었다. 아무리 '손님은 신이다'라는 발상이어서 세계적으로도 인정받는다는 일본의 서비스이지만, 그것은 상호 포용관계가 성립되어 있을 때야 완벽하게 완성되는 것이 아닐까. 점원들의 마음속에 그녀가 '돈 잘 쓰는 중국인'이 아니라 진심으로 다시 오기를 바라는 진정한 '가미사마'로 남았으면 싶었다.

몇 년이 지난 요즘에는 쇼핑에 치우쳤던 중국 관광객의 여행이 바쿠가이가 아닌 일본 문화에 대한 견학으로 바뀌는 추세다. 일본의 천연온천, 세계유산, 기모노(着物), 스키, 다도 등 체험형 여행이 주류를 차지하고 있다고 한다. 여행 방식의 변화에 따라 쇼핑 방식도 변화되고 있다. 하여 아키하바라(秋葉原)와 긴자 거리에서는 더는 그 옛날의 바쿠가이 풍경을 찾아볼 수 없게 되었다.

그것이 침체기에 들어선 일본 백화점의 골치 아픈 사정이기도 하지만, 물건이 아닌 문화와의 접촉이 여행의 의미를 높여주고 있어서 다행이라는 생각을 하게 된다.

산다는 것은…

수필

나를 찾다

연변문학 2018년 9월호

요즘 들어 자주 가슴이 답답해 잠을 설친다. 때론 숨막힐 것 같아 눕지도 앉지도 못할 때가 있다. 그러다가 까마득한 추억 속에 두고 온 빛바랜 조각들을 하나하나 주워 모으면서 그 시절에는 느끼지 못했던 은근하고 야무진 빛을 발견하기도 한다. 지난 세월에 대한 연민과 아픔, 희열을 느끼면서 내 안의 나를 들여다본다.

얼마전 재일조선족여성회에서 자녀 교양 강좌를 해달라는 연락을 해왔다. 비교적 순조로웠던 아들애의 성장에 관한 경험담을 도쿄에 사는 조선족 젊은 엄마들에게 들려달라는 부탁이었다. 그때까지만 해도 조선족 모임에 참여하는 걸 꺼렸던 나는 그날 30여 명의 젊은 조선족 엄마들이 모인 자리에서 1시간 동안 강연을 하게 되었다.

헌데 오랫동안 공식적인 장소에서 우리말을 하지 않은 탓인지 말이 막혔다. 나한테 제일 쉬운 말인데 더듬게 되었고, 결국에는 일본말로 이야기를 했다.

"우리말이 좀… 잘 안 나옵니다."

강연을 마친 며칠 후 유튜브에 올라온 강연회 동영상을 보면서 자신이 부끄럽게 느껴지기 시작했다. 듣는 사람이 모두 조선족인데 왜 하필이면 일본말로 이야기를 했을까!

문득 오랫동안 자기 언어를 등한시한 자신을 발견하게 되었다. 나에게 우리말은 어떤 존재였던가….

말을 익히기 시작한 나에게 부모님은 'ㅇ'과 'ㅁ'의 울림으로 벅찬 '엄마'라는 첫마디를 가르쳐주셨다. 젖줄기를 떠난 나에게 물에 씻은 김치 조각으로 맛을 알려주셨다. 풍요롭지 못한 형편에 짠맛과 매운맛이 그렇게 내 안에서 뿌리를 내렸다.

어린 시절 내 꿈은 조선어 방송작가였다. 유치원에 다닐 때부터 연변인민방송국 소년아동 프로그램의 단골이던 나는 초등학교를 마칠 때까지 소년 합창단, 중창단, 아동 프로그램 연극단 단원이었다.

방송국에 가는 날이면 항상 명절처럼 좋았다. 그곳에 가면 커다란 그랜드피아노가 있었다. 때때로 녹음실에서 이름난 성우들의 유머 듬뿍한 토크를 엿들을 수 있었고, 이름난 가수들과 가까이에서 마주치기도 했다.

그렇게 그곳은 나의 꿈을 잉태했다. 언젠가부터는 하루빨리 어른이 되어 이 방송국에서 일하고 싶다는 엄청 다부진 설계도를 그리기 시작했다. 조선언어문학을 전공한 나에게 연변 텔레비전방송국에서 편집기자로 일할 수 있는 기회가 주어졌다. 어릴 때 머릿속에서 그렸던 그림들이 나의 노력과 정성에 의해 하나하나 반짝반짝 빛을 뿜는 액자에 들어가던 그런 6년간의 생활이었다. 지금 생각해보면 조선말은 너무 당연하게, 그리고 자유롭게 내 생활과 내 일의 필수품이 되었다.

그러던 내가 언제부터 우리말이 잘 나오지 않았을까? 적어도 그렇게 아주 자연스럽게 변명하지 말았어야 했다.

1990년대 초반, 연변에 일본 유학 붐이 일었다. 남들보다 빨리 남편은 일본 유학길에 올랐고, 2년 후 아빠를 찾기 시작하는 아들애랑 아기자기 세 식구가 모여 살고 싶다는 염원 하나로 겁 없이 바다를 건넜다.

나리타 공항에 도착한 날, 머릿속에 뱅뱅 도는 일본어가 입 밖으로 나와주지 않았다. 세관 직원의 물음에 종이에 일일이 대답을 적으며 가까스로 세관을 나온 나는 태어나 처음으로 언어의 장벽을 마주하게 되었다. 귓가에 들리는 알듯 말 듯한 말소리, 유난히도 깨끗한 주위 환경, 지나치게 깍듯한 사람들. 하나하나가 생소한 것뿐이었다. 그럼에도 낯선 나리타 공항의 모든 것이 신선하고 희망적으로 느껴졌다.

20대 후반의 끓는 열혈 때문이었을까! 인생에서의 새출발을 눈앞에 두고 가슴이 벅차기만 했다.

하지만 일본 땅, 현실을 밟는 첫걸음은 쉽지만은 않았다. 우선 책에서 배웠던 일본어와는 완전히 다른 생활용어가 나를 괴롭혔다. 뉘앙스와 분위기로 감정을 전달하는 일본인 속에서 나는 소통을 거의 하지 못했다. 한데 유치원에 다니는 아들애한테서는 재잘재잘 일본어가 잘도 새어나왔다. 무려 다섯 달 만에 내가 하지 못하는 일본어 대화를 거침없이 하는 아들애를 보면서 나는 깜짝 놀랐다.

왜 일본에 왔을까….

나는 두렵고 자신이 없어지는 몇 달 동안 불안 속에서 지냈다. "중국에도 전기가 있냐?", "사과라는 과일이 있냐?"라는 한 일본인의 소박한 물음(처음으로 중국 사람을 만난 것이었고, 후에는 줄곧 친한 사이로 지냈다)에 엄청 자존심이

상했던 기억이 생생하다. 그때까지 한 번도 고향을 떠나본 적이 없었던 나는 마음 한구석에 똬리를 틀고 있는 고독과 불편함(삶에서 소통의 비중을 처음으로 느꼈다)을 이기지 못한 채 무작정 아들애를 이끌고 반 년 만에 연길행 비행기를 탔다.

불과 반 년 만에 돌아온 딸을 보고 아버지께서 엄하게 한마디 하셨다.

"가족이란 한집에서 살면서 같이 고생해야지. 어서 돌아가거라."

가족이란 힘들어도 같이 있고 행복해도 같이 있어야 한다. 아버지의 그 깊은 뜻이 없었더라면 오늘날의 우리 가정이 있을 수 있었을까! 결국 나는 또다시 일본으로 돌아오게 되었다.

일본어가 통하지 않으면 일본에 발을 붙일 수 없다는 단순한 생각에 매일 텔레비전 드라마로 생활용어를 익혔고, 집에서도 일본어로 대화를 시도했다. 아들애는 외할아버지가 서운해할 만큼 완벽하게 일본어를 썼다. 우리는 그렇게 서서히 일본화가 되어갔다.

나는 연변에 있을 때 발급받았던 기자증을 근거로 자그마한 지역신문사에 취직했다. '독자 편지란[來信欄]'의 보조편집을 맡기 시작하면서 신문, 잡지, 텔레비전은 물론 일기와 블로그도 일본어로 쓰게 되었다. 내 머릿속에 존재했던 언어가 자연스레 일본어에 자리를 뺏기게 되었다. 그렇게 나도 모르는 사이에 일본인 속에서 융화되어가면서 살았다.

일본인 지인들은 우리를 단지 중국인으로밖에 알지 못했다. 일본인에게 우리가 중국의 조선족이라는 점을 이해시키는 것은 너무 힘든 일이었다. 더 솔직한 고백을 한다면 역사가 남겨놓은 조선 사람과 일본 사람 간의 상처가 아직 남아있었다. 그래서 구태여 조선족이라고 밝히지도 않았다.

공교롭게도 옆집에 사는 여자가 일본인과 결혼한 한국 사람이었다. 그녀에게는 중국에서 대학 전공이 한국어였다고 설명했다. 그녀는 자기 나라 언어를 전공했다는 말에 너무 반가워하는 기색이었고, 한국어를 이렇게 잘하는 중국인은 처음 본다며 칭찬을 아끼지 않았다.

일본에 정착한 지 몇 년 후 한국에 가족 여행을 간 적이 있었다. 한국인 지인의 안내로 남대문시장에 갔을 때, 그분이 조심스레 나에게 말했다.

"제가 흥정해드릴 테니 눈치만 주시고 말씀은 하지 마세요."

내 연변 말투 때문에 흥정이 잘 안 될 가능성이 있다는 말이었다.

그 후로는 한국에 가서도 일본어를 쓰곤 했다. 백화점이나 시장, 심지어 호텔에서도 대하는 얼굴이 달랐다. 한국에서 나는 일본 여자로 '오해'받은 적도 있었다. 그렇게 나는 한국에 가서도 우리말을 하지 못하고 말았다. 시간이 가고 날이 가면서 나는 오랫동안 자기 언어에 너무 둔한했다.

나에게 우리말은 무엇을 의미하는 것이었던가….

어린 시절 내가 연변의 조선족 학교에서 모든 과목을 조선어로 공부했던 그때, 엄마는 소학교 어문(당연히 조선어문이었다) 교원이었고, 아버지는 대학에서 우리 언어를 연구하셨다. 엄마는 늘 "나무가 껍질이 벗겨져도 다시 살아나는 건 뿌리가 있기 때문"이라고 하셨다. 그때는 그것이 무슨 뜻인지 몰랐다. 다만 나무와 줄기의 관계성을 말하는 것이라고만 이해했다. 선택의 여지 없이 부모님이 펼쳐주신 길로 곧게 걸어온 나는 우리말을 무기로 모든 면에서 당당하고 보람차게 살았다.

한데 요즘 내가 나의 뿌리를 잊어가는 건가?!

중국 길림성의 연길시가 내 본적지가 된 것은 '자연식생'이 아닌 '역사적 식생'이었다. 하여 중국에서 중국어보다 조선어를 더 완벽하게 소화할 수 있다는 점을 늘 마이너스 요소로 여겨왔다. 그래서 아무 주저 없이 고향을 떠나 이국 타향에 정착했는지도 모른다.

고향을 떠나 일본에 온 지 어언 20여 년 세월이 흘렀다. 나는 최근에 와서야 우리가 조선족이기에 중·일·한 문화권 내에서 더없이 소중한 존재라는 점을 깨닫기 시작했다. 중국에서 태어나 이중언어와 문화 속에서 자란 우리가 일본에서 살면서 우리말을 잃지 않고 3중 언어, 나아가서 4중 언어 속을 지혜롭게 살 수 있다는 것이 얼마나 대단한 일인지 자신의 특징적인 정체성을 놀랍게, 그리고 기쁘게 느끼기 시작했다. 결코 마이너스 요소가 아니라 플러스 요소임을 깨닫게 된 것이다.

우리말로 강연을 하지 못한 부끄러움 때문에 오랫동안 마음이 짓눌려 있던 나는 자신의 색을 다시 찾기로 마음먹었다. 나는 일기와 블로그를 우리말로 쓰기 시작했다. 『길림신문』 일본 특파원으로 재일 조선족 기사를 쓰기 시작해서 또 한 번 놀랐다. 내 안에 우리말이 아직 깊숙이 생존하고 있었던 것이다. 모어의 위대함, 내 몸에 밴 조선어의 생명력에 감사했다. 조선족과 교류를 시작했고, 성공한 인물들을 쫓아다니느라 허둥지둥 정신없는 시간을 보냈다. 지면신문과 인터넷 신문으로 기사를 읽은 분들에게서 연락이 끊이지 않았다. 훌륭한 재일 조선족을 알게 되었다고, 보람 있는 일을 한다고 격려를 받게 되었다.

한국의 어느 화보 잡지 창간을 앞두고 "상생과 연대의 문화"를 그려가는 작업에 함께 참여해달라는 감사한 부탁을 받았다. '뿌리', '유전자', '족보 같은 가족사', '고향'… 기획서에 적혀 있는 이런 단어들이 나를 유혹하고 자극하여 결국 참여하기로 결심했다.

20여 년간의 공백은 반드시 건너야 할 강인 것 같다. 차갑지만 한 걸음 한 걸음 적응하면서 맨발로 건너야 할 그런 강….

　　하지만 되찾은 자신을 조절하고 인도할 수 있는 내 위의 내가 있어,

　　그 뿌리가 있어,

　　이런 내가 내 속에 숨 쉬고 있어 다행이다.

　　이제야 가슴이 뻥 뚫리는 것 같다.

케세라세라: 희망은 늘 과제와 함께

2019년 제21회 재외동포문학 가작상

"엄마, 층계가 이제 마지막이야."

내 발이 다음 계단에 닿기 3초쯤 전에 귀띔해주는 아들의 목소리가 들려왔다. 헛발을 디뎌 넘어질까 봐 걱정하는 게 틀림없다. 언제부터인지 반보쯤 뒤에서 늘 이것저것 살피는 듯한 아들과의 동행이 늘었다. 물론 타박도 늘었다.

"방금 그 발음은 좀 이상하네…."

"엄마, 무거운 건 택배로 주문해요…."

그러다가 간혹 "어머니 밥 주쇼"라는 우리 연변말을 들을 때면 변함없는 어릴 적의 그 뉘앙스에 웃음이 나오기도 한다. 내가 우리말을 하면 일본어로 대답하는 아들이다. 가끔 하는 우리말 속에 중국어가 섞여도 아무런 거부감을 느끼지 않는 아들은 일본인 속에서 제2, 제3 외국어로 한국어와 중국어를 공부하면서 이제 어엿한 직장인이 되었다. 지난 일들이 꿈인가 싶게 이젠 엄마의 심리상담가 역할도 하는 아들이다.

1990년대 초, 결혼한 지 1년 만에 시어머니께 임신 소식을 알렸더니 "너희들은 딸을 낳아야 좋단다"라고 말씀하셨다. 그 말에 조금은 안심이 되었지만, 반대로 '아들이면 안 되나?'라는 걱정도 생겼다. 결국 사내아이가 태어났고, 시어머니는 아들일 경우 집안사람이 아닌 남에게 이름을 지어 받아야 한다는 사주풀이를 받아가지고 오셨다.

아들을 낳은 즐거움까지는 아니더라도 아들을 낳으면 한소리 할 수 있다는 세상 편견 속에서 조금은 이해가 가지 않는 일이기도 했다. 그렇지만 어쩌겠는가? 수없이 부탁을 받고 남들한테 이름을 지어주시는 우리말 연구자이신 외할아버지를 뒤로하고 한국어와는 인연이 거의 없는 아빠 회사의 사장님이 '소곤(嘯坤)'이라는 이름을 지어주셨다. "넓은 땅 위에서 울부짖다"라는 큰 뜻이 담긴 이름이었다.

유치원에 다니면서 우리말 동요를 좔좔 외우기 시작한 1996년, 일본으로 유학 온 아빠를 따라 일본에 오게 된 곤(애명)이다. 도착한 지 하루 만에 아파트 아랫집 여자애와 친해진 곤이는 말이 전혀 통하지 않는데도 깔깔 웃어대며 같이 눈사람을 만들기도 했고, 숨바꼭질하느라 시간 가는 줄 모르는 것 같았다. 겨울방학이 지나고 동네 애들이 유치원에 가기 시작하자 유치원에 보내달라고 매일같이 떼를 썼다. 귀가 어리바리해지고 세상이 거꾸로 돌아가는 것 같아서 전혀 마음 잡지 못하는 엄마와 달리 곤이는 잘 정착하고 있었다.

때로는 말라붙은 눈물 자국으로 유치원에서 돌아오기도 했지만, 한 번도 유치원에 안 간다고 떼를 쓴 적이 없었다. 그동안 살던 곳과는 환경도 다르고, 먹는 음식도 다르고, 주고받는 언어도 달랐지만 당황하는 기색이 전혀 없었다. 갓 익히기 시작한 '집안 말'이 불쑥불쑥 튀어나오기도 했지만 그때마다 바로 일본어로 바꾸어 말했고, 반년이 지나자 일본어가 자연스럽게 곤이의 머릿속에 자리 잡았다.

　불과 다섯 달 만에 거침없이 대화하는 곤이를 보면서 놀랐다. 다섯 살 난 아들애의 머릿속에서 모국어였던 한국어가 일본어로 대체되는 그 시기를 지켜보면서 나는 인위적인 환경에 지배받는 언어 적응의 과정이 아이들에겐 생각보다 너무 간단함을 느꼈다. 다행히 여러 해 동안 한국 케이블TV를 설치한 덕에 아들에겐 한국말이 생소하지 않았다. 중국인이 왜 비싼 돈을 주면서 한국 방송을 보는지, 왜 고추장이나 김치를 아무런 위화감 없이 매일 먹는지, 거기에 대한 의문을 가질 여지도 없이 한국어, 중국어, 일본어의 운명적인 공존 속에서 살게 된 아들이었다.

　곤이가 초등학교 3학년쯤 되었을 때였다. 어느 날, 남편이 나에게 지인이 국적을 바꿨다는 이야기를 한 적이 있었다. 옆에서 듣고 있던 곤이가 국적이 무슨 뜻이냐고 물어왔다. 곤이의 입에서 그런 질문이 나오리라 예상하지 못한 나는 아홉 살 아이가 쉽게 이해할 수 있는 적당한 말을 찾지 못했다. 한동안 깊은 생각을 하지 않으면 안 될 정도로 복잡한 마음은 쉬이 가라앉지 않았다. 초등학생 곤이에게 국적이라는 개념을 어떻게 설명해야 하는가? 앞으로 곤이에게 국적은 어떤 의미로 존재하게 될까.

　어느 날, 아이를 이끌고 동네 공원 벤치에 앉았다. 작은 아파트 공간보다 넓게 확 트인 하늘을 바라보며 해야 할 이야기인 것 같았다.

　"조선이라는 나라, 알고 있지?"

　"응?"

　"우리가 살았던 연변과 가까운 나라…."

　1930년 초봄, 첫돌이 지난 큰고모를 업고 이불 한 채와 쪽바가지를 차고 두만강을 건너온 나의 할아버지와 할머니의 이야기를 나는 흑백영화 속의 어둡고 침침한 화면처럼 떠올리며 어린 곤이에게 들려줬다. 차디찬 얼음구멍에 빠진 할아버지가 할머니가 던져준 헌 이불과 막대기의 힘을 빌려 얼어붙은 강 위로 겨우 올라왔다는 우리 조상의 눈물겨운 두만강 옛이야기가 어린 곤이에게 그렇게 전해졌다.

힘겹게 건너와 발붙인 첫 정착지가 길림성의 훈춘이었고, 외할아버지가 거기서 태어났다는 이야기. 그리고 광복이 된 후, 술 공장에 나가게 된 외할아버지의 아빠, 그리고 떡 장사로 시장 바닥을 누벼야 했던 외할아버지의 엄마가 여섯 자식을 굶기지 않으려고 고달픈 삶을 살았다는 옛이야기를 해줬다. 이해할 수 있는 나이가 아니었지만, 또릿또릿한 곤이의 눈동자에 뭔가를 전달해줘야 할 것 같은 사명감 같은 것이 솟구쳤다. 그렇게 곤이는 '광복'이라는 말을 처음 접했다. 곤이한테는 세상에서 제일 큰 힘을 가진 분이 대학교수인 외할아버지였다. 그런데 그런 할아버지가 어린 시절 배고픔을 견디지 못해 남들이 먹다 버린 과일을 주워 먹기도 했다는 말에 아이가 엉엉 울기 시작했다. 그리하여 옛이야기는 그만 멈출 수밖에 없었다.

"외할아버지 국적은 뭐예요?"

중단된 이야기 속에서 뭔가를 느꼈던 걸까? 곤이가 당돌하게 물었다.

"중국."

"난 외할아버지랑 같은 걸로 할래요."

어린 곤이에게 국적은 그런 것으로 이해되었다. '한국'은 뭐고, '중국 사람인데 왜 한국말을 하게 되었을까?'에 대해 어린 곤이는 생각해본 적이 있었을까? 그것에 대해 한 번도 확인한 적은 없지만, 국적은 할아버지와 같은 것이어야 하고 가족은 다른 국적일 수 없다는 그 기특하고 예쁜 주장은 그 후 대학을 졸업할 때까지 변함이 없었다.

지금까지 일본에서 살면서 우리 가족은 이방인이라서 특별히 신경을 쓰며 살지는 않았다. 다만 '산에 가면 산 노래, 들에 가면 들 노래'라는 식으로 살았다. 그런데도 밖에서 이런저런 일로 신경 쓰다가 집안에서 한국어로 식구들끼리 이야기할 때면 마음이 후련해지곤 했다. 일본어로 대답하곤 하던 곤이도 외할아버지와 통화할 때면 평소에 들었던 엄마 아빠의 대화를 되새기며 애써 한국어로 대화하려 했다.

사실 요즘과 달리 그때 일본 사람들 귀에는 중국어든 한국어든 모두 일본어가 아닌 외국어로 들릴 뿐 명확하게 중국어와 한국어가 구별되지 않았다. 우리 식구끼리 한국어로 대화해도 그들은 우리가 중국어로 대화하는 줄 알았다. 중국 사람인 우리가 왜 한국말을 하는지 구태여 설명하지 않아도 되었다. 그때는 중국이 다민족국가라는 것 자체도 잘 알지 못하는 일본인이 많았기 때문에 그들에게 우리는 수많은 외국인 중의 한 부류로 인식될 뿐이었다.

한편 당시는 제2차 세계대전 이후 중국에 남겨진 잔류 고아들에 대한 조사와 귀환 사업이 한창일 때였다. 패전 후 남겨진 일본인 자식들을 키워준 중국인에 대해 일본인은 감사의 마음을 품고 있었다. 얄팍한 삶의 지혜라 할까. 우리는 중국에서 온 조선족이라는 한층 복잡한 설명을 아예 하지 않은 채 순수 중국인 신분으로 한동안 살았다.

곤이가 중학교를 졸업하던 날 담임 선생님께서 "소곤이가 앞으로 중국, 한국, 일본을 넘나들며 활약할 수 있는 방면으로 나아가길 바랍니다"라고 나에게 말했다. 나는 내심 깜짝 놀랐다. 마치 호주머니 깊숙한 곳에 숨겨둔 채 아직 세상에 공개하지 못한 대대로 내려온 가보의 존재를 들킨 것 같은 기분이었다고 할까….

　나중에 안 일이지만 곤이는 친한 친구들과 담임 선생님한테 자기는 중국 사람이지만 조상이 조선 사람이라는 '비밀'을 말해왔다고 한다. 담임 선생님께 내가 들려준 두만강 옛이야기를 했더니 무척 흥미를 느끼더라는 말도 후에 들었다.

　이름처럼 당당한 아이로 크게 키워야겠다는 목표만 세우고 조선족이라는 면이 과연 아이한테 도움이 되겠는지를 두고 부정적인 생각으로 늘 고민하던 나는 아들 앞에서 부끄러웠다. 일본 사람들 앞에서 내가 왜 우리의 뿌리를 두고 주춤했을까….

　나는 중국 길림성 연길시에서 태어났다. 태어나면서부터 따뜻한 온돌의 푸근함을 작은 몸으로 느끼며 자랐다. 생의 첫마디가 "엄마"였고, 맛을 알기 시작하고 나서부터는 물에 씻은 김치 조각이 없으면 밥을 먹지 않았다고 한다. 한복에 대한 애착이 대단했던 엄마는 명절 때면 늘 하얀 저고리에 까만색 치마를 입으셨다. 그 모습이 너무 예쁘셨다. 어린 시절 엄마가 나에게 지어줄 색동저고릿감을 사 오셨는데, 초등학생이던 오빠가 군공(軍功)메달을 만든다고 엄마 몰래 저고릿감을 가위로 베어낸 탓에 엄청 혼났던 기억이 즐겁게 머릿속에 남아 있다. '왜일까?'라는 의문을 가져본 적도 없었고, 지구상 모든 사람이 나와 비슷하게 사는 줄로만 알았다.

　내 아들 곤이처럼 국적에 대한 설명도 부모님께 들은 적이 없었고, 국적이라는 개념을 어른이 된 후에야 알게 되었다. 부모님의 주장으로 초등학교부터 대학교까지 한국어 중심으로 마친 나는 결국 한국어를 활용하는 직업을 선택하게 되었다. 중국에 살면서 중국어보다 한국어가 더 편하고 능한 아이러니 속에서 연변이라는 작은 울타리를 세상의 전부라고 착각하며 살아왔다.

1990년대 초, 생애 첫 외국행으로 한국에 가봤을 때의 놀라움은 상상보다 컸다. 또 다른 맛의 김치와 비빔밥을 알았고, 내가 몸 담그고 살았던 정통의 깊이가 아직 많이 부족함을 느꼈다. 그동안 귀로만 들었던 '족보'라는 실제 존재에 놀랐고, '전주 이씨'라는 정체성 외에도 갈래갈래 뻗어 있는 뿌리의 관계성에 생소함을 느꼈다. 피를 나눈 사이, 같은 문화로 살아가는 사이, 끈끈한 정을 이어가는 사이에 커다란 간격이 존재하고 있음에 슬펐다.

갑자기 중국 사람이면서 진정한 중국 사람이 아니고, 조선민족이면서 제대로 된 조선인이 아닌 것 같은 소수자의 소외감을 느끼기 시작했다. 그럼 대체 나는 누구일까? 중국 조선족자치주에서 당당하게 민족의 문화인으로 산다고 자부했던 내가 보는 세상이 전부가 아니고, 내가 알고 있는 것이 일부에 지나지 않음을 느꼈으며 새로운 무언가를 갈망하기 시작했다.

솔직히 남편이 유학 공부를 마치고 돌아가면 아름다운 현실이 기다리고 있었고, 나 역시 공들여 쌓아온 그동안의 실적들의 혜택을 받으며 편안히 살 수 있었다. '그대로가 좋았을까?' 요즘 늘 하는 생각이지만, 그땐 아들의 장래를 위해 무언가 변화를 꾀하고 싶었다. 적어도 나보다 나은 인생을 살게 해주고 싶었다.

우리에게는 새롭지만 갓 네 살을 넘긴 곤이한테는 첫 시작이 되겠지. 두 가지 이상의 정체성이 환영받는 요즘과는 달리 복잡한 해석이 되레 의문을 일으켰던 그때는 되도록이면 담백한 관계 속에서 아이를 키우고 싶었다. 우선은 어느 하나의 언어와 문화, 그리고 인간 관계를 완벽하게 구축시켜주고 싶었다. 적어도 조선언어문학 전공자이지만 민족문학의 중심에 다가서지 못하고 변두리에 머물러 있는 나처럼, 밑바닥에 흐르는 민족적인 문화적 소양에 부족함을 느끼는 오늘의 나처럼 키우고 싶지는 않았다.

그래서 처음 10년 동안은 거의 옅은 막을 치고 살았다. 겉과 속의 비율을 날마다 피부로 느끼며 자식의 앞날에 필요한 것만 보면서 선택의 삶을 살았던 것이다. 애써 노력하는 삶이었다.

그런 엄마를 아들은 어떻게 생각하고 있었을까?

초등학교 때부터 축구바보였던 곤이는 축구대 대장을 연임했고, 늘 선두에서 뭔가를 했다. 중학생 때는 선거로 1년간 학생회 회장직을 맡았고, 엄마의 소원대로 명문고에 입학했다. 이어 우리가 사는 지역에서는 드물게 와세다대학 정치경제학부에 입학한 곤이는 여기저기 청하는 데도 많았다. 우리가 사는 시교육청에서 지역 내 중학교 축구대 코치를 해달라는 부탁이 왔고, 성인절 기념대회에서 신성인 대표발언을 해달라는 청탁도 들어왔다. 일개 외국인이 몇백 명에 달하는 신성인을 대표하여 무대에 올라 대표발언을 한 것은 여태 없었던 일이라고 한다.

곤이는 축하하러 온 시의원들을 향하여 "일본이 정말로 이대로 괜찮겠습니까?"라는 질문을 던져서 의원들의 의아한 눈총을 받았고, "당신은 동일본대지진 현장에 가보았습니까?"라는 질문을 하면서 2011년 대지진 피해 상황을 가서 본 대로 설명했다.

장내를 메운 박수 소리가 곤이에 대한 인정이고 기대인 것 같아서 감격한 나머지 눈물이 멈추지 않았다. 아들 곤이의 성장을 위해 힘써준 주위의 일본인들에게 감사했고, 무엇보다 내 마음속의 모든 걱정을 가셔주듯이 무사히 자라준 당찬 곤이가 자랑스러웠다. 그때만큼은 내가 이방인이라는, 그것도 약간은 복합적인 이방인이라는 생각을 잊을 수 있었다.

아들 곤이가 절실하게 국적에 대해 재확인한 것은 대학교 2학년 때와 3학년 때였다. 2학년 때 북경대학에 보낼 교환 유학생을 뽑는다는 소식에 첫 번째로 신청했지만, 국적이 중국이어서 유학생이 될 수 없다는 답변을 받고 실감한 것이다. 대학교 3학년 때, 영국 유학 수속을 밟으면서 또 한 번 절실히 느꼈다. 출생증명서를 중국에 가서 직접 떼와야 한다는 것이었다. 초등학교 때 채 듣지 못했던 국적에 대한 엄마의 설명을 그렇게 성인이 된 후에야 제대로 이해하게 된 것이다. 솔직히 우리 부부는 자신들의 이주가 자식의 장래에 얼마나 큰 영향을 미치게 될지가 늘 걱정이었다.

아들의 취직을 앞둔 대학교 3학년 때, 가족 회의가 열렸다. 여러 선배들의 경험담을 들은 아빠가 본격적으로 아들 곤이의 국적 문제에 대해 고민한 끝에 결론을 내렸다. 희망하는 회사에 취직하는 데 국적이 문제가 되면 안 되지 않는가? 이미 성인이 되었으니 부모와 상관없이 국적을 바꾸는 것도 괜찮겠다고 제안했다. 나는 대뜸 그렇게 하자고 했다. 같은 출발선에서 같은 과정을 거쳐온 아들이 국적이 다르다는 이유로 손해를 보면 안 된다고 생각해서였다. 일본의 국민선거에 한 표를 행사하게 하고 싶어서도 아니고, 앞으로 사는 데 편리한 점이 많았으면 하는 바람이 있어서도 아니었다. 다만 아들의 장래에 보이지 않는 차별 때문에 생기는 좌절을 없애주고 싶은 마음뿐이었다.

"국적 때문에 나 같은 인재를 안 뽑으면 자기네가 손해지…."

예상하긴 했지만 우스개로 넘겨버리는 곤이였다. 그렇다고 어린애도 아닌 아들을 다그칠 수도 없었다.

드디어 취직 준비와 함께 매일매일 긴장의 시간들이 흘렀다. 본인은 물론이고 부모인 우리도 함께 세상의 평가를 받는 순간인 것만 같았다. 하지만 부모인 우리가 해줄 수 있는 일이 별로 없었다. 명문대가 아니면 원서조차 낼 수 없다는 대기업 설명회에 다니느라 곤이는 아침부터 저녁 늦게까지 발품을 팔았다. 매일 기진맥진해서 집에 들어서는 표정에서 그날 있었던 일을 짐작하곤 했다. 중국에서 자란 우리 부부는 국가의 혜택을 받으며 대학을 마친 터라 치열한 취업 활동의 고달픔에 대해 알지 못했고, 냉혹한 현실에 대한 조언과 충고를 해줄 수도 없었다. 그저 아들에게 모든 것을 맡긴 채 좋은 결과를 기다리는 수밖에 없었다. 그렇게 석 달이라는 시간이 지났다.

그 결과 우리는 또 한 번 무사히 고비를 넘겼다. 내가 생각한 것만큼 꽉 막힌 세상은 아니었다. 아들 곤이는 가슴 졸이며 조심조심 살아온 나에게 보란 듯이 답해주었다. 취업 면접 때마다 곤이는 자기의 복잡한 정체성을 조심스러워하는 대신 오히려 '자신만의 독특성'으로 내세워 어필했다고 한다.

"저는 중국에서 태어나 일본에서 자란 조선족입니다. 제일 잘하는 언어가 일본어이고, 그다음은 영어, 한국어, 중국어입니다. 앞으로 저와 깊은 인연을 가진 일본, 중국, 한국, 영국 이 네 나라에 은공을 갚는 일을 하고 싶습니다."

곤이의 복잡한 정체성이 면접관들 사이에서 흥미로운 질문의 요소가 되었다고 한다. 다른 경쟁자들보다 독특한 대답을 할 수 있었다고 요즘엔 지난 일을 즐겁게 추억하기도 하는 아들 곤이다.

곤이는 이미 직장 생활 5년 차에 들어섰다. 또 다른 환경에 적응하기 위해 안간힘을 쓰는 시기도 지났고, 배워도 배워도 끝이 없는 현실을 충실히 살고 있다. 이미 안정을 찾은 듯하고 또 책임이라는 무거운 짐을 어깨에 지고 있는 사회적인 어른이 된 것 같아서 나는 여태 짊어지고 살았던 부모로서의 걱정과 불안에서 해방되었다.

부질없는 걱정이었다.

아이들은 우리보다 훨씬 높은 차원에서 세상을 내려다보고 있었고, 미래를 내다보고 있었다. 부모 세대가 무수한 가시밭길을 헤치며 걸어온 현실에 떳떳하게 서서, 길게 뻗어 있는 평탄한 길에 대한 안일한 적응을 초월하여 잠재된 가능성과 필연성에 되레 주어진 환경을 이용하고 귀속시키려는 새로운 창조를 하고 있었던 것이다. 청출어람, 쪽빛보다 더 푸른 다음 세대에 모든 것을 맡기는 마음이 어쩌면 이렇게 즐거울 수가….

시어머님이 곤이의 근성을 살리려 사주를 받아오신 게 틀림없다. 약한 부모 마음 때문에 흔들리는 삶을 살지 않도록 말이다.

다만 현실은 현실로 다가오고 있다. 급히 잡히는 해외 출장이 비자의 제한성에 아우성을 치는 경우에 부딪치고 있다. 앞으로 깊고 소중한 인연이 있는 네 나라에 마음 바쳐 일하려는 젊은 청춘은 그 국한성과 제한성을 어디까지 견뎌낼 수 있을까?

삶은 희망이며 과제임에 틀림없다.

그 찻집

연변문학 2019년 2월호

얼마 전에 유명한 장미꽃 화원과 갯벌공원이 가까운 새 동네에 이사왔다. 한 달이 좀 넘게 살면서 뜻하지 않게 마음이 끌리는 곳을 발견했다.

하루에도 몇 번씩 그 앞을 지나보았다. 밝고 생기 있는 거리와 어울리지 않게, 그래서 서너 발자국 지나가서야 다시 돌아보게 되는 아담지고 소박한 작은 건물이었다. 오가는 사람과 때묻은 분위기만 떠나면 어느 목장 한복판에 오뚝하니 서서 말없이 누군가를 기다려주는 무인 찻집일 것만 같았다.

집으로 가는 길에 꼭 그 앞을 지나야 하는 것도 아닌데 구태여 조금씩 에돌며 그 앞을 지나보기도 했다. 낮에도 밤에도 그 앞을 지나보았다. 똑같은 모습이었다. 높고 좁은 하얀색 창문들이 촘촘히 정면 벽 전체를 차지한 집이었다. 건물 안에서 흘러나오는 몇 갈래의 부드러운 불빛이 번번이 나의 발길을 잡아끌곤 했다. 빛과 어둠을 따로따로 의식하지 않는 듯 조용한 그곳 분위기는 낮이나 밤이나 변함이 없었다.

'찻집입니다' 느긋한 활자체로 쓰인 안내간판이 문 앞에 세워져 있다. 찻집 안의 모습은 아무리 애써도 보이지 않는다. 듬성듬성 켜져 있는, 부드럽게 부풀어 오르는 불빛은 대체 무엇을 비추고 있을까? 주인은 나이가 지긋한 여인일까, 아니면 바리스타 자격 2급쯤 갖고 있는 젊은 남성일까. 손님은 있는 걸까. 주인이 아무도 없는 카운터에 홀로 앉아 존 콜트레인의 색소폰 연주에 취해 지그시 두 눈을 감고 손가락으로 선율을 짚고 있지는 않을까. 흐르는 음악은 낮은 볼륨의 재즈일 수도, 아니 클래식일 수도 있지. 쓴맛과 약간의 신맛이 잘 어우러진 짙은 커피는 아마도 기품 있는 커피잔에 담겨 향과 온도를 지키고 있을 테지.

단 한 번도 드나드는 손님을 본 적 없는 그곳은 신비하기만 했다. 나는 몇 번을 망설였다. 감히 문고리를 당기지 못한 채 돌아서기도 했다. 다가서기만 하면 자동으로 문이 열리곤 하여 잠깐의 망설임도, 설렘도 다시 거두어들이지 못하는 번화한 거리 중심의 번듯한 찻집들을 수없이 드나들면서 한 번도 느껴본 적 없는 그런 감각이었다. 마치 10여 년간 소식 두절이던 소꿉 친구와 오랜만에 만날 때의 불안감 비슷한 그런 느낌이라 할까. 그것도 양옆 고층건물의 위압을 온몸으로 감당하면서도 당당하고 의연한 모습으로 버티고 있는 마을 한구석의 작은 찻집을 두고 말이다.

드디어 작심하고 문고리를 당겼다.

문이 열리면서 딸랑~ 방울소리가 정답게 들려왔다. 안쪽에서 나이 지긋한 여인이 "어서오세요" 하면서 상냥한 웃음으로 맞아주었다.

창문 쪽에는 나이 지긋한 아저씨 한 분이 책을 읽고 있었다. 단골인 듯한 편안함과 익숙함이 전해왔다. 귀에 익은 『나비부인』의 아리아 「어느 갠 날」이 작은 볼륨으로 흐르고 있었다. 벽에 걸린 그림액자가 오래된 가게의 기풍을 보여주고 있었다.

밖에서 희미하게 보였던 불빛은 각 테이블에 놓여 있는 철로 만들어진 탁상등의 전구로, 촛불보다 조금 밝은 빛이었다. 요즘에는 도무지 찾아보려야 찾아볼 수 없는 가구들이 여기저기 오래된 제 자리를 지키고 있었다. 테이블 한쪽에는 이미 멈춘 지 오래된 듯한 탁상시계가 10시를 가리키고 있었다. 대체 몇십 년을 저대로 이 자리에 있는 걸까. 처음으로 들어간 찻집이 왜 이렇게 시골 외할머니 댁에 들어온 듯한 푸근함을 주는 것일까.

주인의 고집이 느껴지게 손으로 쓰인 메뉴판에는 커피와 홍차, 그리고 와인 몇 종류에 케이크 다섯 종류뿐 다른 건 없었다. 직접 커피콩을 발효시키고 직접 케이크를 만든다는 문구와 40년 동안 변하지 않는 맛을 지켜왔다는 한마디가 메뉴보다 튀지 않게 작은 글자체로 조심스레 아래 끝쪽에 부가되어 있었다.

3년 동안 숙성시켰다는 드립커피 향은 건조했던 나의 폐부에 환희를 불러일으켰다. 나는 그 향으로 심호흡을 했다. 살 것만 같았다. 세월이 느껴지는 공간에 몸을 맡긴 채 쓰고 신 커피맛 속에 숨겨진 달콤함을 헤아리느라 영혼조차 즐거웠다.

반나절 조용히 책을 읽었다. 여전히 그 나이든 아저씨 손님과 나뿐이었다. 주인도 카운터 안쪽에 앉아서 책을 읽고 있었다. 아저씨 손님이 일어서면서 한마디 했다.

"다음 설에 또 올게요."

"요즘엔 다들 돌아오지 않나 봐요…. 사치코 씨도 요시미 군도 올핸 안 왔어요."

여주인의 목소리에 아쉬움이 가득 차 있었다.

혼자 남은 나는 다시 한번 이 구석 저 구석 여러 사람의 흔적이 짙게 스며 있을 찻집을 둘러보았다. 양옆의 고층건물 탓일까. 핸드폰 전파도 끊기기 직전의 파장이었다. 간혹 들어왔다가 돌아 나가는 손님들도 있었다. 단순한 메뉴 때문이겠지…. 습관이 된 듯 여주인은 책을 손에서 놓지 않은 채 되돌아서는 손님들에게 인사했다. 오만도 겸손도 아닌 느긋함이었다. 누군가를 기다리며 그들의 추억을 지켜주기 위해 세월과 더불어 단단해졌을 여주인의 고집이 엿보였다.

처음 온 찻집에서 혼자 커피를 마시면서도 이상하게 편한 마음이었다. 왜 이런 고풍이 마음에 와 닿는 걸까. 커피콩을 내릴 때 여주인의 품위 있는 모습에 반한 것일까. 오랜 세월 동안 이곳에 머문 채 그동안의 수많은 이야기를 고이 지켜온 저 자리들. 어느 날 갑자기 옛정을 되새기며 문고리를 당길 옛사람들을 기다리고 있는 듯한, 누군가에게 원점이 되기를 원하는 듯한 저 카운터가 정겹고 애틋하게 느껴지는 건 왜일까. 커피에서 내뿜는 모락모락 하얀 김이 내 머릿속에 스며들었다.

지그시 눈을 감아보았다. 고향의 강이 떠올랐다. 엄마의 빨래방아 소리가 들렸던 그곳에서 물장난하느라 신난 벌거숭이 내가 보였다. 새하얀 눈덩이에 휩싸여 숨바꼭질에 여념이 없던 빨간 모자의 연화가 보였다. 도란도란 나란히 앉아 앞날을 속삭였던 친구 영이가 떠올랐다. 처음 겪는 이별을 아파하며 흐느끼는 나를 감싸주던 성화가 보이기도 했다. 울퉁불퉁한 강기슭을 걸으며 은근한 달빛에 미래를 기탁하고 그렸던 내 청춘의 자국들이 어디엔가 남아 있을, 따뜻한 그곳이 오늘따라 애절프게 그리웠다.

떠난 지 20여 년 되는 고향, 우리의 이야기만을 고이 담고 있던 그곳은 하나하나 떠나 보내는 고독을 참느라 새로이 정분을 나누고 있겠지. 나를 기억하는 사람들이 있을까 싶어서 찾을 용기를 감추고 사는 그곳은 아무도 "그때 우리는…" 하면서 꺼내는 나의 옛말에 동감하지 않을 수도 있는 곳이다. 기쁠 땐 까마득히 잊고 살다가 슬프고 아플 때만 떠올리며 하소연했던 그곳…. 고향은 떠나면서 마음까지 가져간 나를 버리지나 않았을까….

그래도 혹여 누군가가 저 여주인처럼 나를 기다리고 있지 않을까. 어딘가에서 나를 떠올리며 와인잔을 기울이는 소꿉 시절 친구가 있지 않을까.

딸랑~

부부인 듯한 남녀가 들어와서 주인과 인사했다. 역시 오래된 사이에 오랜만에 만난 사이인 것 같았다. 나는 조용히 자리에서 일어났다. 남의 고향에서 내 고향을 그리는 내가, 어디선가에서 이곳을 그리워할 누군가를 대신하여 중얼거렸다.

"고향은 늘 그 자리에 있겠지."

단골이 될 것 같은 그 찻집이 알려주었다.

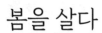

봄을 살다

도라지 2019년 4월호

봄을 집에 들이는 날이다.

겨우내 깔렸던 무겁고 음침한 집안 기운을 털어버리고 푸근한 내음과 시원한 봄바람을 집안으로 들이며 무더운 여름철을 맞을 준비까지 할 일이 너무 많다. 이불도 커튼도 바꿔야 하고, 옷장정리도 해야 하고, 집 구석구석 먼지까지 털어내려면 사흘은 족히 걸린다. 3월의 마지막 한 주는 우리 집이 나의 기분으로 새롭게 바뀌어가는 주간이기도 하다.

늘 그러하듯이 버릴지 남길지를 두고 머릿속에서 격투를 해야 하는 정리정돈의 시간들이다. 옷 한 벌, 물건 하나에 이벤트가 묻어 있고 정들이 질척거리지만, 작년에 그토록 애틋함을 느꼈던 물건들이 올해는 별로 큰 의미가 되지 않는 순간이기도 했다. 버리는 것이 이미 정해진 일인데도 때가 아닌 듯싶어 다시 소장하고 싶은 물건들이 여전히 남게 된다. 그렇게 짐짝들은 늘어만 가고, 널찍했던 집 공간은 색이 바래가는 추억들과 새로 쌓여가는 애락들로 채워지기 시작한다.

22년 전, 고향을 떠나는 나에게 친구가 한땀한땀 떠준 100% 털실 스웨터가 1년 만에 햇볕 세례를 받게 되었다. 여기 날씨로는 한 해에 한 번도 입을 기회가 없지만, 친구의 얼굴이 떠올라 도무지 버릴 수 없는 귀중품이다. 일본에 와서 처음으로 산 캐시미어 코트도 나왔다. 엄청 무리해서 산 기억을 갖고 있는지라 디자인이 다시 돌아올 거라는 희망을 품고 해마다 드라이클리닝을 해서는 소중하게 보관해왔다. 일본에 온 지 반년 만에 산 페라가모 핸드백이 또 나왔다. 일본 생활에 아직 적응하지 못하는 나에게 "일본 사람들이 제일 좋아하는 4대 브랜드를 알아?" 하는 한 고향 지인의 뜬금없는 물음에 어리벙벙했던 자신이 너무 촌뜨기인 것 같아서 백화점에 달려간 일이 있었다. 그날 거의 한 달 생활비를 다 털어 사버렸던 그 백도 물론 다시 귀하게 모셔졌다. 버려야겠다고 생각조차 해본 적 없는 물건들이다.

　제일 자리를 많이 차지하면서도 손이 가는 구두들. 선들한 바람을 넣어 가죽 숨통을 열어주고 나서 반짝반짝 닦아 광을 내어 변형되지 않게 포장도 해야 한다. 힐의 높이가 내 청춘을 말해주고 있어서 바라보며 즐겁기도 한 것들. 키가 크지 않은(작다고는 말하기 싫은) 탓에 늘 어떻게 하면 조금이라도 더 크게 보일지 신경을 쓰며 살아온 지난 삶의 추억이 묻어있는 굽 높은 구두들이다.

　영화 소개 팸플릿들이 무더기로 나왔다. 연변에서 받은 기자증 하나를 들고 무작정 겁 없이 내가 사는 지역의 지역신문사 사장실에 찾아간 일이 떠오른다. '중국에서 온 조선족 여기자?' 엄청 특색 있는 나의 정체성에 대한 호기심에서였을까. 독자들에게 영화 한 편씩 추천하는 「이달의 영화」 코너를 맡겨준 편집장의 얼굴도 떠오른다.

'그땐 시사 발표회, 영화관을 뻔질나게 드나들었지…. 그동안 영화를 이렇게 많이 봐왔구나….'

짝퉁 가방 하나가 나왔다. 몇 년 전 누군가에게 선물로 받은 것이다. 한 번도 검증받은 적은 없지만, 그렇게 비싼 브랜드 가방을 선물받을 만한 사이가 아닌지라 받는 순간부터 그것이 진품일 수 없다는 생각을 하게 되었다. 딱 한 번 비가 억수로 퍼붓는 날 들고나간 적이 있는데, 어쩐지 남들의 시선이 부담스레 느껴졌다. 우연한 소낙비도 아닌데 하필 비 오는 날 명품백을 들고 나와 함부로 대하는 내가 짝퉁임을 광고하는 격인 것 같아서였다. 누군가에게 주지도 못했고, 버리지도 못했다. 내가 짝퉁을 가지고 있었다는 자체를 알리고 싶지 않아서였다.

해마다 사들인 다이어트 운동기구들이 나를 보며 조롱하는 듯했다. 봄이면 봄마다 늘어난 운동기구들이 이젠 2층 방 한 칸을 메웠다. 세상의 표준에 몸무게를 맞추느라 거의 10여 년을 숙명처럼 다이어트를 해온 나였다. 남들은 창자를 비워두는 쾌감을 잘도 느낀다는데, 인간 본능의 억제가 결핍된 나는 늘 다이어트 실패자였다. 하여 저렇게 운동기구들을 갖추는 것으로 자기 위안을 했을까 싶다.

가발이 나왔다. 가격만 생각하면 절대로 버릴 수 없는 주문 가발이다. 내가 가지고 있는 신체조건 콤플렉스 중 제일 앞자리를 차지하는 것이 머리숱인데, 아들애의 성인절 기념 앨범을 만들기로 계획하면서부터 갑자기 머리숱에 신경이 집중되는 건 어쩔 수 없었다. 훗날 내 아들의 가족들에게 오랫동안 전해져 내려갈 사진이기 때문이었다. 성인이 된 아들을 품에서 놓아주느라 착잡했던 마음에 대한 자기 위안이기도 했고, 열심히 살아온 지난 세월에 대한 자기 경앙(敬仰)이기도 했다. 나는 유명한 가발회사를 찾아 세상에 하나밖에 없는 나만의 가발을 만들었다. 덕분에 가족앨범은 숱 많은 머리로 예쁘게 나왔다. 심지어 자주 만나는 친구들도 "요즘 숱이 많아진 거 아니야?" 할 정도였다.

저장실에는 세척제, 유연제, 화장실용 휴지, 쓰레기 주머니… 그야말로 반 년 동안은 충분히 쓸 만큼 많은 생활 용품들이 있다. 그 속에는 몇 년 전 사스로 결품 현상이 일어났을 때 사둔 마스크도 들어 있다. 종잇값이 오른다는 소문 때문에 미리 사두었던 화장실용 휴지는 거의 작은 슈퍼마켓 수준이라고나 할까. 늘 우리 집 저장실에 결품 현상이 일어나서는 안 된다는 일념으로 종종 채워 넣으면서 살아온 나의 기본생활 자세이기도 했다. 한데 갑자기 저 물건들에도 유효기한이 있지 않을까 하는 생각이 들었다.

이틀째 하는 정리는 좀처럼 끝내지 못했다. 어쩐지 2차 정리가 필요할 것 같았다.

몇 년 전에 산 책 『프랑스인은 옷을 열 벌밖에 두지 않는다』를 꺼내 들었다. 반 년간 파리에서 홈스테이를 한 미국 유학생이 쓴 책으로, 미국에서는 베스트셀러에 올랐다고 한다. 제일 좋은 물건은 아끼지 않고 평소에 쓴다는 프랑스 사람들. 가족끼리 식사하는 자리에도 절대 게으름을 부리지 않고 단정한 옷차림을 하는 그들이지만, 옷장에는 계절마다 열 벌의 옷밖에 들어 있지 않다고 한다. 어울리지 않는 옷들, 거의 입지 않는 옷들, 잘 어울리지만 질이 그다지 좋지 않은 옷들은 절대 옷장에 남기지 않는다는 내용들이 1년 만에 다시 내 눈에 들어왔다. 프랑스 사람들은 정열과 교양을 지니고 심플하게 그때그때를 최고로 만끽하는 귀족 같은 삶을 살고 있다는데, 그 흉내 정도는 낼 수 있지 않을까 하는 생각으로 해마다 이맘

때면 다시 손에 들게 되는 책이다.

문득 버거워하며 간신히 숨 쉬는 집이 느껴졌다. 이국 타향에 살면서 자존심이었고 자본이기도 한 집이다. 자식에게 물려줄 수 있는 '땅'을 차지하려고 맨션에서 살고 싶다는 나를 설득하여 남편이 기어이 단독주택을 장만했다. 걱정 많은 고향의 부모님께 위안이 되기도 했던 집, 나에게 레스토랑이고 도서관이고 영화관이고 작업실인 가장 소중한 공간이다.

헌데 이 큰 집에 채워지고 있는 물건 중 절반이 크게 필요하지 않은 물건일 수도 있다는 생각이 들었다. 저것들을 다시 들여놓고 나면 봄기운은 들어올 자리를 찾지 못할 게 아닐까. 그동안 하나하나 채워지고 쌓여온 저 물건들이 애절한 향수를 달래는 이방인의 흔적이었던가. 어쩌면 지난 세월에 대한 연민으로 꽉 채워진 공간에 새로운 기운을 옮겨 들일 여유조차 없이 살아온 게 아닐까. 점점 희미해지는 옛 추억들을 다시 확인하는 버거운 이 작업들을 대체 언제까지 해야 하나? 혹시 기분이 저조기에 들어가며 두통이 가끔 나를 괴롭히는 것은 앞일에 대한 고민이 아니라 지난 삶에 대한 어설픈 연민 때문이었을까.

늘 끈적끈적한 정이라는 그물에 걸려 사는 인간의 버거움이 느껴졌다. 바깥세상의 완벽함에 제 한 몸 맞추느라 아득바득 기를 쓰는 피곤이 몰려왔다. 쳐다보는 눈길과 내려다보는 시선에 수미일관(首尾一貫) 관통하는 지혜가 바닥을 보이는 것 같았다.

더 이상 버거운 힐로 내 작은 키를 커버하지 않고 '키 작은 사람'으로 살아보고 싶어졌다. 나에게 자신감과 충실감을 주는 동시에 허위의 엷은 막으로 사람들과 벽을 쌓게 하는 가발. 그것을 하고 있는 동안 늘 내가 아닌 또 다른 나를 연기하고 있는 것 같아 부자연스럽고 조심스러운 그런 나

자신에서 벗어나 살고 싶다. 희망 체중을 유지하느라 아침을 굶은 10년간의 다이어트와 고별 선언을 하고 살면 어떨까…. 겉모습을 다루는 동안에 쌓이는 내 안의 허위적인 체내 지방들부터 분해하고 싶어진다. 타인의 눈동자에 담겨 있는 자신의 모습에 신경을 써오며 그들의 마음속에 남겨질 인격을 지켜오느라 편하고 자유로운 삶에 대한 욕망을 감추고 살아왔던 내가 과연 여태 진정한 나를 살아왔을까.

인연이 아닌 듯한 이들과의 '거리'를 만들어보면 어떨까…. 깊은 사색 따위를 버리고 느낌이 이끌어주는 옅은 관계의 담백한 '사이사이'가 내 삶을 가벼이 만들어주지 않을까. 늘 앞일을 걱정하며 만사에 대비하는 인생을 살았던 내가 이젠 눈앞만 보고 편안히 살아보면 어떨까. 거절하는 것을 배우고 버리는 것을 배우고 미련 같은 것에 휘둘리지 않게 살아보면 어떨까….

나흘째 되는 날, 추억의 물건들은 하나하나 사진앨범 속에 저장되기 시작했다. 그다음 날, SNS의 혜택으로 순식간에 나의 추억들이 여러 곳으로 실려가게 되었다. 나한테는 고물이지만 누구한테는 지금 당장 필요한 물건들이라니 아쉬움 같은 것은 아예 없었다. 잠시나마 귀족이 된 듯한 기분이 들기도 했다.

봄바람이 스며들어서인가. 말끔한 내 집이 화창하기까지 했다. 새집 같은 기분에 세 식구가 와인잔을 기울이는 저녁이다. 아들애가 한마디 했다.

"이제라도 맨션에서 살아보세요. 부모님이 물려주시는 땅, 사절입니다."

남편이 새로운 과제를 받은 저녁이기도 했다.

마음을 벗고…

연변문학 2020년 12월호

올봄에 들어서자마자 난데없이 양쪽 팔근육이 아파왔다. 연초에 몸을 많이 홀대했나 싶어서 참고 견뎌봤다. 그런데 아픔은 좀처럼 사라지지 않았고 양쪽 어깨까지 덩달아 아파왔다. 1시간도 앉아서 책을 읽을 수 없을 만큼 어깨 통증의 시달림을 받았다.

말로만 들었던 오십견의 발병은 충격적이었다. 나와는 인연이 묘연할 것 같았던 그 아픔에 마음조차 우울해졌다. 촌각을 다투는 뇌나 심장이 아니어서인가. 흔히들 겪는 병이라면서 하소연에 가깝게 증상을 설명하는 내 말에 전혀 놀라지 않는 나이 지긋한 정형외과 의사의 여유로운 표정에 마음이 서운해지기까지 했다. 아픈 그 시간을 고스란히 견디면 언제 그랬냐 싶게 나아질 거라는 경험자들의 말도 전혀 위안이 되지 않았다.

머리나 위가 아플 때처럼 눈을 지그시 감고 입술을 잠깐잠깐 깨무는 정도로 견딜 수 있는 아픔이 아니었다. 쉽게 돌아 눕지도 못하고, 간지러운 부위에 마음대로 손이 닿지 않았다. 침대에서 일어날 때마다 무의식적으로 "아이쿠" 하는 신음소리가 내뱉어지고, 누군가의 도움 없이는 세상에서 제일 간단하고 기본적인 일인 앞치마 끈을 뒤로 맬 수조차 없었다. 앞치마가 그러하니 여자가 매일 착용해야 하는 신성하고 섬세하고 내놓고 도움을 받을 수 없는 브래지어는 어찌했을까. 인생이 그대로 멈춰버릴 것 같은 절망이 밀물처럼 마음을 처얼썩 휘저어놓았다.

여태 세상에서 제일 심한 통증이 심통(心痛)일 거라고 여겼던 것은 나의 오만이었다. 몸이 아프고 나니 차라리 마음이 아플 때처럼 미어지는 가슴을 비비고 쓰디쓴 눈물을 흘리면서 슬픔 속에서 헤어나오지 못하는 편이 나을 것만 같았다. 지난날 가끔씩 찾아왔던 모든 아픔이 사치스럽게 여겨졌다.

나는 늘 같은 나이의 옛날 사람들에 비하면 우리가 20년쯤은 젊을 거라고 여겼다. 삶의 방식과 만물에 대한 사유, 패션에서의 노련함과 비타민의 혜택을 받는 신체의 탄력이 그런 점을 확실하게 증명해줄 때도 있었다. 헌데 오십견이라니, 그 오십견이 옛날부터 존재한 것이었다면 응당 내가 70일 즈음에 밀고 들어와야 하는 게 아닌가. 오십대 초에 드팀없이 오십견을 앓는 것에 대한 거부감을 나는 어찌할 수 없었다.

누구든지 한번은 앓을 수 있는 병이라니 이왕이면 40견을 앓았으면 좋았을 것 같다. 그러면 아직 마흔이라는 마음속 여유로 오늘처럼 고뇌롭지는 않았을 게 아닌가. 지금 이 시각도 '50견'이라고 썼다가 '오십견'이라고 고쳐 쓰고야 직성이 풀릴 만큼 요즘 들어 자주 아라비아숫자의 위압을 느끼게 된다. 될 수 있으면 티를 내지 않고 무사히 이 고비를 넘기고 싶었다. 헌데 쇼핑하러 백화점에 가서 윗옷을 입어보려다가 쉽게 팔을 움직이지 못하는 바람에 되돌아나오고 말았다. 회사에서는 일일이 남의 도움을 받을 수 없는지라 간신히 높은 곳의 물건을 잡느라 낑낑거리다가 숨이 넘어갈 것 같은 아픔을 참으며 몸을 움츠리는 통에 감출 수도 없었다.

그나마 올봄에는 재택근무가 대부분이다 보니 더 추한 모습을 보이지는 않게 되어 다행이다. 하지만 움직임이 너무 적었던 탓에 증상이 날마다 심해져갔고, 결국에는 병원 신세를 면치 못하고 말았다. 마사지, 침구, 주사…. 대부분의 환자가 연세 지긋한 분들이어서 가끔 '젊은 자네가 벌써 여기에 드나들어?' 하는 듯한 할아버지들의 눈길이 느껴지기도 했다. 10여 년 전 수술대에 누워 수술실에 밀려 들어갈 때도 느끼지 못했던 비장함이 가끔 몰려왔다. 이대로라면 일시에 노인의 행렬에 들어설 것만 같아 잔뜩 무서웠다. 간혹 공을 차다가 다리를 다친 중고생이 보이면 은근히 기분이 신선해지기도 했다. 괜히 평균연령으로 그날 환자들의 경향을 분석하고 싶어지기도 하면서.

몸의 움직임이 가져오는 아픔과 동시에 "몸이 노화되면 흔히 나타나는 증상"이라는 의사의 말 때문에 기분이 잡치는 날들이 이어졌다. 때를 맞추듯이 전례 없던 사회적인 거리두기가 시작되었고, 모든 사회활동이 중단되면서 온통 공포스럽고 저기압적인 분위기가 물씬했다. 더욱이 신종코로나바이러스의 중증률이 오십대부터 눈에 띄게 높아진다는 통계가 나오면서 사회적으로 오십대 이상의 가족에게 바이러스를 옮기면 위험하기 때문에 "본인보다 50세 이상의 가족을 보호하기 위해서…"라는 젊은 층의 책임의식이 형성되고 있었다.

그랬다. 사회적으로 오십대는 이미 보호받는 행렬에 들어서 있었다. 바이러스적 관점에서는 너무 고마운 일이었다. 그래도 전혀 반갑지 않음은 적어도 몇 달 전에는 내가 나이에 비해 무척 팔팔하고 정열적이었기 때문이고 갑자기 닥친 약자대접이 너무 당황스러워서였다.

　그러고 보니 오십이 지난 지 두 해 만에 오십이 넘었다는 것을 실감했다. 그동안 나에게 숫자일 뿐이었던 나이를 각인시켜주고 이제부터 나이에 알맞은 삶을 살라고 경고를 준 한 해인 셈이다. 아무리 비타민과 콜라겐의 힘으로 주름살을 막고, 피부의 탄력을 지키려 애쓰고, 균형 잡힌 체형을 유지하느라 다이어트에 신경을 써왔어도 내부적인 연륜은 솔직한 고백을 감추지 못했다. 틀림없이 나는 오십대에 도착해 있었다.

　몸이 아프면 마음이 약해지는 걸까. 간만에 현실을 받아들이는 오십대다운 내가 여태 살면서 받았던 고마움을 떠올리게 되었고, 오랜 세월 차근차근 쌓아온 삶의 지혜와 경험을 돌이키게 되었다. 그러고 나서 이왕이면 존경스럽고 아름답게 나이를 먹어가고 싶은 나의 청사진도 그려보았다.

　우선 앞으로 신체적인 나이를 공손하게 받아들이는 게 예의일 것이다. 오랜 세월 앞만 보며 줄기차게 달려온 몸을 보듬어주고, 정신력과 체력의 비율을 지켜가면서 모든 일을 몸과 마음이 의논하여 결정하도록 해야 할 것이다. 언제 이렇게 나이를 먹었나 싶게 아직은 마음이 새파란 청춘이지만, 그 마음을 따라 허겁지겁 달리는 과정에 힘이 빠지고 숨가빠했을 나의 몸뚱이를 아껴야 할 것이다. 젊은 시절에는 하고 싶은 일에 올인하느라 밥 먹는 시간과 잠 자는 시간조차 아까워했다. 조금 나이가 들면서 옛날에는 쉬웠던 일들이 좀처럼 풀리지 않는다고 아등바등 조급해하기도 했다. 이제 그런 나의 마음에 여유를 부어주어야 할 것이고, 그동안 쉼없이 가동한 내 몸에 휴식을 주어야 할 것이다. 그까짓 오십견을 앓고 나서 지나치게 거창한 비약일지는 몰라도 보약 한 첩 먹지 않고서도 탄탄하게 버텨온 내 몸에 상을 내려야 할 나이가 된 것 같다.

될 수 있으면 젊은이들과의 끈을 놓지 않고 싶다. 이왕이면 건강한 몸으로 인간적이고 존경스러운 선배로 많은 것을 함께하고 싶다는 생각도 든다. 하지만 젊은이들과 함께하는 자리라 하여 모든 면에서 그들에게 어울리려 애쓰지는 않을 것이다. 예를 들면 내 나이, 내 몸에 어울리는 패션을 선택할 것이며, 억지로 젊은이들과 치마 길이와 구두 굽 높이 따위를 맞추느라 씩씩거리지 않을 것이다. 앞모습은 아닐지라도 뒷모습만이라도 나이보다 훨씬 젊게 보이려는 어처구니없는 욕심은 아예 쓰려 하지도 않을 것이다. 철저하게 앞모습과 뒷모습이, 그리고 마음 가짐까지 가지런하게 하여 바라보는 눈길을 편하게 해주고 싶다.

전차에서 자리를 내어주면 "난 아직 젊어요"라는 오기보다 "지금 이곳에서는 내가 그런 위치에 있구나"라는 현실주의적인 감각에 애써 적응하면서 감사히 그 혜택을 받을 것이다. 중요하고 빛나는 자리를 예쁜 후배들에게 남겨줄 수 있는 여유로운 마음을 키울 것이며, 옳고 그름과 상관없이 무조건 '여자의 의리'를 지켜왔던 젊은 시절의 나와는 달리 판단력을 잃은 친구를 위해 도리를 말해줄 수 있는 밝은 사유를 가지고 싶다.

언제부터인가 독서와 글 쓰는 일이 내 생활에서 중요한 비중을 차지하고 있다. 앞으로 나는 쓰고 싶을 때 거침없이 써내려 가다가도 써지지 않을 때 편안히 쉴 수 있는 넉넉한 마음을 가진 작가가 되고 싶다. 글을 쓰는 일을 인생의 목표가 아닌, 즐거운 인생을 살기 위한 수단으로 만들고 싶다. 나의 낭만과 비애, 경험, 감성을 단 한 사람일지라도 함께 나누며 살아가는 데 만족을 느끼고 싶다.

최근 잘못하다간 근육이 유착된다면서 조금씩 높은 곳에 손을 뻗쳐

보라고 남편이 낮은 사다리를 사왔다. 아들도 누워서 할 수 있는 어깨운동 기구를 사왔다. 아프다고 움직이지 않으면 그 아픔 외에는 아무것도 얻는 게 없다고 닦달한다. 집안 여기저기에서 들리는 "아퍼" 하는 아우성소리 도 노래처럼 들리는 듯 처음처럼 정신없이 뛰어오지 않는다. 내가 아픔에 적응되고 있거나 조금씩 나아지고 있는 두 가지 중 어느 쪽이라 할지라도 그것이 나 자신이 버텨나가야 할 피할 수 없는 과정임에 틀림없으니 조용 히 감당하려 한다.

최근 화제가 되고 있는 『하버드 상위 1퍼센트의 비밀』에서 작가의 글 이 마음에 와 닿는다.

> 예전에는 사람들에게 뭘 할 거라고 떠들고 다녔다면
> 요즘에는 조용하게 치밀하게 준비한다.
> 빛을 켜기 위한 긴 어두움은
> 혼자 있을 때 조용히 깊어짐을 배웠기 때문이다.
>
> 신호를 차단하고 깊이 몰입하라.

앞으로 나는 긍정적인 마인드로 조용하면서도 치밀하게, 아직 많이 남은 생의 시간들을 아껴야겠다. 침착하고 온화하게 나의 삶이 누군가의 모델이 될 수도 있다는 책임감으로 하루하루를 착실하게 살아가야겠다.

마음의 소리

도라지 2020년 3월호

가을 공원 벤치에 몸을 맡겨버린 채 쪽빛 하늘을 바라본다. 나의 피부를 감싸는 투명한 공기가 나의 몸짓 하나하나에 보이지 않게 출렁이면서 저 멀리까지 흐르고 있다. 보이지 않는 기류가 겹치고 겹치면 저렇게 예쁜 파란색으로 보이는 걸까.

저 구름처럼 살고 싶네….

잠시 눈을 감고 그런 생각을 하다가 눈을 떴다. 방금 잡아놓았던 몽실구름이 온데간데없이 사라졌다. 잠시 했던 딴생각도 그 구름 생각이었는데, 그런 내 마음과는 상관없이 벌써 흘러가 버리고 다시 돌아오지 않는다. 한참 하늘만 바라보았다. 파란 하늘이 담고 있는 솜구름들은 떠나려는 마음을 걷잡을 수 없는 듯 먼 여행길을 서두르는데, 미련에 전 하늘은 마냥 그 자리에서 바보처럼 기다림을 고수하고 있는 것 같았다.

어쩌면 떠나는 마음과 보내는 마음이 저렇게 다를 수가.

문득 매일 저녁 산책길에 들르는 이 아늑한 공원에서 마주하는 얼굴이 생각났다. '오늘은 왜 안 나왔지?' 한번도 긴 이야기를 나눠본 적 없는 분인데, 아마 그분을 만나고 나면 내가 공원에 와 있음이 확인되는가 보다. 매일 같은 시각에 나는 이쪽에서 그분은 저쪽에서 공원 중심에 심겨져 있는 은행나무 너머로 노을빛 하늘을 바라보며 무언가에 취해있곤 했다.

언제부터였던가.

서로 멀리서 고개를 끄덕여 말없이 눈인사를 주고받곤 했다. '오셨어요?' 아마 그분도 나를 보면서 무언가를 확인할 것이다. 인증도장이라 할까. 그 도장을 찍지 못한 것 같아서 그쪽 벤치에 자꾸 눈길이 가는 건 어쩔 수 없었다.

최근에 제일 아름답다고 생각하는 만남 중에 그분과 나의 만남이 들어 있다.

언제였던가.

아무 사이도 아닌 우리가 공원 입구 게시판에 붙어 있는 영화 포스터를 같은 시각에 보게 되었던 때가. 그날 처음으로 가까운 거리에서 인사를 주고받았다. 우연히 같은 영화에 대해 흥미를 갖고 있음을 서로 확인하게 되었고, 그러다가 또 우연히 영화관 입구에서 만나 같은 스크린을 마주하게 되었다. 공원 벤치처럼 우리는 조금 떨어진 자리인 H-5와 G-15에서 영화를 보았다. 그분은 홍차를 마셨고 나는 커피를 마셨다.

언제부터였던가.

비가 오는 날이면 초록색 우산을 든 모습에, 무더운 여름날에는 가끔씩 회색모자를 쓴 웃음 띤 얼굴로 인사를 건네는 그분의 모습에 익숙해졌다. 그분도 아마 이젠 멀리서도 빨간 우산으로 나를 확인할 수 있게 되었을 것이다.

언제부터였던가.

그분이 나오지 않는 날이면 걱정이 되었다. 혹시 아프신가? 어디 사는지도 모르고 연락을 주고받는 사이도 아닌지라 알 수 없었다. 그다음 날 그분의 모습이 보이면 후- 하고 안도될 때가 많아졌다. 그런 날은 '무슨 일이 있었나 봐요!'라는 생각을 하면서 고개를 끄덕이곤 했다.

언제였던가.

위안을 주는 그분이었다. 아픈 이별을 하고 난 뒤 그분의 존재를 확인할 여유도 없이 구겨져 앉아 있는 나에게 먼저 머리를 끄덕여준 그날, 나는 '원점'이라는 말의 뜻을 비장하게 떠올렸다. 변함없이 그냥 그 자리에 있는 그분을 징표로 무언가를 정리하는 나를 발견했다.

그날, 나는 늘 곁에 있던 가까운 친구가 하루 아침에 종적을 감춘 것에 당황스럽기 그지없었다. 좋아해주는 사람이 떠나리라 생각하지 못한 건 착각일 것이고, 더 좋아하는 사람이니 오래 머무르리라 자신에 겨웠던 것도 오만이었다. "나보다 나를 더 잘 알고, 나보다 나를 더 사랑한다"는 말의 의미는 나 자신보다 더 사랑해주지 않으면 떠나버린다는 경고였을지도 모른다. 그녀가 비좁은 내 마음속에 비집고 들어왔으니 이제 쉽게 나가지 않을 거라 장담은 하지 말았어야 했다.

내가 너무 천천히 다가간 것에 서운했을까?

나의 사랑 방식으로 아닌 것을 아니라고 말하지 말아야 했나?

'혹시 기억상실로 나를 잊은 게 아닐까?', '혹시 너무 미안해서 나타나지 못하는 걸까?' 하고 체념하지 못하고 있을 때, 벤치에 앉아서 서쪽 하늘을 바라보는 그분의 모습이 편안하게 내 눈에 들어왔다. 그분이 말해주는 것 같았다. 그토록 끈질기게 끝까지 가겠다고 입버릇처럼 되뇌던 인연이 하루아침에 구름처럼 사라지는 법도 있네요. 그런 가벼운 것이라면 쉽게 놓아줘야죠. 가버린 인연 또한 편한 마음만은 아닐 터이고, 빨리 쉽게 가도록 보내주면 혹시 언젠가 변명이라도 해주지 않을까요!

그날 우리는 다른 날보다 조금 긴 시간을 벤치에 앉아 있었다. 차분하게 지는 해를 보내주고 있는 저녁노을이 너무 여유롭게 느껴졌다. 머물러 있는 자리는 기다림의 시작일 수도, 기다림의 끝일 수도 있었다. 아쉬움과 서글픔이 뒤엉킨 세상은 늘 꿈을 줬다가 빼앗기도 했다. 꽃망울이 피지도 못한 채 망울인 시절에 지기도 했다. 수확하는 날에 비바람을 내려주기도 했다. 땡볕이 지지리도 머리 위를 내리누르며 땀구멍조차 막아버릴 때도 있었다. 하지만 시작은 끝을 달고 오는 법, 끝 또한 시작을 열어주곤 했다.

내가 머물러 있는 자리가 누군가에게는 스쳐 지나는 움직임 속의 한 순간에 그치지 않을 수도 있었다. 수많은 인연이 나를 지나가 버렸거나 아직 나한테 멈추어 있을 뿐 영원한 것은 아니었다. 삶의 움직임 속에는 늘 거센 관성을 이기고 제자리걸음을 할 수 있도록 잡아주는 거대한 힘이 존재하고 있었고, 버티고 달리고 멈추는 자리자리마다 만유인력의 흡인력도 있었다. 말없이 나를 잡아주는 그분의 눈길처럼.

기류의 움직임으로 생기는 바람을 막으려고 사람들은 삼나무나 편백나무를 심지만, 바람을 막으려 전신을 내미는 그들의 몸에서 흩날리는 화분 때문에 사람들은 몸서리나게 아픔을 겪어야 한다. 그렇다고 나무를 심는 것을 그만둘 수도, 나무의 움직임을 강제로 묶어버릴 수도 없고 참으로 세상에는 쉽게 얻을 수 있는 것이 거의 없다. 사람에게서 받는 상처가 괴로워서 사람을 멀리할 수는 없는 게 아닐까. 서로를 묵인하고 상처를 위로 하며 기대고 받쳐주지 않는다면 도무지 하나의 공간에 머물 수 없는 것이 인간세상이 아닐까.

아름다운 인간관계란 '적당한 간격'을 유지하면서 충분히 서로의 공간을 남겨두는 사이가 아닐까. 언제든지 잠깐 쉴 수 있는 사이가 오래가는 관계가 아닐까.

언제부터였던가.

시국에 따른 민심처럼 양심도 인심도 움직이고, 사랑도 기대도 움직이고, 믿음도 증오도 움직이는 세상이 돼버렸다. 그 움직임은 때로는 권력을, 때로는 명예욕을, 때로는 허위를, 때로는 인정을 따라다닌다. 하면 우리의 마음도 움직여야 하지 않을까.

아, 그분이 보인다. 멀리서 머리를 끄덕이며 웃어주지 않는가.

"좀 늦었네요."

"네…."

오늘은 가을 공원 중심에 서있는 은행나무의 노란빛이 우리를 이어주었다. 엽록체의 푸르름을 살리려고 평생 자신을 감추었던 은행나무가 이제 겨우 자기의 원색을 드러내고 있었다. 자기의 원래 모습으로 꿈을 마감하는 그 모습이 있어서 공원은 더없이 평화롭고 온화했다.

마음은 아날로그입니다

연변문학 2021년 9월호

배낭을 지고 먼 길을 떠났는데, 갑자기 누군가에게 등 떠밀려 넓은 강을 훌쩍 날듯이 뛰어넘습니다. 물방울 하나 튕기지 않은 채 쉽게 건넌 강을 자꾸 돌아보게 됩니다. 강 저쪽 켠에 무언가를 두고 온 기분이 들어서요. 그러면서 마음이 조급해집니다. 세상이 나를 버리고 갈까 봐.

천천히 건너려 한 강이었습니다. 무릎을 넘는 깊이에 이르면 잠깐 멈추고 바짓가랑이를 조금 추슬러 올리면서 물이 다리에 닿는 감각으로 물 깊이를 가늠하면서 말입니다. 어정쩡하게 신기한 힘에 끌려온 나는 억지로라도 낯설고 물선 풍경에 적응하려 아등바등 애씁니다. 우두망찰한 나는 안개 자욱한 새벽, 수림 속에 홀로 서있는 어린아이마냥 불안합니다….

요즘 내가 자주 꾸는 꿈입니다.

5G시대를 살아가야 하는 요즘, 디지털 혁명이라는 말에 괜스레 긴장되면서 매일 아주 많이 뒤떨어진 낙오자 같은 기분이 듭니다. 사실 나와 동시대 사람들은 변해가는 세상을 살아온 산 증인인데 말입니다. 너무 고

전(古典)이라고 타박을 들을 수도 있지만, 오늘에 이르기까지 어제라는 수많은 과정이 있었고, 그 어제 속에 나와 나의 동시대 사람들이 줄곧 살아왔습니다. 우리가 본의 아니게 현시대의 축적된 데이터가 되어왔는지도 모릅니다.

1980년대 말 돈 많은 사람들이 들고 다니는 손전화가 나오고, 얼마 지나지 않아 무선호출기(삐삐)도 나왔습니다. 휴대폰이 보급되기 전의 최첨단 통신 수단이었습니다. 그때가 바로 3차 산업혁명이 서서히 시작된 시점이었지요. 그때부터 강산이 네 번 변했습니다. 세기가 바뀌는 시점과 새로운 천년이 시작되는 시점에도 우리는 있었답니다. 행운아들이었죠. 우리는 아날로그와 디지털 사이를 오가면서 자유롭게 그 행운을 만끽하며 살아왔습니다.

팩스로 번역 원고를 보내던 그 시절에는 현대화가 이런 거구나 하면서 그런 세상을 못 보고 돌아가신 엄마가 안쓰러웠습니다. 헌데 그때도 오늘처럼 스마트폰으로 원고를 투고하는 날이 오리라고는 상상도 하지 못했습니다.

아들애가 초등학교 1학년 때, '엄마, 아빠의 시대'라는 방학숙제 과제를 같이하면서 이런 옛말을 해준 적이 있습니다.

"엄마가 초등학교 3학년쯤 되었을 때의 일인데, 외할머니가 정말 구하기 힘든 영화표(아마 「홍루몽」이 처음 영화로 나왔을 때라고 기억됩니다)를 얻었단다. 일주일 전부터 외할머니와 외할아버지가 그날 만날 시간과 장소를 정하는 것을 보면서 아마도 대단한 영화일 거라는 호기심에 나도 따라갔지.

헌데 그날 약속시간에 약속장소인 노동자구락부 앞에서 외할머니와 내가 한참을 기다려도 외할아버지는 나타나지 않으셨어. 상영시간이 다가오자 외할머니는 내 손을 잡아끌고 영화관에 들어가버렸지. 스크린에 끌려든 외할머니는 외할아버지의 일은 까마득히 잊고 있었단다.

그날 저녁, 외할머니와 외할아버지가 많이 다투셨어. 사정이 있어서 늦게 도착한 외할아버지는 행여나 해서 영화관 앞에서 1시간 동안이나 기다렸다며 외할머니를 나무랐단다."

아들애가 말했습니다.

"전화하면 되지."

"핸드폰이 있었더라면 두 분은 그렇게까지 옥신각신하지 않았을 거야."

그때 아들애의 눈동자에는 '전화가 왜 없지?'라는 신기함이 꽉 차 있었습니다.

그날 나는 소장하고 있던 카세트녹음기를 보여주면서 축음기의 존재도 알려주었습니다. 무엇이든 다 과정이 있다는 진리를 아들애에게 알려주고 싶었을 뿐 옛날에 대한 미련은 없었습니다.

하나하나 변해가는 세상은 즐거웠습니다. CD플레이어가 MD플레이어를 대체하더니 곧이어 '아이팟'이라는 플레이어도 나왔습니다. 나는 소장하고 있던 CD앨범들을 컴퓨터에 옮겨 데이터를 만들기도 했습니다. 아날로그에서 디지털로의 이행을 그렇게 직접 체험했습니다. 점차 앨범 자체를 사지 않고도 인터넷에서 음악을 다운로드하는, 시간과 공간의 낭비가 전혀 없는 세상이 되었습니다. 요즘에는 스마트폰 하나가 모든 것을 대체하고 있지요.

너무 신기하고 신났습니다. 한층한층 높은 곳으로 올라가는 쾌감을 느꼈습니다. 헌데 그렇게 마음껏 공간과 형식의 자유를 누리면서도 나는 아직 찰칵찰칵 1초씩 바늘을 돌려가는 시계가 소중하기 그지없습니다. 진정한 시간의 흐름을 거기에서 느끼게 되네요.

신문기사가 전자판으로 널리 읽히기를 바라면서도 꼭 종이신문에 기록되어야 발표된 기분이 든답니다. 인쇄 냄새가 가득 담긴 문학서적을 한 장한장 넘기면서 모든 감각을 다 동원해서 하는 독서가 진짜라고 느낄 때가 많습니다.

비록 반중건중하기는 하지만, 내 안에 아날로그와 디지털을 슬기롭게 동거시키면서 이 시대를 편하고 효과적으로 잘살고 있다고 나름 자부하고 있었습니다.

헌데 요즘 나는 즐겁지 않습니다. 역사, 고찰, 전통, 계승… 어쨌든 지난 것에 대한 감각이 지나치게 옅어지고 분초를 다투며 갱신되어가는 새로운 시스템에 대한 추구와 적응이 우선이 된 듯하여 서글프기도 합니다. 더구나 감성조차 데이터화되고 쉽게 가공되어가는 것 같아서 도무지 세상의 분위기에 친숙해질 수 없네요. 낯설어집니다. 사람도 세상도.

"근본적으로 고치고 깨뜨리고 새로운 것을 세우다"라는 '혁명'이라는 말의 사전적인 의미처럼 '디지털 혁명'이 너무 많은 것을 근본적으로 바꾸어버릴까 봐 두렵습니다. 그렇다고 나더러 옛날처럼 살라고 하면 24시간도 채 버티지 못할 위인이면서 말입니다.

마스크를 벗지 못한 지가 거의 2년이 되어갑니다. 도무지 사람의 표정을 읽을 수 없어서 막막하기 그지없습니다. 이제 마스크를 벗으려면 쑥스러워지기까지 합니다. 마치 얼굴이 보이지 말아야 할 신체상의 한 부위가 된 것처럼 말입니다.

이 시련이 대체 자연이 인간에게 준 벌인지, 우주가 지구에 내린 신호인지 알 수 없지만, 인류가 한층 더 진화하게 된 계기인 것은 틀림없는 것 같습니다. 세상이 멈춘 것 같지만 그 정지 속에서 여전히 인간은 다른 길을 모색해 앞으로 나아가고 있으니 그것이 바로 디지털 혁명의 덕분일까요.

사회적인 거리가 이젠 자연적인 거리가 되어버렸습니다. 사람과 사람 사이에 칸막이가 없으면 서로 다가서려 하지 않습니다. 소통 방식이 온라인이어야 하는 바람에 건배도 온라인으로 하게 되었습니다. 우리 사이에는 늘 기계가 끼어 있고 전파가 끼어 있으니 "리얼리티!"를 부르짖으며 격동되어 서로 부둥켜안고 싶은 그 느낌을 잊어버리게 될까 우려됩니다.

몸의 거리가 마음의 거리가 되어가는 것이 내 눈에도 보이기 시작하네요. 처음엔 미치겠다고 소리소리 지르더니 이젠 그것이 더 편해져서 사람들은 어쩌다가 만나면 어찌해야 할지 망설이기도 합니다. 그러다가 그 불편함 때문에 아예 만남을 거부하게 되는 게 아닐까요.

보이는 게 전부가 아니라는 말이 요즘에는 또 다른 경우에도 쓰입니다. 온라인 회의를 하면서 위에는 양복을 입고 아래에는 트레이닝복을 입는 사람들이 많다고 합니다. 그렇게 온라인은 보이고 싶은 것만 보일 수 있는 수단이기에 편리한 한편 진정성이 없습니다. 헌데 사람들은 차츰 보이지 않는 것은 보지 않으려고 합니다. SNS에서 사람을 알아가고 있습니다. 형체도 근거도 없지만 오해와 사과를 거듭하는 귀찮은 과정 없이 자기와 맞는 사람만, 내 인생에 덕이 될 만한 사람만 선택하여 사귈 수 있는 공간이라고 반기고 있습니다.

몇 년 전 지인이 했던 말이 생각납니다.

"'좋아요'가 심장모양으로 돼있으니 심장이 뛸 때만 누르라는 뜻이 아닌가? 아니면 심장, 아니 마음도 디지털화되었다는 말인가? 뛰지 않는 심장을 마구 눌러대니 말이야…"

언제부터인지 우리는 진실한 소통을 삼가고 있습니다. '정열'과 '경의'와 '언어'를 통해 돈독해지고 이어지는 사람 사이의 관계가 누군가는 무엇을 선호하고, 누군가는 어떤 행동에 감동하며, 누군가는 어떤 것을 싫어하는가 하는 데이터를 기본으로 유지되어갑니다. 이제 우리는 로봇과 별다른 것이 없습니다. 결국 사람은 이의(異議)를 용납하지 못하게 될 때 손가락으로 지울 수 있는 데이터에 불과합니다.

AI시대, 나에게는 너무 추상적이고 개념적이며 관념적이기까지 한 세상입니다. 내 무대인데 주인공 자리를 내주고 대사가 없는 단역을 맡은 기분이 듭니다. 이 현실을 감내해야 세상을 따라잡을 수 있다고 매일 주문을 외우지만, 오히려 도서관에 가서 책을 읽고 싶고 메모수첩에 연필로 무언가를 적고 싶고 어렸을 때처럼 철필로 잉크를 찍어 '서여기인(書如其人)'이라고 쓰면서 필체를 닦고 싶어집니다. 모든 것의 주체가 사람이었던 세상을 살아왔기에 기계와 시스템에 질질 끌려가다가 존재감을 잃을까 싶어 아마 최후의 자존심을 부리고 있는 것일지도 모릅니다.

요즘에는 외로움이 밖으로 새어나올 때 고양이나 강아지에게 넋두리하는 사람이 많습니다. 이것저것 충고도 하지 않고 귀만 빌려주는 그들이 있어서 얼마나 다행입니까? 사람이 아닌 동물들 앞에서 더없이 솔직해지고 유치해짐은 그것으로 인한 그 어떤 파장도 일지 않기 때문입니다. 안전하고 믿을 만하고, 제일 중요하게는 거부하지 않으니 말입니다. 그렇게 미세먼지를 흡수하는 음이온처럼 애완동물들이 우리를 치유해주고 있습니다. 우리는 동물에게 인간세상을 말해주고 있고, 로봇 청소기에게 좀 더 구석구석까지 청소하라고 신경질을 부리고 있습니다.

언제부터였던가요.

사람이 사람을 대할 때는 기계적이 되고, 동물을 대할 때는 인간적이 되고 있습니다. 고양이가 쥐를 쫓지 않고, 멍멍이가 짖을 궁리를 하지 않는 것이 어쩌면 우리 인간의 잘못일지도 모릅니다.

엊저녁에도 그런저런 당치도 않은 잡념에 잠을 설치고 있는데, 지천명의 나이를 눈앞에 둔 지인이 연락해왔습니다.

유학공부를 마친 후 20년 가까이 근무한 회사를 이제 그만두려 한답니다. 계열회사의 구인광고를 보고 자신의 능력을 시험해보려는 가벼운 마음으로 시작한 일이 젊은 경쟁자들을 다 물리치고 마지막 단계까지 가게 되었다는 그녀였습니다. 나는 그녀의 전직(転職) 이유에 깜짝 놀랐습니다. 그녀는 한번 큰물에서 놀아보고 싶다는 자기의 솔직한 야망을 어떻게 생각하느냐고 나에게 물었습니다. 그 말에는 불안함이 많이 섞여 있었습니다.

"참 대단해. 다시없는 절호의 기회인데 뭘 망설여?"

나는 깊이 생각지도 않고 대단한 일을 해낸 그녀를 축하해주느라 서둘렀습니다. 사실 얼마나 대단한 일인지는 잘 모릅니다. 그러고 나서 또 잠을 설쳤습니다.

'그녀의 전직은 과연 옳은 선택일까?'

뒤늦게야 폭넓은 내 오지랖이 작동한 것입니다. 경력 하나만으로 새롭게 그 큰 회사에서 그녀가 적응할 수 있을까? 새파란 젊은이들과 어깨를 당당하게 겨룰 수 있을까? 지금의 회사에서 중심위치에 있던 그녀가 큰물에서 자기 위치를 찾으려면 앞으로 몇 년을 더 분투해야 할까? 유학생활 이래 줄곧 앞만 보고 달려온 그녀가 이제 편한 자리에서 여유 있게 회사생활을 마치는 것이 더 현실적인 일이 아닐까. 만일 내가 그녀라면 나는 전직을 다시 생각하고 싶은데….

그런 생각을 하는 내내 심장이 세게 뛰었습니다. 오랜만에 느끼는 감각이었습니다. 간만에 그런 솔직한 상담을 받았으니 말입니다.

'칭찬을 많이 해야 하고 프라이버시를 존중해야 하는 세상인데….'

결국 나는 생각을 멈추고 말았습니다.

아주 오랜만에 꿈에 시달리지 않은 아침이 밝아왔습니다. 나는 가볍게 아침 산책길에 나섰습니다. 맑은 공기를 듬뿍 마시면서 너도 나도 앞다투어 기지개를 켜는 수레국화와 해당화꽃이, 듬성듬성 끼여 있는 양귀비꽃과 눈을 맞추며 파르르 생기를 떨칩니다. 온종일 그늘을 만들어야 할 숙명을 지닌 수양버들이 아침공기의 세례를 받으며 느긋이 심호흡을 하고 있었습니다.

갑자기 보슬비가 내리기 시작하더니 점점 빗방울이 커집니다. 짧은 몇 분 사이에 온몸이 흠뻑 젖었습니다. 비를 피해 뛰어가는 사람들이 내 곁을 휙휙 지나갑니다.

"일기예보엔 없었잖아."

"요즘 자주 틀리더라고."

다들 화가 난 모양인지 같은 말을 중얼거렸습니다.

나는 간만에 비냄새를 맡으며 그대로 걸었습니다. 얼굴에 내리는 빗방울이 톡톡 소리를 내며 피부를 다독여주었습니다. 거스를 수 없는 자연의 섭리라면 '갑자기'이든 '예외'이든 그것을 받아들이는 것이 순리라는 생각을 하면서 천천히 빗속을 걸었습니다. 어쩐지 자연이 나에게 노크하고 있다는 생각이 들었습니다.

온몸이 푹 젖고 나니 기분이 상쾌해집니다. 길가의 나무들도 시원히 먼지 속에서 벗어났습니다. 물방울을 머금은 꽃들도 한결 예쁜 자태입니다. 집에 돌아가는 나의 발길 또한 여느 때와 달리 무척 가벼워집니다.

벌써 나는 오늘 저녁 내가 지인에게 전화를 걸 것 같은 예감을 느낍니다. 밤새 걱정했던 말을 털어놓고야 말 것 같은 그런 강한 예감이 듭니다.

나는 나의 아날로그 심장이 뛰고 있다는 것을 새삼스레 느꼈습니다.

특파원의 기록 | 인물

신문기사

일본 조선족연구학회 회장 정형규 교수와의 인터뷰

길림신문 2016-07-26 발표

민족을 '조선족'이라고 밝히는 것이 일상이던 시절(중국 국내에서)에는 그 말의 의미와 유래에 대해 깊이 생각해본 적이 거의 없었다. 하나의 절

차이고 구분이라고 여겨왔을 뿐이다.

요즘 들어 여기저기 네티즌 사이에서 조선족이 자주 거론되고 있다. 이미 일본인 사이에서도 그다지 생소하지 않은 존재로 가끔 '도전족(挑戰族: 조선족의 일본어 발음과 같음)'으로 불리기도 한다. 그동안의 노력을 인정해주는 호칭이어서 그 울림이 싫지는 않다.

2016년 봄, 조선족이라 하면 제일 먼저 떠오르는 일본조선족연구학회 회장 정형규 교수를 만나러 니혼대학(日本大学) 경제학부를 찾았다.

유년 시절부터 일본어와 인연이 있어

정형규는 1956년 4남매 중 막내로 중국 길림성 훈춘현(琿春縣) 훈춘진에서 태어났다. 훈춘현 교육국에서 근무했던 아버지의 사업관계로 초등학교 3학년 이후부터 한족학교에 다니게 된다. 그래서 친구가 대부분 한족이었고, 조선족과 한족의 차이도 별로 느끼지 못한 채 고중을 마쳤다. 일본과 관련되어 있었던 아버지의 사업관계로 발전한 일본의 존재를 남들보다 일찍 알게 된 그는 독학으로 일본어를 익혔다.

고중을 졸업한 후 정형규는 반년간의 하향 지식청년 시기를 거쳐 훈춘 식물유공장(琿春植物油厂)에 배치되었다. 얼마 지나지 않아 간부로 선발되어 양식국에 재배치된 1977년, 대학입시제도 회복의 혜택을 받게 된다. 10년이나 중단된 입시제도 때문에 자신의 레벨조차 가늠할 수 없이 혼란했던 시기였다.

북경대학과 청화대학 컴퓨터공학 지망생이던 그는 성적과는 상관없는 일본어 시험에도 임했다. 자유선택 과목이던 일본어 시험 덕분에 동북사범대학 일본어 전업에서 입학통지서가 날아왔다.

1982년 무사히 대학을 졸업하고, 할빈 전공계량기연구소(哈尔滨电工仪表研究所) 정보연구실에 배치된 정형규는 기계공업부, 무역촉진회가 주최하는 중·일 기술교류회에 자주 참가하게 되었는데, 통역과 자료 수집을 하면서 더 깊게 일본을 알게 되었다.

순조로웠던 일본에서의 유학생활

1896년부터 시작된 중국인의 일본 유학 역사가 1946년이 되자 저조기에 들어섰다. 그러다가 1979년 오랜 시기 닫혔던 정부 파견급 유학의 문이 다시 열리기 시작했고, 1986년부터는 자비유학생 정책도 원활해졌다.

1986년 유학길에 오른 정형규는 히로시마대학 대학원에 입학하여 교육학을 전공하기 시작했다. 민간단체의 장학금과 가와이주쿠 히로시마 종합전수학교(河合塾広島総合専修学校) 비상근(非常勤) 강사 수입으로 석사과정을 마친 그의 유학생활은 순조로운 편이었다. 재학 중 유학생 일본어 강연대회에서 1위를 따낸 그는 히로시마 유학생 장학금 논문모집에서도 두 차례나 우수상을 받았다.

순조롭게 교육학 석사학위를 받은 정형규는 중국 복단대학(复旦大学) 일본어학과 강사로 내정받고 귀국을 준비하고 있었다. 그런 그에게 박사과정 시험 합격통지와 함께 일본 문부성 국비유학생이라는 행운이 또다시 찾아왔다. 그는 박사과정에 들어가기로 결정하고 귀국을 단념했다.

박사과정을 수료한 정형규는 1993년부터 히로시마대학 교육학부 일본어 교육학과 조수, 종합학부 겸임강사로 자리 잡기 시작했고, 1998년에는 교육학 박사학위를 받았다.

2000년 니혼대학 경제학부 교수 부임을 목표로 일본 각지에서 150여 명의 학자들이 모였다. 서류심사를 통과한 세 명의 학자가 프레젠테이션을 하고 교수회가 투표로 그중 한 명을 선택하는 치열한 경쟁이었다. 그동안의 노력은 정형규를 배반하지 않았다. 그때 정형규는 니혼대학 경제학부 조교수로 부임했고, 2006년에는 교수직에 이르게 되었다.

조선족으로 당당하게 나서기 시작한 것은?

어릴 때부터 한족학교에 다녔던 정 교수는 한어와 일본어보다 우리말이 더 어렵게 느껴진다고 한다. 그래서 취재 중에도 정확하게 전달되어야 할 부분은 꼭 일본어로 강조했다.

1978년 고향을 떠난 그에게는 민족 의식이 거의 없었다. 불편함도 필요성도 없었고, 주위 환경도 그것을 강요하지 않았다. 그런 자신이 요즘 들어 부끄럽다고 한다. 일본에 온 초기에는 '조선족'이라는 말을 꺼내지 못했다. 일본 사람들은 조선족이라 하면 북한과 한국을 먼저 떠올리기 때문이었다.

"대체 어느 나라 사람이죠?" 이런 물음에 다민족 국가이며 무려 56개의 민족이 존재한다는 중국의 실정부터 설명하기 시작한다. 흥미를 느끼는 일본인도 있었지만, 대부분 첫인사가 편하게 이루어지지 못했다. 하여 단순히 중국 사람(엄격히 말하면 한족)으로 거의 10년을 지냈다.

그러던 2005년 지인의 소개로 제2차 "재일본 중국 조선족 국제심포지엄"에 참가한 것을 계기로 정형규 교수의 마음속 어딘가에 잠들어 있던 민족의식이 눈을 뜨기 시작했다. 점차 세상 뜨실 때 아버지가 손에 쥐여주셨던 족보의 소중함을 깨닫게 되었고, 자신의 뿌리가 궁금해지기 시작했다.

그때부터 착수하기 시작한 연구주제가 "조선족의 다중언어(多言語) 교육"이다. 연구 항목의 신선함과 깊이를 파악한 그는 해마다 훈춘 등 중국 조선족이 거주하는 지역을 찾아다니면서 여태껏 미처 몰랐던 조선족의 풍속과 언어 환경을 고찰하고 있다. 요즘엔 조선족 친구들이 무척 많아졌다고 기뻐하는 정 교수다.

한인 혹은 코리안 등으로 불리는 것보다 조선족으로 불리는 것이 더 정확하다

정 교수는 단호한 어조로 이야기를 시작했다.

조선족과 한인, 코리안은 완전히 다르다. '조선족'이라는 용어는 중국에서 만들어진 고유명사로 중국 국적을 가지는 동시에 조선민족의 정체성을 갖고 있는 사람을 말한다. 조선족과 조선민족은 다르며, 중국이 아닌 다른 나라에 사는 조선민족은 조선족이 아니다. 예를 들어 러시아에 사는 조선민족은 조선계 혹은 한국계 러시아인이라고 불러야 한다. 조선족은 자신의 신원과 존재 의의를 자랑스럽게 여겨야 한다.

재일 조선족에 대한 평가와 조언

조선족은 일본어 능력이 상당히 높기 때문에 일본 사회에서의 적응이 비교적 빠르다. 재일 조선족은 이미 자신들의 독특한 커뮤니티를 형성하고 있다. 작년에 처음으로 조선족운동회가 열렸는데, 1,500여 명이 참가하여 여러 가지 경기와 문예공연으로 친목을 다졌다.

우수한 인재들이 잇따라 자신이 중국 조선족임을 밝히고 있다. 3개국 이상의 언어를 장악하고 있다는 특징이 조선족의 특권이 될 수도 있어 조선족의 가치가 날로 높아가고 있다. 한편 단결이 무엇보다 중요하다. 하나로 뭉쳐 지혜를 모으면 누구도 무시할 수 없는 존재가 될 수 있다. 무엇보다 일본인 속에 자리 잡고 사회적으로 인정받아야 한다.

조선족으로서 한계를 느껴본 적 있는가?

딱 한 번 느낀 적 있었다. 엄격한 서류심사와 면접을 무사히 통과하고 나고야 스기야마 죠가쿠인대학(名古屋椙山女学院大学)에 중국어 담당으로 취직이 결정되었을 때의 일이다. 제일 마지막 단계에 이르러 향후의 사무적인 이해를 하게 되었는데, 그 대학의 중국인 교원이 정 교수에게 조선족이 아니냐고 물었다. 이름자에서 알아본 것이 틀림없었고, 구태여 속일 필요가 없었던 질문이어서 그렇다고 대답했다. 결과는 이유불명의 불채용이었다. 사실 중국어 교원이라 조선족이 한족보다 못하다고 판단했다면 큰 오산이었다. 정 교수는 한족과 별로 다름이 없는 중국어권의 조선족이기 때문이다.

재일 조선족의 자녀 교육에 대해

이는 우리 재일 조선족 앞에 놓인 커다란 과제다. 조선족 2세, 3세가 일본에 건너와서 조선족 혹은 한족, 일본인과 결혼하여 낳은 아이들이 거의 민족 언어와 중국어를 모르게 된다. 가정에서 부모가 가르치는 것만으로는 아주 부족한 언어환경이기 때문이다. 하지만 절대 단념하지 말아야 한다. 우리말을 조금씩 익히게 하고 흥미를 가지도록 인도해주어야 한다. 그것은 아이들에게 조선족의 정체성을 심어주는 첫 발자국이다. 조선어뿐만 아니라 중국어도 가르쳐야 한다.

조선족 유학생 실태

　1982년 이후 일본에 유학 온 조선족은 상당히 많다. 역사적인 원인으로 중국 국내 대학교의 일본어 전공에 많은 조선족 학생들이 재학하고 있었고, 그들이 일본 유학을 택한 것이 그 요인이다. 일본어를 배우는 사람이 세계적으로 두 번째로 많은 중국에서 조선족의 비율이 30%를 차지했던 역사가 있다. 니혼대학에도 조선족 유학생이 비교적 많다. 다행인 것은 과거에 비해 3개국 이상의 언어를 장악하고 있는 조선족 학생들이 여러 면에서 선택범위가 훨씬 넓어졌다는 점이다.

조선족연구학회에 대해

　조선족연구학회는 그 전신인 '중국 조선족연구회'를 토대로 2007년에 발족한 학술 연구단체다. 본 학회는 조선족에 관한 문화, 역사, 언어, 교육, 사회, 경제, 정치 등 여러 분야의 문제를 연구하며 나아가 조선족 사회의 발전과 동북아시아 지역 내 각국 간의 교류와 협력 및 세계의 평화적 발전에 기여하는 것을 목적으로 한다.

　회원은 민족, 종교, 국적을 불문하고 조선족 사회 및 조선족 연구에 관심과 흥미를 갖고 있는 연구자, 회사원, 대학원생, 대학생, 일반 시민 등 다양한 성원들로 구성되어 있다. 현재는 조선족 연구자를 중심으로 하면서 일본인, 재일 코리안(뉴커머도 포함), 재일 중국인(한족) 등 폭넓은 범위의 사람들이 회원으로 활동하고 있다.

앞으로의 목표는?

늦게 시작하게 된 조선족에 대한 연구이고, 역사적인 인물들이 점점 줄어드는 형편이기도 하기에 산 증인을 찾아 탐방하는 방식으로 연구를 더욱 활발하게 하고 싶다. 사립대학인 니혼대학에서는 교원이 주인공인 만큼 그래서 더욱 보람을 느낀다. 학생들 속에서 생기는 모든 문제는 가르치는 교원이 책임져야 한다. 정년퇴직까지 남은 10년 동안 학생들, 특히 조선족 학생들을 발굴하고 배양하는 데 전력을 다하고 싶다.

혈액형이 O형이고, 취미가 테니스이며, 1남 1녀의 아버지인 정형규 교수. 취재가 끝날 무렵 교수님의 연구 성과에 대해 여쭈어보았다.

주요 연구 항목은 '일본어 교육 시점에서 본 일중 비교연구', '중국어 교육 시점에서 본 일중 비교문화론'이다. 현재 니혼대학 경제학부 전임교수 외에 겸하여 주오대학(中央大学) 종합정책학부 비상근 강사로 임명된 그는 일본 현대중국학회 회원, 일중 교육연구협회 이사, 학회 잡지『일중 교육논단』 부주필, 일본 조선족연구학회 회장 등 중책을 맡고 있다.

「중국인 일본어 교육에 대한 고찰」, 「일본어의 조건표현에 대한 연구」, 「인과구절의 접촉형식에 대하여」, 「한자권에 있어서의 외래어의 모든 형태」 등 수십 편의 논문과『대학 기초중국어』,『유의어의 뉘앙스』 등의 저서가 연구업적으로 평가받고 있다.

경계인의 신화를 살다

교육학자 김룡철 교수

길림신문 2019-02-13 발표

"나는 누구인가? 자신에게 이런 질문을 해본 적 있습니까?"

최근 중국 서남지구 모쒀인(摩梭人)의 모계사회 전통문화에 대한 저서 『결혼이 없는 나라를 찾아서』와 『동방 여인국의 교육』으로 일본의 연구학자들과 일반 독자들의 관심을 모으고 있는 저자 김룡철 교수에게 한 첫 질문이다.

"나는 조선반도에 뿌리를 두고 중국에서 태어난 소수민족으로서 중국식의 교육을 받고 자랐고, 일본 유학을 경험했습니다. 중국의 대학과 연구기관에서 근무한 경력을 갖고 있으며, 현재는 일본에서 생활하고 있습니다. 북경 호적과 중국 여권을 갖고 있고, 동시에 일본의 주민등록증과 영주권을 소유하고 있으며, 대학교수로서 공무원 대우도 받고 있습니다. 중국어, 한국어, 일본어, 영어 어느 하나도 완벽하지 못하지만 중국어로 중국 현지에서 조사활동을 벌이고 있고 영문자료를 읽을 수 있으며 일본어로 대학교 강의, 학술발표, 강연을 불편없이 하고 있는 그런 사람입니다."

사회학적 전문용어로 자신을 '경계인(境界人, marginal man)'이라 칭하는 교육학 학자 김룡철 교수와의 어려운 만남이 이렇게 이루어졌다.

가장 큰 전환점

김룡철은 1955년 아동(亚东)저수지로 유명세를 탄 중국 화룡현의 드넓은 평강벌에서 태어났다. 미술을 전공한 아버지를 따라 길림성 연변조선족자치주 도문시 마반촌에서 초등학교, 중학교 시절을 보냈다. 당지부 서기 겸 농업중학교 교장이던 아버지가 갑자기 '인민의 적'으로 몰려 매일 같이 군중 앞에서 비판을 받아야 했던 그 시절, 영문도 모른 채 무시당하고 비난받으면서도 책만은 손에서 놓지 않은 어린 시절을 보냈다.

아버지의 명예가 회복된 후 뒤늦게야 홍위병에 가입할 수 있었고, 다시 학생간부를 맡았을 때의 일이 제일 잊히지 않는다고 한다. 10년 동란의 폭풍이 한창이었고 대학교 교문이 점점 아득하게만 여겨졌던 그 시절, 마반산 기슭의 회향 청년 김룡철은 마반산 소학교 민반교원 생활(3년간)과 마반대대 부당지부서기 시기(3년간)를 거치면서 나름대로 평탄한 길을 걷기 시작했다.

1971년 3월은 기억에 남는 한 해였다. 일본 나고야에서 열린 제31회 세계탁구선수권대회를 계기로 미국의 탁구선수가 중국을 방문하게 되었는데, 그것이 중미관계 정상화의 계기가 되었다. 따라서 중일관계에도 커다란 변화가 일어났다.

전국적으로 상영된 기록영화 「탁구공이 피운 친선의 꽃」을 통해 제2차 세계대전에서 패전국으로 나락에 떨어졌던 일본이 짧은 기간 내에 다시 일어났다는 사실을 처음 알았다. 김룡철은 일본이 폐허에서 다시 일어설 수 있었던 가장 중요한 원인이 축적된 인재였다는 생각이 들었다. 그때 벌써 교육의 중요성에 눈을 뜨기 시작한 그는 세계적으로 화제를 모은 주은래 총리의 '탁구외교'에 관한 신문기사를 읽으면서 밝은 미래를 꿈꾸게 되었다. 얼마 지나지 않아 아버지가 서점에서 일본어 교과서를 사다주었다. 김룡철은 아버지께 배운 기초 일본어를 토대로 열심히 일본어를 독학하기 시작했다.

기회는 준비된 자만이 잡을 수 있는 법. 1977년 드디어 청년 김룡철에게 인생 전환점이 다가왔다. 대학 입시제도가 회복되었던 것이다. 때마침 200여 명의 민공을 인솔하여 대신저수지 건설공정을 맡았던 그에게 입시시험 준비기간이 3주일밖에 남지 않았지만, 학생시절에 꼼꼼히 머릿속에 저장해둔 지식이 효력을 발휘했다.

김룡철은 그동안 자습했던 일본어 능력을 크게 인정받고 동북사대 일어계에 입학하게 된다. 10년 공백(1966년부터 1976년까지 문화대혁명 기간) 후의 첫 대학 입시였다. 처음으로 평등한 경쟁의 출발선에 서게 된 김룡철은 세상 전부를 얻은 것만 같았다.

순풍만범(順風滿帆)도 노력의 결과

10년간의 공백을 메우기 위한 또 한 번의 기회가 77년급 대학생들을 찾아왔다. 1981년 학위제도 재건의 일환으로 77년급 대학생을 주요 대상으로 한 전국 대학교 연구생 통일시험 시범제도가 처음 나왔다. 게다가 합격자 중에서 900명을 선발하여 미국, 일본, 캐나다, 오스트레일리아 등의 나라에 국비유학을 보낸다는 중앙교육부의 전례 없는 결정이 내려졌다.

때마침 자신의 전도를 두고 깊이 고민하던 김룡철은 전공인 일본어와는 큰 연관성이 없는 비교교육학 연구생 시험을 치르기로 결심했다. 시험을 앞둔 1981년 여름방학 기간은 그에게 자기 인생에 도전을 시도한 중요한 기간이기도 했다. 동북사대 교육학부 친구들에게 30여 권이 넘는 교과서를 빌려 메고 고향에 돌아왔다. 그는 모교 선생님들의 배려로 매일 마반산 초등학교 교실에 묵으면서 그야말로 피터지게 노력했다.

그때도 시간은 석 달밖에 남지 않았다. 짧은 시간 내에 교육학부 4년간의 교과서를 한권한권 돌파했다. 성공 여부와 상관없이 전국 범위 내에서 자신의 능력 여부만이라도 확인하고 싶었던 김룡철은 자기가 네 과목 전부에서 전국 1등이라는 놀라운 성적을 따내리라고는 꿈에도 생각지 못했다.

중앙교육부의 위탁을 받은 동북사대 비교교육학회 회장 량충의(梁忠义) 교수가 그를 지명하여 선택했다. 하여 인생에서의 두 번째 전환점에 이른 김룡철은 1982년 10월, 국비유학생 149명 중의 한 사람으로 히로시마(広島)대학 교육학부 대학원에 입학하게 되었다.

일사천리로 달리다

노력은 늘 성과와 인과관계를 맺고 있었고, 결과는 과정을 배신하지 않았다. 1985년 교육학 석사학위를 받은 그는 연속적인 흐름으로 1988년 교육학 박사학위를 따냈다. 1980년대는 인문학, 사회학 부문의 박사학위 취득이 힘들기로 유명한 일본이었다. 3년 만에 순조롭게 박사학위를 받은 사람이 그해 중국 유학생 김룡철 한 사람뿐이었다는 이유로 여러 번 신문과 텔레비전에 등장하기도 했다.

1988년 유학생활을 마친 김룡철은 귀국길을 택했다. 중국 교육부 중앙교육과학연구소 비교교육센터에서 학술위원직과 부주임직을 맡은 그는 학술논문 집필과 연구 조사를 멈추지 않았다. 1991년, 36세의 젊은 나이에 그는 중국 교육부의 파격정책에 의해 중앙교육과학연구소 부교수로 발탁되었다. 서남 소수민족지구에 대한 연구에 흥미를 갖게 된 것도 바로 그때부터였다.

중국은 물론 일본에도 교육학 박사가 드물었던 1995년, 유학 시절의 지도교수였던 히로시마대학 오키하라(沖原) 학장의 퇴임으로 인사이동을 하게 된 히로시마대학에서 교육학부 조교수 부임 가능성에 대해 타진해 왔다. 하여 더욱 성숙한 연구자의 길을 걷기 위해 김룡철은 가족을 거느리고 8년 만에 다시 일본 땅을 밟게 되었다.

대학원 시기의 연구성과를 근거로 그는 교육학 연구과 박사과정 전기와 후기의 연구지도 자격을 인정받게 되었고, 수년간 방송대학 국제교육론 비상근 강사로 초빙강의를 하게 되었다.

2003년 가나가와 현립 보건복지대학(神奈川県立保健福祉大学) 설립에 즈음하여 보건복지학부 교수로 초빙된 김룡철 교수는 인간 종합·전문기초담당과 과장, 대학원 보건복지학연구과 보건복지학 전공 전임교수로 임명되었으며, 슈도대학도쿄(首都大学東京)의 비상근 교수로 초빙되기도 했다. 게다가 2011년부터 3기에 걸쳐 보건복지학부 학부장을 연임한 6년간, 사회의 성숙도를 가늠하는 보건복지의료 부문의 전문인재 양성을 교육의 최종 목표로 하는 대학교 운영방식의 확립에 확실한 공헌을 해왔다.

현재 일본 교과서연구센터 특별연구원, 보건복지대학 지역공헌연구센터 센터장, 중일교육연구학회 회장, 학회지 『중일 교육논단』 편집위원 등 중책을 맡고 있는 그는 『도쿄대학』(중국출판), 『국제교육종횡』(중국출판),

『중국소수민족교육정책문헌집』, 『세계의 학교』, 『교육과 인간과 사회』 등 24권의 저작과 100여 편에 달하는 논문을 발표했다.

서남지구 소수민족 교육문화에 대한 연구

1990년 여름, 유학을 마치고 돌아가 취직했을 때의 일이다. 첫 출장으로 사천성 량산(凉山) 지역에 내려갔다. 1986년 제정된 의무교육법 실시 정황을 조사하기 위해서였다. 산 좋고 물 맑은 신비롭고 이상적인 곳이었는데, 의무교육에 대한 그곳 사람들의 인식 때문에 큰 쇼크를 받았다. "아이를 학교에 보내면 우리한테 술이 차려지는가?"라는 사람들의 반응에 어찌할 바를 몰랐던 기억을 지울 수 없었다고 한다.

14년이 지난 2004년, 김룡철 교수는 교육과 문화에 관한 비교연구 방향을 중국 서남지구로 돌렸다. 그해 가을, '화친정책(和親政策)'의 산 증인이며 '현대의 문성공주'로도 불리는 모쒀의 마지막 왕비 소숙명(肖淑明) 씨를 만나러 루구호(泸沽湖)에 갔다. 그때를 계기로 모쒀족 문화에 대한 본격적인 연구를 시작하게 된 그는 그 후 10년간 해마다 한 번씩 현지조사차 모쒀족 부락에 갔다. 모쒀족의 모계 사회체제에 관한 연구, 중국 서남지구에서의 성인 의례의 사회화 기능에 대한 연구, 서남 소수민족 문화의 교육과정화(課程化)에 관한 연구를 진행하는 한편, '중국 서남 소수민족 교육을 지원하는 기금회'를 만들었다. 모쒀족 문화재 기록을 추진하고 학교 기숙사 건설을 지원했으며, 도서 기증, 일부 교사와 기숙사 취사원의 임금 지불, 어린이 교복 제공 등 그들의 문화를 지켜주는 데 많은 도움을 준 기금회다. 지금도 김룡철 교수는 그들의 전통문화 보전사업에 대한 지원을 계속하고 있다.

"연구자가 조사를 펼치는 현지에 절대 영향을 끼쳐서는 안 된다는 것은 뒤떨어진 견해입니다. 연구자는 현지인들과 친구가 되어 함께 고민하고 힘을 합쳐 미래를 창조해나가야 합니다."

이것이 다년간의 연구 조사 활동 중 시종일관한 그의 연구자세다.

앞으로의 연구 주제, 자신만의 교육학

처음으로 일본에 왔을 때 한 택시기사가 철학과를 졸업했다고 하여 놀랍고 의문스러웠다는 김룡철 교수였지만, 지금 생각해보면 절대 놀라운 일이 아니라고 한다.

"재래의 교육학은 대체로 직업인, 국민성을 육성하는 데 중점을 두고 있지만 우리 교육의 제일 큰 목적은 인격을 양성하고 발달시키는 것입니다. 대학은 엘리트만 들어가는 곳이 아니며 누구나 다 고등교육을 받을 권리가 있습니다. 국민 육성도 이미 비현실적이 되었습니다. 글로벌 시대인 오늘, 우리 교육 현장에는 자기 나라 국민 외에 외국인도 있는데 외국인을 상대로 국민 육성을 목적화하는 것은 현실적이 못 됩니다.

학교 교육은 인류의 문화적인 다양성 보전과 발전에 기여하지 않으면 안 됩니다. 어떻게 하면 다양한 문화를 보호하고 유지 · 존속시킬 수 있는가를 고려한 교육학을 제안하지 않으면 안 됩니다. 오늘날 문화에 대한 소비는 강요가 아니라 선택하는 것이기 때문에 다양해야 합니다. 귀찮고 합리적이 되지 못할 수도 있지만, 인류에게 다양한 문화가 존재한다는 것은 틀림없이 좋은 일입니다. 그것을 어떻게 남기는가가 교육의 과제라고 생각합니다. 과제를 풀어가는 구체적인 방법에는 여러 가지가 있을 것입니다."

취재를 마무리 지으면서 '아이덴티티', 나아가 '조선족의 아이덴티티'에 대한 가장 쉬운 해석을 부탁해보았다.

"아이덴티티란 바로 '나는 누구인가?'에 해당하는 대답입니다. 아이덴티티는 한 개인이 소유하는 다면적이고 복층적(複層的)인 개념으로 '한 사람에게 하나의 아이덴티티'라는 견해는 복잡하고 난해한 사회에서 생존하는 인간의 다종다양한 요소를 무시하는 견해입니다. 자신의 아이덴티티에 대해 선택할 자유를 존중하는 사회가 가장 바람직합니다.

이문화적인 2개 이상의 집단 속에서 그 어느 하나의 집단에도 완전하게 소속되지 않는 존재를 '경계인(境界人)' 혹은 '주변인(周辺人)'이라고 합니다. 조선족이 바로 중화민족, 화교, 재일(혹은 재미, 재한 등)

중국인, 재일 조선족 등의 여러 가지 아이덴티티를 갖고 있는 '경계인'입니다."

"글로벌 세계의 문화적인 공간을 이동하는 조선족은 '문화의 운반자'로 '경계인'의 신화를 살고 있는 것입니다."

인터뷰를 마치면서 한 김룡철 교수의 이 한마디가 오랫동안 여운으로 남았다.

하북 웅안신구 도시설계 현장 답사팀에 뽑힌 실력파

재일 조선족 기업가 허영수

길림신문 2017-07-13 발표

'심수경제특구', '상해포동신구'에 이어 또 하나의 국가급 신구(新区)인 '웅안신구(雄安新区)' 탄생에 전 세계가 주목하고 있는 오늘, '천년대계, 국가대사'인 이번 프로젝트에 일본의 주식회사 JPM 회장인 재일 조선족

기업가 허영수가 인솔하는 건축설계팀 JCAP7이 국제입찰 12순위에 들어 웅안신구 도시설계 현장 답사와 질문에 참여하게 되었다.

2017년 6월 26일부터 하북성 경진기 협동발전사업(京津冀协同发展工作) 추진 소조와 하북 웅안신구(河北雄安新区) 관리위원회는 '하북 웅안신구 가동구(启动区) 도시설계 국제 자문건의서 청구 공고'를 발표했다. 7월 3일까지 국내외 279개 회사가 정식 자료를 제출했다. 주최 측은 전문가들의 의견에 근거하여 그중 12개 설계 단체를 뽑아 다음 단계의 사업에 참여시키기로 결정했다.

그 소식을 접한 기자는 아키하바라(秋葉原)에서 허영수 회장을 만났다.

1960년 6월, 중국 길림성 용정시에서 3남매 중의 장남으로 태어난 허영수는 1980년 연변대학 공학계(원 연합대학) 제1기 건축학과에 입학했다. 1983년 말에 공학원 교원으로 학교에 남게 된 그는 연변대학 공학원 공청단 총서기와 연변 종업원 대학 공청단위원회 서기를 겸임했다. 7년간 교직생활을 하면서 점차 학위에 대한 열망을 갖게 된 그는 1991년 3월에 일본 자비유학의 길을 택하게 되었다.

1994년 니혼대학 대학원 이공학부 건축학과 석사과정을 마친 허영수는 주식회사 신건축설계(慎建築設計)에 건축기술자로 취직하여 현장 실전경험을 쌓기 시작했다. 회사생활 6년 차이던 30대 후반에 들어서면서 '창업이냐, 샐러리맨이냐?'를 두고 심각한 고민을 하기 시작했다.

그러던 2000년 2월 1일, '건축'이라는 전문지식을 기술자본으로 하고 건축문화와 건축기술 면에서 중국, 일본, 한국, 나아가 세계 속의 징검다리 역할을 하는 것을 회사 이념으로 한 갑급(甲級) 건축설계사사무소인 주식회사 JPM(Japan Power Media)이 세상에 등장하게 되었다.

회사 경영의 길은 탄탄대로가 아니었다. 회사 대표인 동시에 설계사이며 영업사원인 그를 두고 건축업계 사람들은 보기 드문 배짱이라고 걱정 어린 눈길을 보냈다. 건축업은 높은 사회적 신용과 기술 능력을 요구하며 실패를 용납할 수 없는 업종이었으니 그럴 만도 했다.

첫 반년 동안은 업계의 허드레 업무인 트레이싱(描图) 아르바이트까지 하면서 열심히 영업을 뛰었다. 다행히 연변대학에서의 경력과 일본에서의 6년간의 커리어가 상대를 설득할 수 있는 자본이 되었다. 첫 4~5년간은 그야말로 고난의 길이었다. 하지만 일본에서 살고 있는 조선족이라는 아이덴티티가 언젠가는 빛을 볼 수 있으리라는 믿음을 가지고 한 발자국씩 착실히 내디뎠다.

그동안 주식회사 JPM은 회사 이념을 기본으로 건축설계, 크리에이티브 제작, 다양한 프로젝트에 관한 컨설팅, 그리고 중국과 일본 간의 프로젝트 관리 등 여러 면에서 충분한 신용을 쌓아왔다. 일본은 물론 중국에서의 건축설계, 기업과 기업 사이의 리스크 관리 등 여러 면에서 남긴 실적은 다년간 '일이 일을 물어오고 거래처가 거래처를 달고 오는' 현상을 이어왔다. 오늘날 JPM에 영업부를 두지 않아도 원활하게 운영될 수 있는 기본요인이 바로 그것이다. 하여 샐러리맨 시절의 다섯 부하와 힘을 합쳤던 초창기의 작은 건축사무소가 오늘날 185명(도쿄본사 65명, 중국지사 40명, 호텔업종 80명)의 우수한 직원들을 둔 일본 건축업계의 중견기업으로 성장했다.

주식회사 JPM은 일본 국내뿐만 아니라 중국, 싱가포르, 대만, 한국 등 아시아 여러 나라와 지역 간의 연대성 역할을 하는 과정에서 건축문화와 건축기술의 가능성과 사회성, 그리고 환경에 대한 중요성을 재인식하기도 했다.

가까운 장래에 세계 GDP의 50%를 아시아가 점할 거라고 전망되는 오늘, 갈수록 강대해지는 아시아를 거점으로 여러 가지 프로젝트가 탄생할 것은 불 보듯 뻔한 일이다. 허영수 회장은 중국에 대한 투자 의욕을 갖고 있으면서도 감히 첫 발자국을 떼지 못하는 일본과 한국의 비즈니스맨들을 만날 때마다 느끼는 점이 있었다. 바로 그들을 실제로 밀어주고 프로젝트를 추진시켜줘야겠다는 사명감이었다.

2011년, 주식회사 JPM은 다년간 일본에서의 계획 · 설계 · 운영을 함께해오면서 깊은 신뢰관계와 협동관계를 맺고 있는 6개 업종의 전문회사와 손을 잡고 '아름다운 일본의 디자인을 세계로 전파하는 것'을 목적으로 일아설계그룹(日亜設計集団) JCAP7을 설립했다.

JCAP7의 주요 기반은 해외(중국, 한국)에서의 입찰 · 계약 등에 대한 프로젝트 지원, 주택개발, 도시디자인 등을 포함한 도시계획, 일본 문화 중의 하나인 온천시설, 호텔 · 양로원 등에 대한 건축설계, 문화를 동반하는 일본 정원 · 리조트 외관시설 등 경관(景観) 디자인, 호텔 시설에 대한 운영지원 등이다. 이는 '풍부한 실적과 기술력으로, 뛰어난 공간을 종합적으로 창조하는' 새로운 영역에서 없어서는 안 될 참신한 관리시스템이다.

기자는 한 평범한 건축가에서 국제적인 기업가로 성장한 허영수 회장에게 그 자신만의 원칙을 물었다.

"건축가가 창조성, 감수성, 기술성을 가져야 한다면 기업가는 사회적 능력, 법률과 기술 면에서의 종합능력을 가져야 한다. 하지만 아무리 뛰어난 능력을 지닌 자라 하더라도 사회적인 신용이 없으면 그 능력과 지혜가 빛을 낼 수 없다. 나는 그 신용관계를 단순히 사업관계에서만이 아니라 여러 가지 사회봉사에 참여하면서 얻을 수 있었다."

연변대학 교육기금회 이사, 중국 조선족기업가협회 본부 부회장, 월드옥타 본부 부회장, 연변대학 일본학우회 전임 회장과 월드옥타 일본 치바지회 전임 회장, 그리고 현임 치바옥타 차세대무역스쿨 교장으로서의 깊은 뜻이 담긴 이야기였다.

중국 정부와 일본 정부로부터 두터운 신임을 받고 있는 주식회사 JPM은 다년간 중국 유기화학무기 처리사업(中国遗弃化学武器处理事业)에 대한 지원 프로젝트도 맡고 있다. 이 프로젝트는 제2차 세계대전 시기에 일본군이 중국에 남긴 화학무기를 폐기하는 국가와 국가 간의 중대한 사업이다. 8년 전 이 프로젝트를 추진하기 위해 진행한 일본 정부의 공개 입찰에서 주식회사 JPM이 시설 설계, 건설 감독·관리 등 엄격한 입찰 조건에 통과되어 낙찰을 받았다. 이는 회사가 설립된 이래 줄곧 기술 면에서의 실력과 사회적인 신용을 차근차근 쌓아온 노력의 결실이었다.

주식회사 JPM 회장, 쇼요(小葉)투자개발주식회사(싱가포르 투자회사자금) 회장, 호텔운영회사 ABBA(度假酒店管理)주식회사 회장, 길림성 방매건축설계자문 유한회사(吉林省邦媒建築設計諮訊有限公司, 연길) 회장, 연변대학 건축설계 연구원 유한회사(延辺大学建築設計研究院有限公司, 연길) 회장, 주식회사 자교소(坐鱼荘) 회장, 일아설계그룹 대표간사 등 여러 중요한 책임을 맡고 있는 허영수 회장이다. 그는 중·일·한, 나아가 아시아 전반의 건축업계를 소통하고 이어주는 무지개다리 역할을 하는 아시아인의 우수한 인맥임에 틀림없다.

기업은 전략과 운을 떠날 수 없다

일본 K&K소프트주식회사 주홍철 대표

길림신문 2020-11-26 발표

종말이 묘연한 코로나19로 인해 움츠리는 기업과 직격탄을 맞은 기업들이 적지 않은 가운데, 지금이 바로 기업 전략을 세울 시기라며 그러한

도미노사태를 피하고 있는 기업인이 있다.

바로 현재 일본 관공서, 은행, 병원, 기업 등을 위해 프로그램 개발, 임베디드 시스템(嵌入式系統) 개발, WEB · 서버 · 데이터베이스 계열설계와 개발, 시스템 구축 · 변경 · 개선을 맡아 해주는 K&K소프트주식회사 대표 주홍철이다.

알고 보니 젊은 시절 그의 꿈은 의외로 작전가, 지휘관이었다.

중국 길림성 용정시 백금향 출신인 주홍철은 용정 고급중학교를 졸업한 후 대련 육군학원 군사지휘 전업에서 4년간 전투지휘능력 함양을 위한 전문 교육을 받았다. 국가가 부르면 실제 전방에 나가 몸 바쳐 싸우려는 오래된 꿈을 가졌던 그는 대학을 졸업한 후 용정 수십사(守十師) 28단, 훈춘 변방부대에서 평화 시기의 장교 시절을 보내다가 제대했다.

한동안 꿈과 현실 간의 경계선에서 자신의 앞날에 대해 고민하며 방황했던 그가 오직 한 가정의 가장이라는 책임감 하나로 일본을 향한 때가 2002년 2월이었다.

일본 '닷컴 버블 시대'의 여운이 아직 남아 있었던 때라 취직은 쉬웠다. 일본어는 물론 IT에 대해서도 문외한이던 주홍철은 꼬박 1년간 친구가 경영하는 IT회사에서 일을 배웠다. 기초지식이 전혀 없었던 그는 꿀 먹은 벙어리처럼 시키는 일만 꾸벅꾸벅 하면서 현장 단련을 했다. 면접에서 합격했다가 현장에서 해고되는 일이 수없이 많았다. 팽개치고 싶은 적이 한두 번이 아니었지만, 어린 딸애와 김치공장에서 아르바이트하는 아내를 생각하면 그럴 수도 없었다.

어설펐던 프로그램 코딩에 익숙해져 그나마 독립적으로 프로그램 작성과 수정을 맡아하게 되기까지 거의 2년이라는 시간이 걸렸다. 일본에 온 지 3년 만에 경제적으로 안정을 찾은 그였지만, 일벌레와 같았던 그때 생활이 그닥 즐겁지만은 않았다. 더욱이 인생 종착역이 엔지니어라고 생각한 적 없었던 주홍철은 새로운 도전을 꿈꾸기 시작했다.

때마침 2003년부터「중소기업 도전지원법(中小企業挑戦支援法)」이 실시되기 시작했는데, 그 혜택을 외국인들도 받을 수 있었다. 현재 이미 영구화된, 기본자금 1엔으로 누구나 회사를 설립할 수 있다는 특례가 실시되기 시작한 때였다.

2005년 11월, 주홍철은 대학을 갓 졸업한 유학생 넷을 이끌고 기본자금 100만 엔으로 IT파견회사를 설립했다. 말그대로 운 좋게 회사를 설립했지만 현실은 녹록지 않았다. 더는 리더를 따라 현장에 나가 열심히 일만 하면 되는 몸이 아니었다. 주홍철 자신이 리더가 되어 직원들을 이끌고 영업을 해야 하며, 모든 프로그램 작업을 이끌어야 하고, 아직 일본 사회에 발도 붙이지 못한 젖내나는 애송이 사회인들의 생활을 보장해줘야 했다.

당시는 일반 기업의 IT화가 진척되고 있었고, 사회 전반이 인터넷에 대한 대응으로 화제를 모으고 있어 기술인재에 대한 수요가 많은 시기였다. 물론 IT 경험이 없는 사람들도 교육을 통해 훌륭한 엔지니어로 성장할 수 있는 업종이기는 하지만, 회사 경영은 간단하지 않았다. 회사의 부가가치를 높이기 위해서는 엄청난 노력과 험난한 과정이 필요했다.

구체적으로 어느 IT 관련 업체에서 어떤 조건의 인재를 필요로 한다는 정보를 입수한 후에는 그 요구에 해당하는 인재를 선발하여 그 기업에 파견해야 한다. 매개 사원들의 단가, 즉 엔지니어의 몸값이 IT파견회사의 이익을 결정하게 된다. 게다가 파견된 현장에서의 적응능력(即戦力)이 단가를 높이는 결정적인 요소가 되는데, 한동안 내세울 만한 인재가 부족했던 시기인지라 저렴한 단가로 일을 많이 할 수밖에 없었다.

그때를 돌아보면서 주홍철 대표는 이렇게 말했다.

"나 자신도 채 꿰뚫지 못한 분야인데 그렇다고 망설일 수 없었습니다. 다들 나를 쳐다보는데 발로 뛰거나 작전을 세우는 일 외에는 방법이 없었습니다."

초창기에는 실무를 담당하는 개발부문의 IT엔지니어, 클라이언트와 교섭하여 프로젝트를 따와야 하는 영업 엔지니어, 프로젝트 진행을 관리해야 하는 프로젝트 매니저를 혼자 감당했던 주홍철 대표다. 점차 인재영입이 순조로워지고 직원 수가 30여 명을 넘게 되자 주홍철 대표는 또 다른 전략을 세웠다.

"중국 혁명은 농촌으로부터 성시를 포위했기 때문에 승리했습니다. 적이 쳐들어올 수 없는 농촌에 혁명 근거지를 세운 전략이 중요했습니다."

주홍철 대표는 회사이익에 크게 도움이 되지 않더라도 기술을 연마하고 경험을 쌓게 하기 위해 단가와는 상관없이 남들이 가기 싫어하는 지방에도 직원들을 이끌고 서슴없이 내려갔다. 독립적으로 일을 해낼 수 있는 우수한 직원들만 도쿄에 남겨두고 일본 전국 어느 곳이든 안건만 생기면 지체없이 그 현장으로 뛰어갔다. 미숙한 직원들에게 현장에서 배우고 단련할 기회를 찾아주기 위한 지휘관으로서의 그의 기업 전략이었다.

커뮤니케이션 능력이 훌륭하기만 하면 일주일 내에 현장 업무에 적응하는 직원들도 있었다. 그는 늘 현장에서 직원에 대한 해고 통보를 받을 각오로 지방에 내려가곤 했다. 해고되기까지 단 일주일간이라도 현장일을 배우게 하고 싶어서였다.

2007년, 히타치(日立)개발센터의 의뢰를 받고 히로시마 중부전력 현장으로 3명의 기술자와 7명의 초보 직원들을 이끌고 내려갔다. 셋이 일곱을 돌봐야 하는 현장이었다.

설계서를 받고 직원들에게 여러 가지 기초지식을 가르치느라 코딩은 시작도 하지 못했는데, 불행 중 다행으로 갑자기 설계서를 고쳐야 하니 일주일간 기다리라는 통지를 받았다. 그때 주홍철 대표는 뛸 듯이 기뻤다. 그 통지는 그들에게 행운이나 다름없었다. 기다리는 일주일간이라면 새내기 직원들이 밤낮으로 이미 배운 기술을 복습하여 코딩의 기초를 닦는 데 충분했다.

아직 IT화 보급이 충분하지 않은 지방의 안건을 택한 그의 전략은 적중했다. 그 후에도 히로시마 중부전력의 실수로 여러 번 작업을 중단하는 '행운'이 생겼다. 히로시마 중부전력의 안건을 맡아하는 그 1년 사이에 '행운'만 바라지 않고 필사적으로 분투했던 직원들의 노력도 가상했다. 그해는 그런 해프닝 덕분에 직원들이 컴퓨터 프로그래밍 수준을 빨리 제고할 수 있었던 한해이기도 했다.

K&K에는 불운도 따라다녔다. 회사가 갓 궤도에 오르기 시작했을 때인 2008년, 세계적인 금융 위기인 리먼 쇼크가 발생했다. 그 영향으로 2009년과 2010년의 회사 매출액은 제로였다. 50명 중 10명밖에 남지 않

은 직원들마저 각자 일을 찾거나 다른 아르바이트로 생활을 유지했다. 주홍철 대표도 IT엔지니어로서는 최하급 단가로 일했다.

출퇴근시간이 왕복 5시간을 넘는 현장에서 반년 동안 고생한 끝에 회사 직원 4명을 그 현장에 투입한 적도 있었다. 그것을 계기로 점차 회사가 다시 제 모습을 찾기 시작했는데, 2011년에 또 동일본대지진이 일어났고 후쿠시마 제1 원자력발전소 사고로 전 일본이 불안에 빠지게 되었다.

하지만 늘 최악의 경우에 대처할 전략과 방안을 준비해두는 주홍철 대표의 방침 덕분에 회사에는 아무런 혼란도 생기지 않았고, 거래처와의 제휴관계에도 아무런 지장이 없었다. 신용은 얻기 힘들지 잃기는 순간이라며 한번 얻은 신용은 오래가기 때문에 이익보다 신용을 지키는 것이 중요하다는 주홍철 대표다. 그때 얻은 신용이 오늘까지 이어지고 있어 2011년 이후 회사는 빠른 속도로 성장을 보였다.

2020년 7월 결산에서 매출 6.3억 엔을 올린 K&K다. 대학 시절 늘 '작전'과 '지휘' 능력을 키워야 한다는 교육을 받아왔지만, 일본에 와서 실제로 그것을 두고 머리를 짜게 될 줄은 생각지도 못했다는 그는 월드옥타 치바지회 제6대 회장을 맡으면서 기업인으로서 또 한 번 성장 기회를 얻게 되었다.

현재 월드옥타 본부 제3통상위원회 부위원장을 맡고 있는 주홍철 대표에게 앞으로의 계획을 물었다.

"2020년 코로나19로 IT업계도 큰 타격을 입고 있습니다. 우리 회사도 100여 명이던 직원이 80명으로 줄었습니다. 아마 2, 3년간은 고비를 잘 넘겨야 할 것입니다. 하지만 여태 그러했던 것처럼 이런 시기에도 멈추지 말고 작전을 세워야 합니다. 대기업과 K&K소프트 사이에는 층층이 이어지는 수주 관계인 원청 · 하청 관계가 많습니다. 그것을 하나씩 허물고 단 한 단계라도 원청에 가까운 위치에까지 도달하기 위한 노력이 필요한 시기입니다. 리만 쇼크 때부터 함께 회사의 어려운 시기를 겪어온 직원들이 현재 회사의 중직을 맡고 있기 때문에 그들을 믿고 싶습니다. K&K와 우리 직원들에게 이 기간은 한 발 더 내디딜 목표를 세우고 그것을 실현하기 위해 충전하는 시기가 될 것입니다."

해마다 한 번씩 직원들과 그 가족들을 초대하여 국내외 여행을 보내주었는데, 코로나 때문에 요즘 그 행사가 중단되어 제일 아쉽다는 주홍철 대표였다.

유니폼이 가장 잘 어울리는 현장적인 사장

주식회사 에므에이(ェムェイ) 대표 마홍철

길림신문 2021-07-12 발표

2014년부터 6년간 재일 조선족축구협회 회장을 연임했으며, 임기기
간 내에 네 차례에 걸쳐 재일 조선족운동회를 조직하고 주최한 마홍철 전

임 회장은 만날 때마다 유니폼 복장인데다가 마이크나 카메라 렌즈를 자주 피한다. 일본 땅에서 진행되는 크고 작은 조선족의 행사장에 빠질 때가 없고, 발로 뛰는 리더로 손색이 없는 그의 진짜 모습은 도쿄도 지정급수장치공사사업자(東京都指定給水裝置工事事業者)인 주식회사 에므에이(エムエイ)의 대표다.

중국 흑룡강성 영안(宁安, 닝안)시 마련하향(옛 영안현 마하향) 여명2촌에서 3남 3녀의 막내로 태어난 마홍철은 여명촌 소학교, 영안 조중, 목단강 고중을 거치는 과정에서 줄곧 말썽쟁이라는 꼬리표를 달고 다녔다. 거기에 몸까지 허약했던 그가 무사히 고중을 졸업하기까지 식구들과 선생님들, 특히 큰형수에게 더할 나위 없는 폐를 끼쳤다고 한다. 다행히 고중 2학년 때 흉막염을 심하게 앓고 난 뒤 정신을 차린 덕에 1987년 학교 추천으로 할빈공업대학 정밀기계 전업에 입학했다.

대학 졸업 후 치치할시 제2선반기(机床) 공장에 배치된 마홍철은 1년 후인 1992년 7월 휴가차 천진에 갔다가 사업의 길에 발을 담그게 되었다. 당시 천진제1판점에서 조선요리점을 경영하고 있던 큰형수의 권유로 음식업 경영을 배우기도 했고, 천진개발구 무역회사에서 무역업무를 습득하기도 했다. 그러다가 1997년 일본 유학길을 택한 그는 이듬해에 니혼대학(日本大学) 이공학 연구과 기계전공 연구생에 합격했다.

유니폼이 잘 어울리는 마홍철은 그에 걸맞게 진솔하기도 하다. 사실은 연구가 자기 적성에 맞지 않았다고 솔직히 말하면서 어쨌든 유학생 신분에 맞게 매일 열심히 학교에 가야 했고, 학비를 벌기 위해서는 부지런히 아르바이트를 해야 했다고 일본에 온 초기를 회상했다. 학비 장만에 정신이 쏠려 실험 과목을 홀시했던 그는 졸업논문에서 필수인 실험 데이터가 많이 부족함을 뒤늦게 깨달았다. 졸업을 앞두고 하는 수 없이 휴학을 신청한 마흥철은 1년만 열심히 돈을 벌고 다시 학교에 돌아가기로 작심했다.

그럴 즈음에 친구가 돈이 좀 되는 아르바이트라고 하면서 수도 공사장 현장일을 소개해주었다. 땅 파는 일과 파괴된 수도 배관일 등 밤낮을 가리지 않고 한 달 동안 고생한 끝에 처음으로 40여만 엔을 손에 쥐게 된 마흥철은 흥분했다. 여태 편의점에서 밤을 새며 번 액수에는 비기지도 못할 큰돈이었다. 하루라도 빨리 가족이 모여 살 날만 그리며 힘든 줄 모르고 열심히 현장을 뛰었다. 그렇게 넉 달이 지난 어느 날 마흥철은 그 회사 사장에게 스카우트 제안을 받았다.

복잡한 것들을 제외하고 우선 30대 중반에 들어서기 시작한 자기 나이와 고향에 두고 온 아내와 아들, 그리고 대학원을 힘들게 졸업한 후에도 보장할 수 없는 취직에 대한 불안함에 대해 고민해보았다. 사실 대학원 공부도 취직을 위한 일개 과정일 뿐이라고 생각한 그는 2000년 6월 대학원을 중퇴하고 주식회사 유이(由井)공업에 현장대리로 취직했다.

드디어 세 식구가 단란하게 모여 살게 되었고, 회사업무에 대한 마흥철의 이해도 날로 깊어갔다. 옹근 4년 동안 힘든 현장관리와 복잡한 사무적인 일까지 도맡아 했지만, 그에 상응하는 직함이 부여되지 않았다. 게다가 오래된 경영관리 방식 때문에 회사수익이 확연하게 늘어났음에도 직원들에게 보너스가 지불되지 않았다. 그런 연유로 동료들이 하나 둘 그만두고 나면 현장대리인 마흥철이 구멍 뚫린 자리를 메우기 위해 일꾼들을 모집하느라 각처로 뛰어야 했다. 매번 회사업무는 정상적으로 유지되었지만, 마흥철은 중압으로 인한 심한 스트레스 때문에 병원을 자주 찾게 되었다. 하여 회사의 만류도 마다하고 6년 만에 유이공업을 퇴사했다.

오래전부터 창업을 꿈꿨지만 손에 쥔 것이 없었던 마홍철은 유이공업 시기 1년간 파견근무를 했던 주식회사 타루미(タルミ)의 사장을 찾아갔다. 마침 2개의 큰 수도 공정을 따온 사장은 창업 자금을 모을 때까지 일을 시켜달라고 부탁하는 마홍철에게 그 2개 공사의 현장대리를 맡겼다. 현장에서의 책임감과 강직하게 일하는 모양새는 어디서나 변함이 없었다.

1년 후 두 공정에서 천만 엔의 수익을 올린 마홍철은 타루미에서도 그 능력을 인정받게 되었고, 파견근무 시절에 얻었던 신용을 다시 확인받았다. 사람과 사람 사이에 믿음이 생기고 나면 무슨 일이든 진척이 빨라졌다. 이듬해인 2007년, 타루미의 기계설비와 창고를 빌려 쓰기로 계약한 마홍철은 우선 자영업 형태로 독립을 선언하고, 타루미를 경유하는 수도 공사일들을 독립적으로 맡아하기 시작했다.

생각보다 자금이 딸렸다. 공사가 다 끝난 후에야 투자자금 회수가 가능하기에 공사 기간 중의 지출은 마홍철 자신의 개인 신용카드로 감당하기 일쑤였다. 그렇게 한동안 불안한 경영방식인 '자전거 조업'을 계속하면서도 직원들의 월급을 미룬 적은 한 번도 없었다. 직원들의 건전한 심리와 정서가 현장에서의 안전과 효율을 결정한다고 여겼기 때문이다.

유이공업에 몸을 담갔던 6년간은 헛된 시간이 아니었다. 여러 현장에서의 인맥은 물론, 공사일에 대한 성실함과 책임감으로 마홍철은 늘 주위 사람들에게 깊은 인상을 남겼다. 하여 어려웠던 창업 초기에는 옛 동료들이 찾아와 힘을 모아주었고, 옛 거래 회사가 일거리를 주선해주기도 했다. 중고 설비를 제공해주는 사람과 자금을 변통해주는 사람들도 있었다. 덕분에 번번이 맡겨진 공사일들을 원만히 끝마치곤 했지만, 마홍철 자신에게는 크게 이문이 남지 않았다. '플러스 마이너스 제로'였다. 그래도 한

번 파기 시작한 우물을 떠나지 않고 꾸준히 파온 마홍철이다.

언젠가 현장에서 생긴 실수 때문에 타루미 사장 부부와 함께 사과차 관련 원청회사인 신니혼공업(進日本工業) 사장을 찾아가게 되었는데, 그때 의 창피함과 미안함을 오늘까지도 잊지 못하겠다는 마홍철이다. 불행 중 다행이라 할까. 그 일을 계기로 원청회사 사장과 직접 만나게 되었고, 엄 격하기로 소문난 사장의 직접적인 감독을 받게 되었다. 비록 하청회사인 타루미를 통해 계약하는 공사였지만, 신니혼공업의 위상에 손상주는 일 없게 직접 공사현장을 책임지는 일이 마홍철의 어깨에 놓여 있었다. 돈 버 는 일보다 우직하게 공사현장을 책임지는 일에 온통 신경을 쏟아부은 2년 이 흘렀다.

업계 내에서 전국적으로 21번째의 규모를 갖춘 신니혼공업은 치바 현(千葉県) 내의 거의 대부분 수도공사 공지를 도맡아 하는 비교적 큰 그 룹회사다. 헌데 가끔씩 맡는 도쿄도(東京都) 내의 수도 공정에서 현장대리 의 불찰로 도쿄수도국의 신용을 잃은 적이 몇 번 있었다. 고민 중이던 사 장은 도쿄도의 수도공사 현장일에 능숙한 마홍철에게 법인회사를 세우고 직접 하청회사로 들어오라고 권했다. 난감해하는 그의 기색에 영문을 묻 고 난 사장은 즉시 회사설립에 필요한 자금과 인맥을 제공해주었다. 하여 2009년 주식회사 에므에이(株式会社エムエイ)가 세상에 나왔다. 그동안의 인 내와 노력이 드디어 결실을 맺게 된 것이다.

그 이듬해인 2010년 에도가와구(江戸川区) 시시보네(鹿骨)지구의 1.7억 엔짜리 공사 입찰에 성공한 신니혼공업은 주식회사 에므에이와 직 접 하청계약을 맺었다. 주식회사 에므에이와 공사 현장에서의 모든 감독 책임과 계약절차를 도맡은 신니혼공업이 입찰액의 30%를 수익으로 얻게 되었고, 마홍철은 나머지 70%로 인건비와 재료비를 포함하여 전체 공사를 마무리 지어야 했다. 그 결과 신니혼공업 사장의 바람대로 공사일은 계약대로 반년 만에 원만하게 완성되었고, 신니혼공업은 도쿄도에서의 신용을 되찾게 되었다.

2012년부터 신니혼공업은 도쿄도 내에서의 수도공사 업무를 에므에이에 맡기기 시작했다. 서류 작성을 비롯한 구체적인 계약업무와 현장 감독업무가 늘어남에 따라 원청회사인 신니혼공업과의 거래 비율이 3 : 7에서 1 : 9로 변했다. 큰 변혁이었다. 에므에이는 차츰 궤도에 들어섰고, 사회적으로나 업계적으로도 크게 인정받게 되었다. 그때 생겨난 신니혼공업과의 신용관계는 오늘까지 이어지고 있다.

일찍이 2001년 급수장치공사 주임기술자 자격을 따낸 마홍철 사장은 회사 명목으로 2015년 관(管)공사업 허가를 받았으며, 2017년에는 지정 급수장치공사 사업자 자격도 따냈다.

지정 급수장치공사 사업자란 "정부기관이 경영하는 수도사업자로부터 물 공급구역 내에서 급수장치공사에 포함되는 모든 공사를 진행할 수 있도록 인정받은 자"를 말한다. 일본의 「수도법」에 의하면 지정 급수장치공사 사업자가 진행한 급수장치공사여야만 물 공급을 할 수 있으며, 급수구역 내 급수장치공사를 진행하려면 수도사업자에게 신청하고 지정을 받아야 한다. 다시 말해 적어도 신용만 지키면 지정 급수장치공사 사업자 자격을 가진 에므에이는 앞으로도 계속 창창한 길을 걷게 될 것이라는 말이된다.

신용을 중히 여기고, 일을 위한 인간관계가 아니라 사람을 위한 관계를 줄곧 유지해온 마홍철 사장은 수도공사 업계로 인도해준 유이공업과의 우호관계를 오늘까지 이어가고 있다.

그는 재일 조선족축구협회와 재일 조선족운동회는 물론 일본에서 진행되는 모든 조선족의 행사를 적극 지지해왔다. 그뿐만 아니라 연변 축구와 9.3애심컵 중국 조선족 씨름경기 등 중국 내의 조선족 행사도 물심양면으로 지원하고 있다.

앞으로도 나눔을 향한 그의 행보는 계속될 것이다.

도전을 멈추지 않는 IT엔지니어

주식회사 다언어시스템연구소 사장 김만철

길림신문 2016-12-12 발표

1990년대 말, 미국 시장을 중심으로 인터넷 관련 기업에 대한 투자가 비정상적인 고조를 보이면서 닷컴(.com) 회사로 불리는 수많은 벤처기

업이 설립되었고, 그 주식 역시 1999년부터 2000년 사이에 초고속 상승선을 그렸다. 소비자와의 직접적인 전자상거래(e-commerce)가 현실화되면서 대학을 갓 졸업한 IT기술자들이 사업기획서 한 장만으로도 여러 곳으로부터 자금 제공을 받을 수 있었던 그런 시대였다. 이 시기를 '닷컴버블시대' 혹은 'IT버블 시대'(1999~2000)라고 한다.

2001년 IT버블 붕괴 전까지 2년간 일본에서는 전례 없던 IT 붐이 일었고, 그 혜택을 받은 중국인도 많았다. 따라서 버블 붕괴 후 IT벤처회사나 중국인 기술자들이 입은 타격은 더 말할 나위도 없었다.

일전에 필자는 그런 시련 속에서도 업계에 살아남았고, 꿋꿋이 창업 10주년을 맞이한 IT기업가 한 사람을 만났다. 바로 여러 벤처기업이나 기존 IT기업들이 직면한 각종 시스템 트러블을 해결하여 적지 않은 실적과 신용을 쌓아온 IT '외과의사'이며, 주식회사 다언어시스템연구소(多言語システム研究所) 사장인 김만철이다.

길림성 왕청현에서 태어난 김만철은 1988년 길림공업대학 기계공학부 기계제조 전업에 입학했다. 그때 처음으로 컴퓨터를 접하게 된 그는 컴퓨터를 사용해야 할 일부 전업과제들이 너무 재미있었다고 한다. 친구들의 과제까지 대신해줄 정도로 컴퓨터와 마주하는 시간이 길어지면서 컴퓨터 게임에 흥미를 갖게 된 그는 게임 소리를 끄는 시스템을 만들어보기로 결심했다. 밤낮으로 도서관에 틀어박혀 끝내 버튼 하나로 필요에 따라 게임 소리를 끌 수도 있고 화면을 바꿀 수도 있는 그런 시스템을 만들어냈다. 처음에는 게임을 하기 위한 수단이었는데, 그것 때문에 오히려 너무나 많은 공부를 하게 되었고 컴퓨터와 깊은 인연을 맺게 되었다.

대학교 3학년 때 프로그래머 자격증을 딴 김만철은 휴일이면 늘 장춘 홍기가(紅旗街)에서 시간을 보냈다. 그곳에는 전자제품 상가가 즐비하게 늘어서 있었고, 새로운 정보도 많았다. 여학생들에게 쇼핑이 하나의 즐거움인 것처럼 그에게는 홍기가에서 보내는 시간이 가장 흥분되었다.

잘될 나무는 떡잎부터 알아본다고 어느 날 전자상가에 자리 잡은 한 회사의 직원이 "아르바이트를 하지 않겠냐?"고 물었다. 고객의 요구에 맞게 시스템을 만들어야 하는 어렵지만 도전해보고 싶었던 분야였다. 결국 대학을 졸업할 때까지 다섯 종목의 시스템 개발에 참여했는데, 그것이 프로그램 개발을 향한 그의 첫 발자국이었다.

1992년 대학을 졸업하고 길림성 장춘 제1자동차공장(第一汽车制造厂)에 배치된 김만철은 부모님이 계시는 도문시에 자진하여 돌아왔다. 한동안 지인이 경영하는 컴퓨터회사에서 컴퓨터 도매업무를 맡았던 그는 1년 후 연변건축공사 경영실의 스카우트 제의를 받게 되었다. 컴퓨터회사 사장직이었다.

당시 삼각채(三角債)에 시달리고 있던 연변건축공사가 그에게 제공한 것은 몇 년 동안 비어 있던 낡아빠진 옛 연길시 건강여사 건물뿐이었다. 어이없는 제의였지만, 열혈청년 김만철에게는 자기 능력을 증명할 수 있는 기회이기도 했다.

도문에서의 경험은 인맥을 만들어준 동시에 여러 회사의 구체적인 사정에 대한 정보를 남겨주었다. 우선 그것을 활용해야 했다. 일 때문에 여러 번 연변 화연집단 정보중심에 갔을 때 사무실 구석에 처박혀 있는 새 컴퓨터 몇십 대를 본 적이 있었던 그는 재고 제품인 28대의 컴퓨터를 사는 대신 1년 후 돈을 갚겠다는 제의를 연변 화연집단 정보중심에 내놓았다. 당연히 거절당했다. 한 발 물러서는 대신 한 발 다가선 그는 지금 제기하는 처리 가격에 1년 후 1,500위안씩 더 붙여서 돈을 물겠다는 제안을 했다. 그리하여 거의 가치를 잃었던 재고상품 전부가 그의 손에 넘어왔다.

아직 회사에 사무실도 없었던 김만철 사장은 먼저 컴퓨터 처리에 나섰다. 컴퓨터 한 대를 사면 냉장고 한 대를 선물하는 동시에 월급계산 시스템을 각 회사의 실정에 맞게 개발하여 컴퓨터와 세트로 판매했다. 그 결과 두 달 사이에 중고 컴퓨터 절반을 처리했고, 회사자금 10만 위안을 마련했다.

그렇게 설립된 회사는 연변 각지에 컴퓨터를 판매하는 한편 나머지 중고 컴퓨터를 이용하여 컴퓨터 강습반을 꾸려 수입을 올리는 등 순조로운 길을 걸었다. 회사가 궤도에 들어서기 시작하자 찾아오는 사람들이 많았다. 부장의 친척, 주임의 친구 등이 와서 하나 둘 외상으로 컴퓨터를 가져가기 시작했다. 인정 때문에 자금은 점점 줄어들었고 회사경영은 기울기 시작했다.

1997년 9월, 김만철은 더 넓은 세상으로 나가기 위해 일본 유학길을 택했다. 일본 땅을 밟은 지 넉 달 만에 IT파견회사에 취직한 김만철은 낮에는 회사에 출근하고 밤에는 지인의 소개로 후지쯔(富士通) 같은 대기업 관련회사의 데이터 분석, 서버 분석, 트러블 해결 등 아르바이트를 하면서 밤낮이 따로 없는 나날을 보냈다. 하루에 2시간 정도 쪽잠을 자면서도 학생 시절부터 꿈꾸어온 일을 할 수 있다는 행복감에 힘든 줄 몰랐다는 그는 IT버블의 혜택을 톡톡히 받았다.

버블 붕괴로 인해 처음에 취직했던 회사가 합병의 시련을 겪게 되었을 때도 명석한 분석 능력과 트러블 제거기술을 가진 그에게는 큰 영향이 없었다. 그때 이미 과장 직책을 맡았고, 연봉 천만 엔 이상을 받았던 그는 그대로 정년퇴직까지 순조로울 줄 알았다.

그러던 2003년 2월, 회사가 국세청의 조사를 받게 되면서 모든 업무가 중단되는 상황에 이르렀다. 실망한 그는 가족을 거느리고 귀향길에 올랐다. 엎친 데 덮친 격으로 중국 국내는 당시 사스(SARS)로 대혼란 속에 있었다. 그는 다시 가족을 이끌고 일본에 와서 원점으로 돌아갔다.

상장기업인 소프트브레인(Softbrain)주식회사의 3차 면접이 끝나고 최종 통지서를 기다리고 있을 때의 일이다. 일전에 면접 보러 갔던 도요엔지니어링(東洋エンジニアリング)주식회사에서 여러 번 연락이 왔다. 그들이 개발한 물류공급망 시스템 중의 하나인 요코하마기요켄샤오마이(橫浜崎陽軒燒売) 주문시스템에 트러블이 생겨서였다. 한번 주문에 2시간 반이 걸리는, 거의 정지된 상태나 다름이 없었다.

1억 3천만 엔의 투자를 실패로 끝낼 수 없었던 경영진은 다른 회사에 꿈을 두고 있는 눈앞의 인재를 놓치지 않으려고 필사적인 설득을 반복했다. 김만철도 거의 멎어버린 시스템이 조금씩 궁금해지기 시작했다.

선망의 대상인 송문주(宋文洲, 소프트브레인주식회사 창립자. 중국 산동성 위해 출신) 회장의 결제통지를 기다리느냐, 아니면 당장 '외과의사'로 등극해 샤오마이 주문시스템을 '수술'하여 자기 능력을 검증해보느냐.

눈앞의 난제가 또다시 그의 도전심리를 자극했다. 결국 그는 이튿날부터 시스템 '외과수술'을 시작했다. "모든 수술을 3주 내에 끝내자"가 그의 좌우명이다. 그 결과 열흘 후에 문제의 '150분'이 '30분'으로 줄어들었고, 2주 만에 '8초'로 안정되었다. 시스템의 정상적인 회복은 도요엔지니어링을 궁지에서 구했다.

그 후 소프트뱅크(Softbank), 리크루트(Recruit), 유니시스(Unisys), 게이요

D2(京葉D2) 등 여러 유명 기업들의 시스템 개발과 관리, 그리고 트러블 해결에 참여하면서 점차 김만철의 마음속에 경영자의 꿈이 싹트기 시작했다.

김만철은 난치병에 걸렸을 때 자기 병에 대한 이해 부족으로 또 다른 고통에 시달리는 환자들을 본 적이 있었다. 외국인뿐만 아니라 의학지식이 결핍한 일본인 환자들도 그랬다. 이해하기 어려운 의학용어를 디지털화면과 함께 구체적으로 환자에게 설명하면 치료에도 큰 도움이 될 것이라는 확신을 가진 그는 환자와 의사 간의 소통에 편리를 가져다줄 수 있는 터치패널 진료기록 시스템 개발을 준비하면서 경영자의 길을 걷게되었다.

2006년 11월, 주식회사 다언어시스템연구소(MSR)가 세상에 고고성을 울렸다. 다언어란 사람과 사람 사이의 대화 수단인 여러 가지 언어뿐만 아니라 각종 IT시스템에서 오가는 전문용어를 말한다.

여태껏 IT업계에서 기술자로서의 길을 걸어온 김만철 사장은 회사의 첫 항목인 터치패널 진료기록 시스템 개발과정에서 큰 경험을 얻었다. 투자개발자가 나서지 않은 상황에서 먼저 시스템 개발을 추진하는 반년동안 회사 기본금의 거의 절반을 소모해버렸다. 초기 투자와 다달이 드는 비용, 그리고 회수기간 등 여러 방면의 분석을 거듭한 끝에 기술자 김만철은 기업가 입장에 서서 냉정하게 프로세스를 접을 수밖에 없었다.

"아이디어만 갖고 사업을 추진하면 안 됩니다. 먼저 판로를 찾고
모형에 투자하는 것이 바람직합니다."

IT기업가를 꿈꾸는 후배들에게 꼭 전하고 싶다는 김만철 사장이다.

시스템 통합(SI) 경험과 노하우를 배경으로 하는 주식회사 다언어시스템연구소는 경영레벨 시점부터 정보화의 전략, 업무 개선, 지원에 대한 컨설팅을 진행하는 한편, 사용자의 수요에 맞게 시스템을 개발하여 기업의 경쟁력에 힘을 보태고 있다. 또한 소프트뱅크(Softbank) 모바일주식회사의 MNP(핸드폰전화회사를 바꿀 때 번호가 바뀌지 않는 제도) 트러블을 해결하는 등 업계의 앞자리에서 달리고 있다.

다언어시스템연구소는 2009년부터 일본 후생노동성에서 인정하는 '긴급 인재육성 · 취직지원 기금'에 의한 전문인재 훈련을, 2012년부터는 '성장분야 인재육성 장려금', '일본 재생인재육성 장려금'에 의한 훈련을 시작하여 새롭게 IT전문직 인재육성사업을 시작하게 되었다. 이는 IT업계에 부족한 전문인재를 각 회사실정에 맞게 배양하는 교육사업으로서 기술전수를 통한 사회공헌의 일환이기도 하다.

최근에는 일본 국내뿐만 아니라 중국에서 전문인재를 모집하여 일본에 있는 여러 회사에 소개하고 일정한 기간 동안 다언어시스템연구소에 와서 전문기술을 배우게 한다. 그런 다음 학습비용의 대부분을 정부에 청구하여 조성금(助成金) 제도의 혜택을 보게 한다. 이 외에도 실업보험에 가입한 실업자들도 동일한 제도를 이용하여 재취직의 기반을 닦을 수 있게 도와주고 있다.

3시간에 걸친 인터뷰를 마치면서 김만철 사장은 최근 여기저기서 거론되고 있는 IT 불경기에 대한 생각을 이렇게 밝혔다.

"솔직히 IT업계는 여러 가지 문제점에 직면하고 있습니다. 사실 요즘 인건비 때문에 지탱하지 못하는 IT 중소기업들도 많아요. 교

육사업만 하는 것이 편할 수도 있지만, 우리 IT 가족들에 대한 의리
와 책임감, 그리고 IT 외과의사로서의 사명감으로 회사를 운영하고
있습니다."

현재 재일 중국조선족경영자협회 회장이며 일반사단법인 화인(華人)
기업신용협회 회장인 그는 회사경영 외에도 재일 조선족운동회 등 여러
가지 재일 조선족 커뮤니티 활동을 주최하고 조직하는 면에서도 큰 영향
력을 보이고 있다.

밝은 미래를 향한 젊은 부동산 기업인

주식회사 베스트홈 대표 권용

길림신문 2017-06-21 발표

외국에서의 창업(创业), 기업(起业), 사업(事业)의 길이 대부분 가파른 '산길'을 경유해야 한다는 재래의 관념을 허물어가고 있는 '80후(八零後, 바

링허우: 1980년대에 태어난 중국 젊은이들을 가리키는 용어)' 젊은 기업인 권용. 자기만의 노하우로 당당히 일본 중소기업가들과 어깨를 나란히 하여 달리고 있는 그를 도쿄도 니시아사쿠사(東京都西浅草)에서 만났다.

연길 태생인 권용은 축구에 대한 집념으로 가득 찬 유년 시절을 보냈고, 한때는 '연변 청년대'의 선수로 활약했다. 스무 살 되던 해인 2000년 처음으로 자신의 앞날에 대해 깊이 고민하게 되었다고 한다. 중국에서 추천을 받아 대학에 가느냐 아니면 한국 혹은 일본에 유학 가느냐를 두고 오랫동안 고민한 끝에 일본어에 대한 호기심을 안고 일본 유학길을 택했다.

그는 언어학교에서 1년 반 동안 일본어를 배운 후 죠부대학(上武大学) 경영학부에 입학하여 경영학을 전공했다. 2005년 일본인이 경영하는 부동산회사에 취직한 권용은 시작부터 부동산업계의 여러 가지 종합 업무인 관리·중개·매매 실무를 접하는 행운을 얻었다.

차츰 부동산 사업에 대한 애착이 생긴 권용이었지만, 가족 경영 울타리 안의 인간관계가 너무 좁고 구속받는다는 것을 느끼기 시작했다. 그 즈음 부동산 경영에 필수인 '택지건물거래사(宅地建物取引士)' 자격증을 따낸 그는 4년 동안 근무한 회사를 그만두고 폐쇄 직전의 다른 부동산회사에 취직했다. 몇 년 동안 쌓아온 실적과 능력으로 기울어진 회사를 바로 세워보려는 도전을 시작했다.

경쟁대상이 많고 서비스 레벨이 이만저만이 아닌 일본 사회에서 살아남을 방법은 오직 하나, 타사보다 더 우수한 서비스를 제공하는 것이었다. 권용은 계약 시의 정확한 정보 제공과 건물조사 수완의 향상은 물론이고 계약이 끝나면 고객과의 관계도 끝이라는 재래의 경영방식에 대한 개혁이 필요하다고 느꼈다.

그동안 몸으로 뛰고 마음으로 달리면서 고객과의 신용관계를 구축하고 실제 경험을 쌓아온 권용의 노력으로 짧은 시일 내에 회사 이미지가 개선되었고 매출, 새로운 아이템 개발, 종업원 관리 등 여러 면에서 뚜렷한 성과를 거두었다. 일찍이 권용에게 건물을 의탁했던 많은 고객이 그의 전직(轉職)과 동시에 원 관리회사와의 계약을 해제하고 권용과 새롭게 계약을 맺었다. 또 고객이 고객을 불러오는 현상도 연이어 일어났다.

입사한 지 3년 만에 사장직을 맡게 된 그는 점차 경영에 대한 자신의 꿈을 키우게 되었다. 권용은 "부동산 역사는 땅의 역사이기도 하지만, 반드시 건물을 소유하고 있어야 부동산을 경영할 수 있는 것은 아니다"라고 주장한다. 말인즉 다른 업종에 비해 재고가 필요 없는 부동산 업종은 건물 숫자보다 건물에 대한 관리와 판매를 의탁하는 고객 수가 많으면 충분히 경영할 수 있다는 말이다.

고객의 건물을 자기 건물로 만들면 된다는 것을 깨달은 그는 부동산 사업에 자신감을 가졌다. 고객과 신뢰관계를 잘 유지하는 한편, 가장 관건인 은행과의 신뢰관계를 이어가기 위해 정기 저금을 소홀히 하지 않았다. 할 수 있는 범위 내에서 차근차근 회사 설립준비를 해왔다.

2014년 부동산 커리어퍼슨(不動産キャリアパーソン) 자격증, 소액 단기 보험모집인 시험(小額短期保険募集人試験) 합격증을 따낸 33세의 권용은 회사 사무실 건물을 구입하는 동시에 부동산회사인 '베스트홈'을 설립했다.

인구 감소로 인한 세대 수 감소가 부동산 업계에 큰 타격을 준 시기였다. 이미 다른 업종으로 업그레이드하거나 외국에 눈을 돌리는 경영자가 늘어나는 상황에서 매일매일이 불안했던 창업 초기였다. 하지만 사람이 있는 한 주택에 대한 요구는 끊기지 않기 마련이다. 권용은 지역사회에 발을 붙이고 오너들과의 밀접한 연계망을 이어가면서 부동산 업계의 새로운 수요에 맞는 것이라면 그 어떤 노력도 소홀히 하지 않았다.

권용 사장의 수완과 엘리트 종업원들의 노력 끝에 현재 베스트홈은 도쿄도 다이도구(東京都台東区) 내 300개 부동산 건물에 대한 관리를 맡고 있어서 고정 수입의 생명선을 보장하고 있다. 건물주의 90% 이상이 일본인이고 고객도 대부분 일본인인 베스트홈은 요즘 외국인의 건물 구입을 돕는 면에서도 일정한 성과를 올리고 있다. 특히 아직 영주권을 취득하지 못한 외국인을 위해 중국 은행, 교통 은행, 한국 은행과의 사이를 이어주는 중계인 역할을 맡고 있다.

외국 관광객으로 붐비는 가미나리몬(雷門) 등 에도 시대(江戸時代)의 풍경을 그대로 보존하고 있는 한편, 상업 지역으로도 유명한 니시아사쿠사에 번듯이 자리 잡은 주식회사 베스트홈은 부동산 임대중개, 판매중개, 주택 · 빌딩 등 부동산 관리업무와 리노베이션에 의한 부동산 매입, 판매, 주택 · 점포 · 사무소 인테리어 등 다양한 내용의 업무를 취급하고 있다.

앞으로 자체 건물을 많이 늘리겠다는 권용 사장. "사람은 움직이지만 건물은 움직이지 않는다"며 밝은 미소를 지었다.

소비자에게 신선한 맛을 공급하고 싶다

해양식품업으로 중국시장 진출에 성공한
조선족 기업인 장명철 대표

길림신문 2017-12-27 발표

2017년 11월 2일, 제22회 청도 중국 국제어업박람회에 참가한 대련 융한(隆瀚)무역유한회사는 중국 국내에서 유일한 해산물 무역전자 상무유한회사인 상해극선왕(极鲜网)과 전략합작 업무협약을 체결했다.

이날 쌍방은 상품 브랜드와 상품 영역 면에서의 합작을 지속적으로 강화하고 고급 수산물 자원을 공동으로 개척함으로써 중국 국내 소비자에게 안전한 최고 품질의 해양 식품을 제공할 것을 약속했다.

고급 수산물 수입을 주요 업무로 하고 있는 융한은 다년간의 업계 경험과 질 높은 자원으로 일본과 한국의 여러 유명한 수산물 기업과 전략적 합작관계를 맺고 있다. 융한은 해외항공직통 수단으로 냉동참치와 일식 업종에 쓰이는 여러 가지 냉동 생선류를 중국 국내의 소비자에게 공급하고 있다.

"0~5°C까지의 일정한 온도에서 보장되는 신선한 맛을 소비자에게 공급한다"는 것이 융한무역회사의 슬로건이다.

일전에 기자는 도쿄에서 펼쳐진 재일 조선족축구협회 사단법인 설립 대회에 메인 스폰서로 참가한 융한무역유한회사 장명철 사장을 만났다.

중국 길림성 서란현 태생인 장명철 사장은 80후의 조선족 기업가다. 영길현 조선족 제1중학교를 거쳐 1999년 대련 해양과학기술대학 해수양식 기술학부에 입학했고, 2003년 대학 졸업과 동시에 일본 유학길에 올라 일본 류쯔게이자이대학(日本流通経済大学) 법학부 비즈니스 법학과에 입학했다.

2007년 유학공부를 마친 장명철은 일본의 유명한 청과(青果)주식회사인 쵸지루시(長印)에 취직하여 3년 동안 열심히 회사생활을 했다. 당시 일본 청과 부문에서 상당한 매출액으로 앞자리를 달렸던 쵸지루시였는데, 중국 무역 여부를 물었더니 5년 이내에는 예산이 없다고 했다.

꾸벅꾸벅 일만 하려는 장명철이 아니었다. 중일 간의 무역을 꿈꾸고 있던 그는 3년 만에 회사를 그만두고 중국에서 오징어, 뱀장어, 고등어 등을 수입하여 일본에서 판매하는 모 해산물회사에 재취업했다.

일 욕심이 대단했던 그는 늘 일선에서 달렸다. 해산물 무역의 전반 루트를 파악할 수 있는 수산물 수입과정과 일본 내에서의 판매 과정 업무를 거의 다 경험했다. 이온(AEON), 이토요카도(伊藤洋華堂), 세이유(西友) 등 대형슈퍼와 쇼핑몰을 포함한 100점포 이상 거래처와의 도매업무 경험이 오늘날 그의 사업에 밑거름이 된 셈이다.

2011년 3월, 일본 도호쿠지방의 태평양 해역에 지진이 발생했다. 지진을 계기로 장명철은 오사카에서 도쿄로 삶의 터전을 옮기게 되었고, 참치를 메인으로 취급하는 주식회사 홋카이도수산(北海道水産)으로 이직했다.

멕시코, 모나코, 스페인 등 현지에서의 천연참치 경매와 수입, 일본 국내에서의 도매뿐만 아니라 일본 국내의 양식참치 도매에 이르기까지의 모든 일에 장명철 씨가 참여했다.

파는 사람과 사는 사람 사이의 절차와 수단을 몸으로, 눈으로, 머리로 익힌 장명철은 2013년 드디어 중국 대련시에 회사를 설립했다. 일본과 한국의 선진적인 해산물 가공 방법과 저장 방법을 이용하여 보장된 품질과 신용을 무기로 중국 시장을 개척하기 시작했다.

참치, 오징어, 삼치 등 40여 종의 물고기는 주로 일본, 한국, 미국, 캐나다, 멕시코, 아르헨티나, 칠레 등에서 수입한다. 융한은 일본과 한국에서 경매회사, 가공회사, 냉동회사를 선정하고 수입한 모든 물고기를 일단 한국과 일본에서 가공함과 동시에 0~5°C 사이의 일정한 온도에 저장한다. 그런 다음 신선도가 생명인 생선을 중국 각지의 주문을 받아 항공편으로 각 거래처로 운송하게 된다.

중국 국내에 80여 개 거래처와의 네트워크가 형성되어 있는 융한은 2017년 4월부터 12월까지 이미 5천 톤의 물고기를 중국 소비자에게 제공했는데, 중국 소비자가 소비하는 쥐치만 보더라도 약 70%를 융한무역이 담당하고 있다. 앞으로 10년 이내에 10만 톤을 목표로 하고 있다는 장명철 사장은 내년 3월에는 홍콩에, 11월에는 일본에 회사를 세울 계획이다.

중국이라는 큰 시장에 이미 정착했고, 2006년부터 일기 시작한 해산물 붐 덕분에 당분간은 걱정 없지 않냐는 기자의 물음에 "아닙니다. 경쟁 대상이 너무 많은 상황에서 우리만의 특색을 살려야 합니다. 철저한 품질 관리와 적당한 가격대, 거래처와의 신용관계 등 세 가지가 아주 중요합니다"라고 심각한 표정으로 대답한다. 수산물에 대한 중국 내륙지방 소비자의 수요량이 늘어가고 상품에 대한 수요 차원이 높아지는 현실에 알맞게 대처하는 것이 장명철 사장의 장사 비결이었다.

한편 일본의 음식문화를 제대로 전파하고 중국 국내에 정착시키려 계획하고 있는 장명철 씨는 이미 그 일환으로 심수에 '鮮の食' 등 일식 레스토랑을 오픈했고, 앞으로 광주와 심수지역에 10개 점포로 늘릴 계획이다.

그뿐만 아니라 일본에서만 볼 수 있었던 참치 해체쇼를 중국 국내의 여러 박람회나 이벤트 행사에 도입하고 있다. 그는 가능하다면 수족관 안에서 해산물을 먹을 수 있는 낭만적인 레스토랑도 오픈하고 싶다면서 머지않은 장래에 참치, 돌고래, 에인절피시가 중국 국내의 수족관에서 대중과 대면하는 날을 꿈꾼다고 한다.

중국인의 '수완'과 일본인의 '장인정신', 그리고 한국인의 '인정'이라는 3박자의 리듬에 올라탄 장명철 사장에게 산지에서의 직접적인 거래가 더욱 활발하게 진행되고, 고품질의 상품이 적당한 가격으로 더욱 많은 중국 소비자 곁에 다가가는 그날을 기대해본다.

저항과 고독이 낳은 영화감독

다큐멘터리영화 「핏줄」의 감독 김성우

길림신문 2020-01-20 발표

"안녕하세요. 김성우입니다."

첫 만남은 관객과 감독으로였다. 비공개 상영회가 있은 와세다대학

오노기념강당(早稲田大学小野記念講堂) 스크린 뒤쪽에서 방금 전까지 영상조절을 하던 한 젊은이가 무대에 올라 관중석을 향해 인사하고 있었다. 수입과 스케줄이 불규칙한 영상 세계에 젊은 꿈을 의탁하고 있는 어시스턴트로 보였던 그가!

스물여섯 김성우는 영화감독으로 떠올리기엔 너무 젊었고, 스태프 한 명 거느리지 않은 채 혼자였다. 다큐멘터리영화「핏줄」의 감독인 그는 스크린 속의 주인공이기도 했다.

외할머니가 엄마

중국 길림성 연길시 중앙소학교 때의 담임이던 김 선생님을 뚜렷하게 기억하는 김성우다. 선생님은 늘 친구들과 싸우는 성우를 나무랐다. 어린 시절 할머니와 선생님의 닦달을 견디느라 싸움만 반복했던 기억밖에 없다는 성우에게는 그 시절이 그닥 즐거운 추억만은 아닌 듯싶다.

"그땐 외할머니가 엄마였습니다."

세 살 때 엄마가 일본 유학을 떠나게 되었고, 성우는 의사였던 외할머니한테 맡겨졌다. 다섯 살 때 부모가 이혼하게 되면서 화가였던 아버지와는 연락이 두절되었다.

한 해에 한 번씩, 그것도 일주일밖에 못 보는 엄마는 성우에게 스타 같은 존재였다. 남들처럼 자나 깨나 보고 싶은 엄마의 얼굴인데, 엄마는 일주일 이상 성우 곁에 있을 수 없었다. 그것이 늘 짜증스러웠다. 친구들과의 싸움이 잦았던 그때 늘 선생님과 할머니한테 반항했다는 성우는 자기의 중앙소학교 시절을 '저항'의 시작이라고 결론지었다.

열 살 때 엄마가 성우를 데리러 왔다.

"참 다행히 우리 엄마는 날 버리지 않았어요."

"엄마가 어떻게 자식을 버려요?"

자신이 버려졌다고 생각했음에 틀림없다. 그래서 여지껏 엄마에게 감사의 마음을 갖고 산다.

엄마 따라 일본으로

어린 성우에게 애니메이션의 나라 일본은 천국이었다. 외할머니와 헤어지는 것쯤은 아무렇지도 않게 엄마의 손에 이끌려 일본의 도호쿠(東北)지구인 미야기현(宮城県) 센다이시(仙台市)에 정착했다.

일본에서의 초등학교 3학년, 모든 것이 생소했다. '김성우' 이름자만으로도 소수자였던 성우는 어리벙벙해져버렸다. 뭐라고 말하는지, 왜 웃고들 있는지 알 수 없었던 그는 또다시 옛 버릇이 되살아났다. 어렸을 때처럼 싸움으로 말했고, 싸움으로 자기를 지켰으며, 싸움으로 친구를 사귀고, 싸움으로 친구를 잃었다. 덕분에 엄마가 매일이다시피 학교에 불려 다녔다.

왕따를 당하기보다 왕따를 하는 축이었다. 당연히 친구가 없었던 그때부터 소설책이 유일한 친구로 남았다. 고독해서 읽기 시작한 소설이었는데, 읽으면 읽을수록 고독을 익히는 셈이 되었다. 어린 소학생이 기억하는 고독은 어느 때부터인가 자존심과 오기로 바뀌었다. 열심히 공부하여 중학교부터 고중까지 마칠 수 있는 이른바 '귀족학교'에 입학하게 되었다.

대부분 의사, 변호사의 자식들인 부자학교에서 자기와는 잘 어울리지 않는 분위기에 숨이 막힐 때가 많았다. 검도에만 열중했던 중학교 시절이었지만, 그래도 그때 사귄 친구들 중에 인재가 많이 나왔음을 뒤늦게 영화를 찍으면서 깨달았다.

검도전국대회를 목표로 매일 분주하게 지낸 덕분에 2년을 무난히 다닐 수 있었다. 하지만 대회에서 패배한 울분(자신을 향한 것이었다)은 상상외로 컸다. 또다시 불뚝불뚝 뭔가 치밀어 오르기 시작한 그는 하지 않아도 될 고중 입시에 매진하기로 작정하고 3학년 때 중학교를 자퇴했다.

결국 제1지망 학교에 가지 못하고 바로 옆에 있는 학교에 진학한다. 그 학교를 선택한 이유는 제1지망 학교 앞을 매일 지나면서 도달하지 못한 자기의 오점을 짚고 3년을 견디자는 엉뚱한 오기였다. 3년 동안 정신적으로 자아를 괴롭히며 뭔가를 바로잡으려는 모진 생각을 하면서도 선생님의 강의를 귓등으로만 듣고 짬만 나면 세계문학 서적을 뒤적였다. 결국 3학년이 되어 독학의 길을 선택한 그는 학교에도 가지 않게 된다. 그때부터 짬짬이 소설을 써서 친구들한테 돌리기도 했는데, 그것을 '초기 창작'이라고 말한다.

독학으로 니가타현립대학(新潟県立大学)에 입학하여 철학과 문학을 배웠다. 영화 잡지에 영화 소개를 쓰는 일을 시작한 그는 대학교 3학년 때 영화를 찍고 싶은 충동을 느꼈다. 장기 휴학을 신청한 그는 졸업논문용으로 자기의 뿌리를 찾는 영화 「핏줄」의 전신인 「성우」를 찍기로 마음먹었다. 논문주제는 "영화에서의 리얼리티"였는데, 논문 답변 시에는 15분간의 미완성 다큐영화였다.

"두 가지 논리적인 문맥을 설정하여 그것이 개개로 결렬할 때 현실성이 태어나게 한다"는 주제의 논문이었다. 영화에서는 아버지가 그린 초상화를 찢는 장면을 설정하여 갈등하는 자신과 작가로서의 자신을 부딪치게 하여 결렬시켰다.

정체성의 고민

스무 살 때 성인이 된 자신을 돌아보고 싶은 충동을 느꼈다. 자기 안에서 한걸음 비전을 품어온 것이 바로 영화였고, 출연자에게 지불할 돈이 없어서 피사체로 나섰다. 그는 '주관 카메라'로 살던 삶을 '객관 카메라'로 살기 시작했다. 그 카메라 속에는 일본인은 물론이고 조선족인 자신이 들어 있었다.

상영회에 조선족이 많이 온 것에 놀라움을 감추지 못한 그는 다문화적·다언어적 환경을 배제하지 않는 현재 도쿄 등지와 달리 센다이지구에서 자기는 거의 특별한 존재였다고 했다. 그러한 환경 때문임은 물론, 저항하는 데 힘을 빼느라 조선족에 대한 집착은 거의 없이 살아왔다는 그다.

인격의 차이인지 조선족적인 요소의 차이인지는 잘 모르지만, 세상은 늘 다른 눈길을 주었다. 일본인으로 자신을 포장했다고 해서 일본인이 되는 것은 아니었다. 하지만 '순도'를 논할 정도로 확연하게 일본인보다 감각적으로도 언어적으로도 앞섰다고 생각한 순간이 있었다. 그것이 무엇이었는지 기억에는 없지만, 긴 시간을 들여 큰 산을 넘고 난 후의 기분이었다. 물론 주위의 일본인으로부터 인정받은 것은 아니었지만, 한동안 '다음에는 또 뭘 해야 하지?' 하는 생각을 했다.

이름이 쯔노다 류이치(角田龍一)로 바뀌면서도 달라진 것은 별로 없었고, 이주자들은 다들 그렇게 사는 줄로만 알았다. 헌데 재일 코리안 민족학교에 갔을 때 또 다른 차별을 느꼈다. 제일 쉬운 일본어가 아닌 조선말로 대화하려 애쓰는 친구들을 보았다. 일본 국적자가 된 자기가 제일 밑바닥에 있는 것 같은, 자기한테는 존재하지 않는 감각을 거기서 보았고 비집고 들어갈 수 없는 벽을 느꼈다. 하지만 구태여 그것을 허물려 하지 않은 자신도 거기에 있었다고 말한다.

여기서도 저기서도 관찰자인 자신을 발견한 그는 무의식중의 핏줄, 뿌리 감각의 작동을 받았을 수도 있다. 조선 민족을 크게 의식하지 않았다고 하지만, 한국 영화에 끌리는 점만으로도 그렇다.

외할머니를 기록하고 싶은 마음에 연길에 간 성우는 헤어진 지 18년이 된 아버지를 찾기로 마음먹게 된다. 그 과정에서 자신의 아이덴티티를 다시 확인하기 시작했고, 아버지를 찾아 몇 번이고 한국으로 간다. 빚 독촉에 시달리는 생소한 아버지였지만 도발적이고 절망적인 유머, 허무하고 차갑고 암담한 아버지의 분위기가 좋았다. 그 원인이 현실 풍경 덕분이었다면 그 풍경은 바로 핏줄인 아버지, 외할머니, 외할아버지, 삼촌, 사촌들인지도 모른다. 영화는 처음부터 마지막까지 그들과 성우 간의 대화를 생동감 있게 기록하고 있는데, 아버지를 알아가고 이해하는 과정과 핏줄을 파헤치는 과정을 감독 자신이 일본에서는 번질 기회도 없는 연변말로 끌어가고 있다. 제일 중요한 것은 세계적으로 조선족에 대한 다큐멘터리 영화로는 첫 작품으로 기록을 남겼다는 점이다.

개봉까지의 길

잠시나마 세상물정과 유행을 떠나 있는 시간이 필요했던 영상작가로서의 김성우는 2018년 교토의 유명한 사원(寺院) 다이도쿠지(大德寺)에 서생으로 들어가게 된다. 고독에 빠질 수 있었던 그곳은 작가로서 너무 고마운 곳이었다. 거기에서 80여 시간에 달하는 「핏줄」의 소재들을 73분 다큐멘터리영화로 편집했다.

그는 떠돌아다니는 승려들의 수행종목인 '움직이는 좌선(座禪)'이라고도 불리는 매일매일의 고된 청소를 통해 무상(無常)의 진리를 깨달았다고 한다. 결국 사원 안의 현실을 너무 깊이 알게 된 성우는 파문(破門)을 하고 말지만, 식물들과 벌레들을 보며 계절을 감지했던 그 깊은 고독의 맛을 잊을 수 없게 되었다. 그래서 사원을 나온 요즘에도 교토의 어느 산중에 거처를 잡고 '매일 생명을 걸고 산짐승들과 함께 조깅'을 하고 있다고 한다.

완성된 영화 「핏줄」은 이미 다섯 차례 일본 국내 국제영화제에 작품을 선보였고, '기대되는 신인 감독상'도 받았다. 비용 때문에 필리핀에서 열린 세부국제영화제에는 영화만 보냈고, 열망했던 한국의 DMZ다큐멘터리영화제에서는 선택받지 못했다. 자존심이 상하고 불안에 꽉 찼던 '자아'를 버리는 노력도 많이 한 김성우 감독은 손 안의 「핏줄」을 더 멀리, 더 넓은 세상에 보내기 위한 극장개봉에 도전하기로 했다.

촬영 제작은 개인전이고, 극장 개봉은 단체전이라 한다. 제작할 때보다 지금이 더 바쁘다. 포스터 제작, 현장 뛰기, 매체 선전 활동과 유명인사의 사인 받기, 최종 편집 마무리까지 모든 것을 혼자 감당해야 하는 그는 우선 거기에 드는 100만 엔 안팎의 비용을 교토의 번화한 클럽에서 아르바이트로 벌어야 했다. 자기만이 할 수 있고 당장 꼭 해야 할 일이 따로 있었는데도 잠시 중단하고 시급 1,200엔의 노동으로 100만 엔을 벌어야 하는 현실에서 인생의 지름길을 갈망하게 되더라며 지난 일을 떠올렸다.

발로 뛰면서 영화관을 찾아 자체 선전을 해왔다. 처음에는 3명의 관중밖에 없었던 자주 상영회도 북경에서의 상영회를 포함하여 이미 20회를 넘겼다. 드디어 영화배급회사가 결정되었고, 2020년 3월에 일본의 8개 영화관에서 상영하기로 결정되었다.

극장개봉에 대해 제작비 몇십억을 쓴 영화와 몇백만을 쓴 영화가 하나의 스크린을 두고 전쟁을 벌이는 것이라고 정의를 내리는 김 감독은 개봉을 앞두고 관객 1만 명을 돌파하는 꿈을 꾸고 있다. 그것이 일본 다큐멘터리영화의 현재 운명이라 한다.

고맙고 미안한 사람들

엉뚱하게 영화를 찍겠다는 자신을 지지해주신 교수님들, 처음으로 영화를 구상하게 된 프랑스 살롱과 흡사한 대중 술집 '소크라테스', 거기서 우연히 만나 여태껏 도움을 받아온 시노다 아키라(篠田昭) 니가타시 전임 시장이 제일 먼저 떠오른다고 한다. 그리고 영화음악을 담당해준 중학교 때 친구인 바이올리니스트 고코 스나오(郷古廉), 프로듀서를 맡아준 애니메이션 영화감독이자 극작가, 연출가인 야마가 히로유키(山賀博之) 두 사람한테는 미안함이 많이 섞여 있었다.

핏줄들

예술가 전남편을 둔 연유로 아들이 예술가의 길을 걷는 데 대해 생리적인 거부감을 갖고 있을 것이라는 엄마. 대학 졸업을 앞두고 취직은 아예 생각지도 않고 밤낮으로 영화에만 빠져 있는 성우를 막으려고 "그럴 작정이면 집에서 나가라"고 으름장을 놓는 엄마와 심하게 갈등했다. 성우는 자신이 친구네 집과 공원을 전전하던 그때 엄마가 많이 울었을 것이라고 쑥스러워했다. 지금도 엄마에게 손을 내밀지 않는 것은 끈질긴 성격과 고집 덕분에 중도에 좌절하지 않은 자기를 잃을 것 같아서라고 한다.

아버지는 또다시 연락이 두절되었지만 어디선가 변함없는 삶을 살고 있으리라 믿는다. 이 영화 때문에 김씨 가족에서 배제될 수 있을지도 모른다고 웃으면서 무엇보다 돌아가신 외할머니를 영상으로 남긴 것이 얼마나 다행인지 모른다고 성우는 말한다.

꿈

"앞으로는 적어도 1억 엔이 넘는 영화를 찍고 싶습니다. 몇백만 엔의 비용이 드는 영화 때문에 1년 혹은 몇 년이라는 시간을 허비하고 싶지는 않아요. 차라리 좋은 영화를 찍기 위해 돈을 버는 데 1년간 투자함이 옳을 듯싶습니다."

임금지불을 제대로 할 수 있는 영화를 찍고 싶다는 크고 당찬 꿈 앞에 놓인 것은 중압과 도전, 약속 없는 현실이다. 각종 제한을 받는 인간 창조의 기간은 더없이 짧은 것으로, 일각을 다투며 종말에 가까워질 수도 있다는 조급함을 젊은 김성우 감독을 보며 느꼈다. 부디 재일 조선족 젊은 감독의 다큐멘터리영화 「핏줄」이 관객 1만 명을 넘을 수 있게 해달라는 간절한 희망과 '우리 모두'의 핏줄인 성우가 '영화의 지름길'에 하루 빨리 오를 수 있게 해달라는 또 다른 갈망을 어딘가에 얹어본다.

그는 우리의 자존심

바이두JAPAN 대표 장선환

길림신문 2021-08-25 발표

무언가에 부딪치면 우리가 언제든지 찾을 수 있는 '곰 발바닥' 로고,
눈 위에 찍힌 곰 발자국을 따라 곰사냥을 떠나는 사냥꾼처럼 거의 매일 국

내외 뉴스, 백과지식, 음악, 지도 등 필요한 콘텐츠를 찾아 자유롭게 방문하는 그곳이 바로 세계적으로 가장 큰 중국어 검색엔진이며 포털사이트인 바이두다.

올해 바이두는 첫 해외거점으로 일본에 법인회사를 설립한 지 15주년을 맞이하게 되었다. 현재 바이두JAPAN은 일본 굴지의 번화가인 롯폰기힐스 모리타워에 입주하여 유명한 글로벌IT기업, 국제금융기관, 투자신탁기업들과 어깨를 나란히 하고 있다. 2021년 7월, 기자는 바이두 본사의 해외부문 총괄을 맡고 있는 바이두JAPAN의 일본 현지법인 대표이며 포펀주식회사 회장인 장성환 씨를 만났다.

현재 바이두가 힘을 싣고 있는 AI자동차와 음성인식 로봇에 대해 소개하는 장성환 대표는 평균연령 27.5세의 유능한 인재들을 직원으로 둔 바이두JAPAN의 대표답게 "아시죠?!" 혹은 "몰라요?"라는 질문으로 인터뷰어를 긴장시켰다.

화려한 이력

장성환은 1971년 양복가게를 경영하는 아버지와 민박을 꾸리는 어머니 사이에 3남 1녀의 막내로 중국 요녕성 심양시 서탑에서 태어났다. 어린 시절에 이미 "줄 때는 하루 늦게 주고 받을 때는 하루 빨리 받아야 한다"는 돈거래의 이치를 깨달았다는 그는 오늘날의 사업수완은 부모님이 물려주신 것일 거라고 장담했다.

어린 시절 그림 그리기를 좋아했던 장성환은 신작로에 분필로 큰 그림을 그리곤 했다. 예상대로였다면 예술가의 길을 걸었을 것이다. 그가 심양시 화평구 서탑 조선족 소학교를 졸업하고 심양시 조선족 제6중학교에 입학한 1980년대 초는 "컴퓨터는 아이 때부터 가르쳐야 한다"는 등소평 주석의 지시가 전달된 직후였다. 지금도 잊을 수 없을 정도로 그때 학교 전체가 그 지시로 들끓었다.

자식교육에 대한 열성이 대단했던 학부모들의 기부로 하룻밤 사이에 학교에 컴퓨터 장비가 완벽하게 갖춰졌다. 중학교 1학년 때 엄마가 사준 LASER-310 컴퓨터가 인생에서의 첫 컴퓨터였다면서 자식의 미래에 대한 부모님의 선견지명 있는 투자에 감사할 따름이라고 장성환은 행복한 미소를 지었다.

심양시 조선족 제1고급중학교를 졸업하고 남개대학에 입학하여 MIS(경영정보시스템) 전업을 전공한 장성환은 대학을 졸업한 1997년 일본 5대 종합상사 중의 하나인 마루베니(丸紅)주식회사의 광주·홍콩 지사에 영업매니저로 취직했다. 그 후 2001년 캐나다 노텔네트웍스(Nortel Networks)에서 고객관리 매니저로 활약하다가 4년 후 미국의 다국적기업인 시스코 시스템즈(Cisco Systems)에 스카우트 된다. 2008년 미국 유학길에 나선 장성환은 캘리포니아대학에서 MBA(경영학)과정을 밟으면서 ICT 다국적기업 모토로라(Motorola)에서 인턴으로 경험을 쌓았다.

2010년 9월 귀국한 장성환은 바이두 본사에 취직한다. 외자IT통신 업계에서 활약한 경험을 살려 국제사업부 부장으로 부임한 이래 일본, 싱가포르, 태국, 인도네시아 등 세계 각국의 지사를 관리하는 등 바이두의 국제화에 공헌하고 있다.

모든 것에 도전하라

장성환 대표가 버릇처럼 하는 말이 있다.

"고통이 없으면 얻는 것도 없다 하지 않는가. 모든 것에 도전하라."

이 말은 그의 사업경력에서 온 경험담이다.

그가 바야흐로 꿈에 도전할 때의 일이다. 선망하는 회사였던 시스코시스템즈의 면접에서 경험이 부족하다는 이유로 불채용 통지를 받은 장성환은 시스코의 라이벌회사인 노텔네트웍스에서 인재를 모집한다는 정보를 얻었다. 그는 다짜고짜 노텔네트웍스 지점장에게 전화를 걸었다. 여태없었던 일이었던지라 지점장이 당당하게 자기를 어필하는 장성환에게 흥미를 가졌는지는 몰라도 그때 면접에서 채용되었다. 통신설비 부문에 배정된 장성환은 끈질긴 노력으로 고객관리 매니저를 맡은 몇 년 동안 노텔의 매출액을 아시아태평양지구 판매액 1위로 끌어올렸다. 어찌 보면 시스코시스템즈를 향한 도전이기도 했다. 얼마 후 자격미달이라는 평가로 그를 내쳤던 시스코시스템즈로부터 높은 대우의 스카우트 제안을 받았다.

기회는 기다려주지 않았다. 그는 늘 모든 것을 위한 준비를 하는 동시에 대담하게 가능성에 노크하여 자기를 발굴해왔다. 남들이 부러워하는 회사에서 안온한 생활을 할 수 있었지만, 그는 또다시 어려운 영어공부에 몰두했다. 그 후의 미국 유학길에서 쓰디쓴 경험을 해온 것이 오늘날의 자기를 만들었다는 장성환은 젊은이들에게 고생에 뛰어들라는 충고를 아끼지 않는다.

귀인이 많은 나에게 쓸모없는 경험은 없었다

일본에서 제일 바쁜 중국인 중의 한 사람인 장성환 대표이지만, 차세대들을 위한 일은 절대 홀시하지 않는다. 재일 조선족을 위한 강연에 몇 번씩이나 시간을 내준 데 대한 사의를 표했더니 불쑥 이런 질문을 해왔다.

"부모님께 효도를 잘하셨습니까?"

"잘 못한 편입니다."

"그렇죠?! 저도 그렇습니다. 부모님뿐만 아니라 은사님들께도 다는 갚지 못할 것입니다. 그래서 저는 윗세대에게 받은 은혜를 아래 세대 사람들에게 갚기로 했습니다."

의미 있는 말을 하는 장성환 대표에게는 귀인이 많았다.

조선족 학교에 다니다 보니 외국어로 일본어를 배웠던 장성환에게는 잊을 수 없는 담임선생님이 계신다. 아직 시험과목에도 들어있지 않았던 시절에 영어를 가르쳐주신 이련호 선생님이시다. 노느라 정신이 팔려 숙제를 해오지 않은 날에는 집에 데리고 가서 밥까지 해주면서 영어를 가르쳐주셨다. 컴퓨터 공부를 시작하면서 비로소 선생님의 그 깊은 뜻을 알게 됐다는 그는 미국 유학을 준비할 때 영어 기초지식을 전수해준 선생님께 얼마나 감사했는지 모른다고 그때를 회상했다.

심양시 조선족 제1고급중학교 웅익녕(한족) 선생님 덕분에 제대로 한어를 배울 수 있었다는 그는 심양시 조선족 제6중학교 때의 담임이셨던 김명화 선생님과 심양시 조선족 제1고급중학교 때 담임이셨던 김려수 선생님에 대한 감사한 마음도 잊지 않았다. 그뿐만이 아니다. "미국보다 중국에 기회가 더 많고 할 일이 더 많다. 무궁한 잠재력이 있는 그곳에 빨리 돌아가라"고 조언해준 미국 유학 시절의 은사님도 그에게는 더없는 귀인이었다.

그분들의 올바른 인도를 받아오면서 초등학교 시절부터 고중 시절까지 학교 학생회 주석을 도맡아 했던 장성환은 심양시 황고구 학생연합회 주석을 맡은 이력도 갖고 있다. 그 경험들이 오늘날의 자기를 만들었다면서 쓸모없는 경험은 별로 없었다고 말한다.

일본 현지화 실현에 심혈을 기울이다

바이두JAPAN은 설립 이래 한동안 경영부진을 겪었다. 경영난을 해결하기 위한 일환으로 본사에서 일본법인 대표 자리에 파견된 장성환 대표는 우선 현지화 실현에 심혈을 기울여 인공지능개발에 힘을 넣었다.

직원 총수의 70%에 달하는 현지 일본인 인재를 영입하여 현지 상황에 맞는 제품을 개발하는 데 힘을 넣은 바이두JAPAN은 중국 현지 사람들이 상상할 수도 없는 제품개발에 성공했다. 화려한 벽장식에 신경을 쓰는 중국 사람들과 달리 하얀 벽 그대로가 장식인 일본 사람들의 미적 의식에 맞게 설계 · 개발한 '포핀알라딘'이 바로 그 일례다.

2015년 도쿄대학의 벤처기업인 popIn(포핀)과 경영통합을 실현한 바이두JAPAN은 2017년부터 침실 벽면을 스크린으로 만들어주는 스마트 라이트 포핀알라딘을 개발하기 시작했다. 포핀알라딘은 일반 조명등의 형식으로 기계를 천장에 매립한 후 고성능 프로젝터와 고음질 스피커를

탑재하여 침실 벽에 화면을 투영할 수 있다. 벽을 스크린으로 변화시키는 이 상품은 침실을 영화관으로 만들어 가족 간의 시간을 즐겁게 채워준다. 말 그대로 준비된 자에게는 길이 열렸다. 코로나19로 인해 사회적인 거리를 유지해야 하는 지금의 현실에서 AI와 사람, 서비스를 다차원적으로 연결한 포핀알라딘 시리즈 상품은 이미 13만 대의 판매고를 올렸다.

바이두JAPAN은 일본어 입력 앱 '시메지'의 다운로드 수 4,500만을 넘겼고, 개인 맞춤형 콘텐츠 추천 서비스인 '포핀디스커버리'로 일본 내 900개 이상의 미디어사업체, 수백 개 이상의 광고업체와 제휴관계를 맺고 있으며, 전자상거래 플랫폼인 '백분의 백'을 통해 일본의 제품과 문화를 중국 국내 소비자에게 제공하고 있다.

인터뷰를 마감하면서 앞으로의 계획(야심)에 대해 물었다. "AI 기술개발로 세계적인 기대를 받고 있는 바이두의 일본법인 대표로서 중국과 일본 사이의 친선다리 역할을 함과 동시에 사회적으로 존경받을 수 있는 기업인이 되겠다"는 장성환 대표는 우리 조선족의 자랑이고 자존심이다.

미지의 영역에 도전장을 내민 '일 욕심쟁이'

도카이(東海)주식회사 대표 김순숙

길림신문 2018-08-06 발표

"새끼를 잘 꼬지 못하는 엄마가 안타까워 방과 후 몇 시간씩 대신 새 끼를 꼰 적이 있었습니다. 물도 엄청 많이 길어봤어요."

6·25전쟁 전선에서 돌아온 포상으로 받은 '전업국'이라는 단단한 직업을 뿌리치고 형님을 모시고 살겠다며 길림성 회룡현 투도진 용명촌에 내려간 아버지 김윤희 씨. 그의 다섯째 딸로 태어난 김순숙의 어린 시절 추억거리는 거의 이런 것뿐이다.

투박한 농촌의 막막함과 '다섯 금화'의 막내라는 당돌함이 뿌리 깊은 가난에 도전하고 출세를 꿈꾸게 했다. 다행히 기억머리가 남달랐던 그녀는 학교 졸업과 함께 화룡현 수리국 산하 '투도수리소'라는 '벼슬자리'에 앉았다. 하지만 357위안이라는 기본 월급은 몇 번밖에 받아보지 못한 그녀였다. 월급은 쌀과 석탄 등 명목으로 연말에 지불되는 것이 보통이었고, 겨울에는 할 일이 별로 없다는 이유로 70%밖에 지불받지 못한 채 여느 학생들처럼 '방학'의 혜택을 받곤 했다.

젊은 나이에 종일 사무실에서 자극 없는 매일매일을 보냈다. 편안한 직업보다 수입이 필요했다. 그래서 성에 차지 않은 '벼슬'을 내려놓고 1997년 11월 일본 유학을 결심했다.

"천문학적 숫자였어요. 10만 위안을 몽땅 꿔가지고 나온 유학이었습니다."

배포가 크다는 말을 들을 만도 했다. 단술에 배가 부를 수만 있다면 뭐라도 하고 싶었다. 어린 나이에 빚 구덩이에 빠져버린 그녀는 도쿄에 도착하는 순간부터 조급해지기 시작했다. 우선 구인잡지를 사 들고 공중전화 다이얼을 돌리기 시작했다.

"아르바이트 모집합니까?"

겨우 번지는 한마디에 "하이"라는 전화 저쪽의 반응만 바라고 매일 몇십 곳에 전화를 걸었다. 상대가 뭐라고 대답하는지 좀처럼 알아들을 수 없었다. 알아듣지 못하는 시간도 아까워서 무작정 전화기를 내려놓고 또다른 번호를 돌렸다. 그렇게라도 해야 시름을 내려놓고 잠을 잘 수 있었던 그녀였다.

그러던 어느 날 "아라이바(설거지) 모집합니까?"라고 잘못 말이 나가는 바람에 끝내 "하이"라는 대답을 듣게 되었고, 고급 스시집의 주방일을 찾게 되었다. 그렇게 고달픔을 모르는 '욕심쟁이' 김순숙의 일본 생활이 시작되었다.

일본어학교를 졸업한 후 도쿄세이즈(製図)전문학교에 첫 번째 유학생으로 입학하여 건축기계 도면설계를 배운 김순숙은 유창한 일본어와 함께 단단한 배포를 지니게 되었다. 정체원(整体院), 이자카야(居酒屋)에서 시급을 받으며 아르바이트를 하던 때와 달리 건설회사의 사무직 일을 하게 된 그녀였지만, 편안해진 형편이 또다시 그녀의 욕심을 자극했다. 아예 유학 중인 남편과 함께 창업의 길에 뛰어들었다.

그들 부부의 일 욕심에는 혀를 내두를 정도다. 부부가 정체원을 오픈하고 광고전단지를 뿌리던 일이며, 자전거로 우유배달을 해서 번 짭짤한 수입 이야기며, 결혼중개소를 꾸렸다가 좌절당했던 일이며, 이삿짐센터와 드라이클리닝 배달, 우편물 배달센터를 꾸렸던 일이며. SNS가 아직 보급되지 않았던 그때 전화 연락과 지도책을 무기로 해야 했던 배달업무가 가져다주는 막심한 곤란도 수없이 겪었다. 하지만 고생했던 일들을 돌이키면서도 그녀의 얼굴에는 전혀 그늘이 없었다. 지난 경험이 오늘날에 좋은 '비료'가 됐다는 그녀다.

김순숙이 외국인, 특히 재일 조선족이 여러 가지 비자신청 때문에 고민하고 있다는 사실을 알게 된 것은 2005년쯤이었다. 처음으로 알게 된

'행정서사'라는 업종에 무척 흥미를 느끼게 된 그녀는 새로운 목표를 세우고 공부를 결심했다.

　일상생활 중 혹은 회사운영 중인 사람들의 의뢰를 받고 '내용증명서', '상속수속', '회사설립', '개업수속' 등 지방관청에 제출하지 않으면 안 되는 여러 서류 작성과 신청을 대행하는 업종이 바로 행정서사다. 단순한 서류 작성부터 복잡한 컨설팅 업무에 이르기까지 인허가에 관한 거의 1만 종에 달하는 업무내용을 처리하는 행정서사는 민간과 행정을 이어주는 역할을 한다. 따라서 민법, 행정법, 헌법, 회사법, 상법을 좔좔 내리 외울 정도로 익숙히 장악하고 이해해야 하며, 일본어 능력은 더 말할 나위가 없다. 너무 어려운 공부였다.

　일본은 자격증 사회다. 일 욕심에 못지 않게 배움과 자격증에도 의욕이 넘치고 끈질긴 그녀였지만, 첫 몇 번은 행여나 하는 마음으로 준비 없는 시험에만 도전했다. 나이 서른을 먹고 시작한 자격시험 공부는 생각보다 순조롭지 않았다. 포기하려고도 했지만 아들애를 키우면서 살아갈 앞날에 더 이상 길이 없다는 생각으로 마음을 다잡았다. 하여 마지막 2년간 본격적인 자습을 통해 2009년 시험합격과 동시에 이듬해 4월에는 행정서사증을 받았으며, 여러 가지 복잡한 등록과정을 원만히 마치고 2010년 6월부터 정식으로 행정서사업무를 접수하기 시작했다.

　'중국인 행정서사'라는 광고문으로 신문에 광고를 내자마자 여러 곳에서 의뢰가 들어왔다. 아직 호적등본을 보는 업무에도 익숙하지 않았던 그녀를 찾아오는 재일 중국인, 한족과 조선족을 포함하여 대부분 일본인 행정서사에게 자기의 뜻을 원만히 전달할 수 없는 안타까움을 지니고 있었다. 그들에게 중국 조선족 행정서사의 출현은 그야말로 '가뭄에 단비'

였다.

개업하여 한 달 만에 맡은 첫 일이 이혼한 일본인 남편과의 사이에서 태어난 아이의 재산상속 수속이었다. 그때부터 지금까지 유학비자, 가족비자, 취직비자, 영주비자, 회사설립, 투자경영, 정주비자, 일본인 배우자 비자, 흥행(연예인) 비자, 풍속 영업허가, NPO법인설립과 간호사업 지정허가 신청 등 근 1천여 건의 수속을 90% 이상의 성공률로 대행할 수 있기까지 주위 사람들의 도움이 컸다고 그녀는 말한다.

그녀에게 '안정된 현실'은 '도전'이기도 하다. 8년째 행정서사업무를 보면서 여러 계층의 고객과 만나게 된 그녀는 주택구입에 대한 중국인의 수요가 나날이 늘어감을 실감했다. 여러 고객을 부동산에 소개해주는 과정에서 언어소통 능력과 행정서사 자격을 지닌 자신이 또 한걸음 내디딜 여유가 있음을 발견했다.

우선 2017년 10월 택지건축물거래사(宅地建物取引士) 시험에 무난히 합격한 그녀는 2018년 1월 부동산 투자회사인 도카이(東海)주식회사를 설립했다. 행정서사와 부동산업무를 병행하면서 자기를 찾아온 사람들을 위해 여러 가지 일을 한꺼번에 해결해주는 데 희열을 느낀다고 한다.

"살길이 막막한데 비자 때문에 돌아가야 하는 상황의 손님들을 위해 어려운 비자문제를 해결했을 때는 정말 보람을 느낍니다. 특히 강제송환을 당해야 하는 손님들을 대신하여 정당한 비자를 받았을 때는 같이 눈물도 흘렸습니다."

이방인으로서 거주자격인 비자문제와 살아가야 할 주택문제가 가장 큰 애로점이 아니겠냐며 융자문제를 더한층 쉽게 해결할 수 있는 또 다른 대리점 자격에 도전을 선포한 김순숙 씨다.

　네 살 난 아들애를 보육원에 맡기면서 시작했던 초창기의 아픔 외에는 별로 좌절을 느껴본 적이 없다는 그녀. 명랑하고 소박하며 플러스 사고방식을 지닌, 사람 좋은 기업인 김순숙 씨의 다음 '욕망'이 더없이 궁금해진다.

특파원의 기록 — 커뮤니티

신문기사

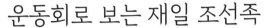

운동회로 보는 재일 조선족
재일 조선족운동회의 어제와 오늘, 그리고 미래

길림신문 2019-08-05 발표

조선족의 일본으로의 이동은 1980년대 초 국비유학생에서 시작되었고, 1980년대 말에 이르러 중국 정부의 새로운 유학생 정책의 혜택을 계기로 더욱 활성화되었다. 1990년대 중반 이후에는 전문직, IT기술자, 결혼 이주자가 일본에 거주하기 시작했으며, 21세기에 들어서면서 유학 이후의 취업이 아니라 일본기업에 직접 취업하는 조선족이 늘어났다.

2000년 이후부터 2세, 3세의 탄생과 고령화해가는 부모들의 이주로 재일 조선족 3세대, 4세대 가족이 생기기 시작했다. 따라서 초기 유학생들 사이의 소규모 모임은 점차 넓은 범위의 조직적인 커뮤니티로 발전하게 되었고, 소통 방식이나 의존적 관계망 형성도 새로운 시대를 맞이하게 되었다.

동방학우회, 천지회의 전신인 천지클럽, 조선족연구학회의 전신인 중국 조선족연구회가 그 대표적인 예다. 뒤이어 월드옥타 치바지회, 재일 조선족축구협회, 재일 조선족여성회, 재일 장백산골프구우회, 재일 중국 조선족경영자협회 등 조선족을 중심으로 하는 협회들이 설립되기 시작했으며, 넓은 활동 범위와 풍부한 활동 내용으로 재일 조선족의 역사를 써왔다. 특히 우리의 문화자본인 축구에 대한 열광은 일본에 온 조선족 사이에서 유대적인 작용을 했다.

2007년 설립된 재일 조선족축구협회에서 개최하는 축구경기는 선수들뿐만 아니라 가족들 사이의 만남의 장으로 이어지게 되었다. 한번의 축구 경기에 몇백 명의 관중이 동원되는 축제와도 같은 분위기는 축구를 통해 사회 공동체를 결속했던 우리 조상들이 남겨준 생활의 지혜였고 민족 전통의 재현이었다.

하나의 축구경기가 이렇게 뜨거운데, 일본 전체 조선족이 함께 모이면 더 열렬하지 않을까! 2015년 4월, 당시 축구협회 회장이던 마홍철을 중심으로 천지회 회장 정결과 박문걸 등이 재일 조선족운동회에 대한 꿈을 현실화하기 시작했다. 재일 조선족여성회 회장 전정선과 중국 조선족 경영자모임의 발기인 김만철이 적극 나섰다. 반복적인 토의와 협의를 거쳐 2015년 8월 9일, 첫 재일 조선족운동회를 개최하기로 결정했다.

일본에서 처음으로 여러 단체가 공동으로 조직하는 조선족 이벤트인 만큼 긴장되고 조심스러웠다. 여러 차례 협의와 토론 끝에 마홍철을 위원장으로 하는 집행위원회가 꾸려졌고, "반가운 얼굴, 즐거운 만남, 기쁨의 대축제"라는 슬로건이 결정되었다. 운동회 장소와 날짜를 결정하는 과정에서 많은 의견과 생각의 차이가 생겼지만, 노래와 춤이 있고 민족의 음식을 맛볼 수 있으며 향토정 색채를 띤 운동회, 상호 간의 화합을 위한 운동회를 조직하기 위한 일념만은 같았다.

우선 운동회 경비 해결이 문제였다. 처음에는 주로 경영자모임 회원들 사이의 의리로 협찬금을 모으기 시작했다. 개인적인 명예, 이익과 상관없이 돈에 얽매이지 않는, '함께'라는 취지만 내세우기 위해 협찬금에 '10만 엔까지'라는 선을 그었다. 그리고 석 달 동안의 준비 과정 중에 드는 비용은 집행위원회 위원들의 사비를 털었다. 2015년 이후 협찬금이 늘어나고 있는 상황이지만, 오늘까지 그 원칙은 여전하다.

축제에 빠질 수 없는 것이 우리의 노래와 춤이었고 민족 음식이었다. 문화 공연과 민족 음식 점포 모집에서도 어려움이 적지 않았지만, 사익을 따지지 않고 봉사하는 마음으로 선뜻 나선 모든 사람이 힘을 모았다. 하여 도쿄 한복판에서 펼쳐진 역사적인 첫 재일 조선족운동회는 민족 색채와 즐거움이 가득한 이벤트로 막을 올릴 수 있었다.

제1회 운동회 개최를 계기로 중국 조선족경영자협회가 탄생했고, 오랫동안 가동을 멈추었던 천지회(2017년부터 천지협회가 천지회로 활동 중)가 다시 활기를 띠기 시작했다. 생소했던 자원봉사 조직과정과 실천 현장을 직접 경험했고, 소식이 끊겼던 고향친구들이 운동회라는 축제 마당에서 다시 만나게 되었다. 2015 재일 조선족운동회는 만남의 장, 축제의 장, 화합의 장으로 대대적인 성공을 거두었다.

뒤이어 2016년, 2017년 열린 제2회, 제3회 운동회를 주최하면서 새로운 경험을 쌓게 되었고, 점차 운동회 조직에서의 노하우가 생겼다. 2016년부터 중국 국내 미디어를 통해 고향에 재일 조선족운동회가 알려지기 시작했고, 2017년에는 처음으로 오사카 조선족을 포함한 30여 개 일반 단체들이 단체 이름으로 운동회에 참가하기 시작했다.

해마다 경기에 참가하는 팀 수가 늘어났고, 당일 참가자 수도 늘어났다. 또 2017년 새롭게 (사)일본조선족문화교류협회가 탄생했으며, 운동회를 계기로 작은 범주의 여러 커뮤니티가 형성되기 시작했다. 따라서 개인의 이름으로 참가했던 재래의 참가방식이 단체를 단위로 하는 새로운 참가방식으로 변하기 시작했다.

오늘날 재일 조선족의 역사는 이미 정착기를 기록하기 시작했으며, 사회적으로도 '재일 조선족'이라는 독자적인 존재 의의를 갖게 되었다. 당연히 2017년까지 제3회로 이어진 재일 조선족운동회도 성숙기를 맞이했다. 하여 또 다른 획기적인 발전 전망을 구상하기 시작한 운동회 집행위원회는 새롭고 실질적인 개혁방안을 내놓았다.

회사 근무와 회사 경영에 미치는 영향과 조직자들의 체력을 고려하여 2018년 이후부터는 2년에 한 번씩 운동회를 열기로 결정지었다. 고민과 모색은 끊임없이 이어졌다. 2019년 제4회를 맞은 운동회는 조직 구성 면에서도 새로운 방식을 도모하여 집행위원회에서 도맡아 했던 재래의 운동회 운영방식에 대한 개혁을 실시했다.

새로 설립된 재일 조선족배구협회까지 이미 10개의 단체가 된 공동 주최단체를 선전부, 경기부, 재무부, 후근부(후방근무지원부) 등 4개의 부로 나누고 각 부의 책임자에게 실무적인 활동 방안과 예산을 맡겼으며, 집행위원회가 총괄을 맡았다. 결과적으로 이는 사명감과 책임감을 분담할 수 있는 좋은 방법으로 인정받았다. 또 운동회날 하루 이벤트에 쏟는 시간과 정력의 낭비를 줄이게 되었고, 개인적인 부담도 줄이게 되었다. 특히 2019년에는 운동회 회가(會歌)가 처음으로 세상에 나오게 됨으로써 단계적인 발돋움을 한 재일 조선족운동회가 세간의 주목을 받게 되었다.

민족별 구분형식이 없는 일본의 외국인 통계에서 그 숫자가 정확하게 밝혀지지 않는 재일 조선족이지만, 대체로 8만 명을 넘는 시대를 맞이했다. 단결과 협력을 전제로 열리는 재일 조선족운동회는 일본 사회에 떳떳하게 조선족의 존재를 알리는 커다란 계기가 되고 있다.

집행위원회 위원들은 조선족운동회를 다음과 같이 말한다.

마홍철

일본의 조선족 사회에서 운동회는 우리가 뭉치는 계기와 무대가 됐다고 본다. 앞으로 계속 이어가기 위해서는 개혁과 세대교체도 필요하다. 과제도 많고 여러분의 지혜를 합쳐야 할 것 같다. 여태껏 '뭉치자'고 외쳤는데, 이제는 '어떻게 뭉치는가'가 과제다. 운동회는 보수가 없는 일이어서 무명 영웅들이 너무 많이 나왔다. 어느 한 사람의 힘으로 될 수 없는 일이고, 일본에 사는 조선족의 단결의 상징이다.

정걸

우선 '천지협회'에서 두 번 소규모 운동회를 조직했다. 그런 경험에서 마홍철 회장이 조선족운동회 개최를 제기했고, 조선중고급학교에 가서 장소를 확보하게 되었다. 지난 운동회 역사를 돌이켜보면 모여서 뭉치면 꿈이 생기고 힘이 생기게 된다. 초창기에 우리는 『이어』라는 잡지에서 힌트를 받았고 「아리랑」 노래에서 힘을 얻었다.

박문걸

각기 특징을 가진 여러 단체가 공통된 흥취와 취지를 위해 분투할 수 있는 것이 운동회다. 경영자는 경제적으로, 연구자는 학술적으로, 교육자는 후대양성으로 각기 민족에 대해 공헌할 수 있다. 이런 여러 단체가 장점을 발휘하고 합심하여 뭔가 할 수 있을지 고민한 끝에 운동회가 생겼다. 여러 단체에 있어 운동회는 자기 단체를 선전하는 활동무대이기도 하다.

김만철

향후 운동회 결제와 협찬 준비의 관계에 대해 검토하고, 기념품의 질 향상에도 노력이 필요하다. 그러자면 협찬 방식도 개혁해야 한다. 단체의 회장들뿐만 아니라 개인들도 쉽게 협찬하고 선전하도록 기회를 마련할 수 있는 아이디어가 필요하다. 그리고 협찬에 나오는 점포들이 적자가 생기지 않게 하는 방법도 모색해야 한다.

이대원

처음부터 주로 경기부를 맡았는데, 번번이 기쁘고 보람을 느낀다. 하지만 과제도 많다. 앞으로 민족 축제가 더욱 크고 실제적인 의미를 가지도록 운영하기 위해 노력과 검토를 계속해야 한다고 본다.

2015년 발기된 재일 조선족운동회는 재일 조선족 30여 년 역사 중에서 조선족 사이의 연결망과 공간적인 네트워크 구축, 단결과 화합의 새로운 시대를 열어가는 데 홀시할 수 없는 작용을 했다.
재일 조선족의 도전은 계속되고 있다.

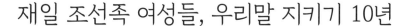

재일 조선족 여성들, 우리말 지키기 10년

길림신문 2018-11-14 발표

2018년 11월 11일, 재일 조선족여성회 및 도쿄샘물학교 10주년 기념의식이 도쿄 닛포리(日暮里)에서 열렸다. 재일 조선족 각계 대표인사들과 재외동포재단 주재관, 도쿄 한국교육원, 월드옥타 본부 내빈들, 샘물학교 학생과 학부모를 비롯한 재일 조선족 등 200여 명이 참가했다.

이날 기념의식은 장장 10년의 역사를 돌이켜보는 계기가 되었다. 일찍이 초창기의 고달픔을 겪은 세대들이 함께 추억하는 자리였고, 미래에 대해 심사숙고하는 장이기도 했다. 특히 우리 민족의 정체성 유지를 위해 헌신하는 교육자들, 민족 문화의 계승을 물심양면으로 지원하는 조선족 기업인들, 문화인들이 함께 고민하고 소통하는 기회가 되었다.

재일 조선족여성회와 우리말 주말교실

1983년 일본 정부의 '유학생 10만 명 계획'이 발표되었고, 1996년 유학생 신원보증인제도가 폐지된 이후 일본의 유학생 규모와 증가폭이 상승선을 그었다. 일본에서 취업하고 결혼한 조선족 유학생들의 정착은 2세의 육아문제와 정체성 유지 면에서 고민거리를 동반하게 되었다.

그러던 2008년 2월, "조선족 여성들의 생활을 더욱 편리하게 하는 데 취지를 두고 일본 사회에서의 고민과 난제를 해결하는 것을 목적"으로 재일 조선족여성회가 설립되었다.

초창기에는 특정 장소가 없는 상황에서 전정선, 문춘매, 문영화, 백란, 박미혜 등 회원들의 노력으로 여러 지역의 공공시설을 빌려 취직 정보와 육아 정보를 교류했다. 그 과정에 일본에서 태어난 조선족 2세들이 우리말을 접할 기회가 적은 탓에 중국에 계시는 할머니, 할아버지와 소통하기 힘든 같은 고민을 갖고 있다는 것을 발견하게 되었다. 하여 여성회의 엄마들이 활동하는 시간에 아이들을 모아놓고 우리말과 동요를 가르치게 되었는데, 그것이 오늘날 도쿄샘물학교의 전신인 우리말 주말교실이다.

8명의 어린이로 시작한 주말교실은 장소와 인원수의 불안정으로 한동안 떠돌이 신세를 면치 못했다. 6년간 무려 다섯 곳을 옮기면서 힘들게 주말교실을 이어가면서도 '뿌리의식'에 대한 교원과 학부모의 한결같은 마음가짐은 흔들리지 않았다.

주말교실과 제휴관계인 여성회는 초창기부터 오늘에 이르기까지 정기적으로 민족요리교실, 조선족 무용교실, 꽃꽂이, 여성기업가 강연회, 엄마들을 위한 자녀교양강좌, 행정서사 법률자문 등 일본에 사는 조선족 여성들에게 유익한 활동을 조직해왔다.

정규화한 도쿄샘물학교

2015년 2월, 6년간의 떠돌이 주말교실이 드디어 '도쿄샘물학교'라는 교육실체로 탈바꿈하게 되었고, 동시에 도쿄 한국교육원으로부터 재외 한국어 교육 학교로 인정받게 되었다. 35명의 학생들과 함께 도쿄 아라카와구의 생애학습센터에서 출발선을 그은 도쿄샘물학교는 재일 조선족 기업가들의 사심 없는 협찬과 중국 연변교육출판사의 교과서 지원을 받아 힘찬 발걸음을 내디뎠다.

절대 어느 한 사람의 소망과 노력으로 유지할 수 없는 것이 학교 운영이었다. 경제적인 지원이 없는 상황에서 교장인 재일 조선족여성회 전정선 회장을 중심으로 박영화 교원(한국어 담당)과 이미순 교원(중국어 담당) 등 10여 명 교원의 자원봉사정신은 조선족 경제인들과 한국인 경제인들을 깊이 감동시켰고, 학부형들의 적극적인 참여를 불러일으켰다. 하여 아이들에게 뿌리의식을 심어주고 민족 언어를 습득시키는 일이 더는 교원들만이 아닌 모두가 함께 짊어지고 가야 할 사명이 되었다.

도쿄샘물학교는 2018년 2월부터 한국 재외동포재단의 지원으로 도쿄 한국학교에 지정교실을 두게 되었다. 현재 12명의 교원, 유아반과 소학반으로 나뉜 4개 반에 217명의 등록생을 두고 있으며 한국어, 중국어, 영어, 음악, 미술 등 과목을 설치했다.

전정선 교장은 "조선족 2세가 자기의 정체성에 대해 이해하고, 다문화와 다언어 환경 속에서 무탈하게 자랄 수 있게 하며, 나아가 글로벌 인재로 성장할 수 있도록 기초를 닦아주는 데 취지를 두고 있다"고 샘물학교의 성장과정을 회고했다.

한국어 예비교원 파견, 연구지정학교로도 인정받은 이 학교는 국제홍백가요전, 남북 코리안 어린이 그림대회, 중국 두만강 국제 어린이 시화전, 도쿄 한국학교 한국어 스피치대회, 재외동포 어린이 한국어 그림일기대회 등 정규적인 활동에 참가하여 우수한 성적을 내고 있다.

이국 땅에서 자기 언어를 지키고 이어가는 일은 조선족의 정체성 유지와 다중언어 환경에 대한 자부심을 키워주는 데 큰 역할을 할 것이며, 그 과정에서 재일 조선족 여성들의 노력은 향후 10년, 20년을 이어갈 것이다.

재일본 중국 조선족 화합의 미래는 밝을 것이다
사단법인 전일본중국조선족연합회 설립

길림신문 2019-11-04 발표

2019년 11월 3일, 중화인민공화국 국가 주악소리가 울려 퍼지는 가운데 사단법인 전일본중국조선족연합회 설립대회가 일본 도쿄에 자리 잡은 호텔 친잔소도쿄(椿山莊東京)에서 성황리에 열렸다.

일본 주재 중화인민공화국 대사관 영사부 참사관 첨공조(詹孔朝), 연변대학 전임교장 박영호, 중국 아세아경제발전협회 집행회장 권순기, 중국 조선족기업가협회 회장단 회장 표성룡, 전국정협 특별요청 해외대표이며 일본 중화총상회 부회장, 일본 길림총상회 회장 장욱, 도쿄 한국상공회의소 회장 장영식, 중국 조선족기업가협회 집행회장 전규상, 세계 한인무역협회 중국회장단 대표 이광석, 북경시 조선족기업가협회 명예회장 김의진 등 일본 국내외 저명인사들과 조선족 대표인사 200여 명이 대회에 참석하여 자리를 빛냈다.

2019년 2월에 일본 국내 여러 조선족 단체 회장들이 모여 조선족 단체의 발전을 위한 협의회를 열고 조선족 단체 발전추진위원회를 발족했다. 근 8개월간의 준비과정에 정기적인 회의와 여러 차례에 걸친 협의, 의논을 거쳐 9월 8일 22개 단체가 공동으로 사단법인 전일본중국조선족연합회를 설립하게 되었다.

사단법인 전일본중국조선족연합회는 민족의 전통을 계승·발전시키고, 재일 중국 조선족 간의 친목과 협력을 도모하며, 활기 있고 건전한 조선족 공동체를 구축하여 지역사회에 기여하는 것을 취지로 하는 비영리 민간단체다.

중국 조선족기업가협회 부회장, 월드옥타 본부 부회장, 일본 길림총상회 상무부회장, 일본 중화총상회 집행이사, 길림성 해외연의회 상무이사, 연변대학 학우회 본부 부회장인 주식회사 JPM 사장 허영수가 초대회장으로 선출되었고, 재일 조선족축구협회 회장이며 주식회사 에므에이 사장인 마홍철이 부회장 겸 사무총장으로 선출되었다.

설립대회에서는 전일본중국조선족연합회 22개 발기단체와 부회장, 이사진에 대한 소개, 조직 구성에 대한 설명에 이어 허영수 회장이 인사말을 전했다.

허영수 회장은 인사말에서 "재일 조선족 여러 단체가 단합하여 개개의 커뮤니티 능력을 합친다면 지역사회에 대한 봉사의 힘도 더 커지게 되고, 서로 간의 소통도 원활하게 진행할 수 있으며, 대외적인 지명도도 더욱 높아질 수 있다는 같은 생각으로 뭉치게 되었다. 첫걸음을 내디딘 사단법인 전일본중국조선족연합회는 앞으로 전체 재일 조선족 사회와 지역사회에 힘을 보탤 것이며, 서로 협력하여 정치·경제·사회적인 위기에도 공동으로 대처하게 될 것이다"라고 강조했다.

그는 또 "일본에 있는 우리 중국 조선족이 오늘에 이르게 된 데는 우리에 대한 주일 중화인민공화국 대사관의 깊은 배려가 있었기에 가능했다"고 하면서 "공동발전, 상호합작에 여러모로 힘을 준 우호적인 일본인과 일본에 있는 화인화교사회, 그리고 중국 국내의 부모님과 형제, 친구를 비롯한 여러분의 응원에 감사를 드린다"고 말했다.

일본 주재 중화인민공화국 대사관 영사부 참사관 첨공조는 축하연설에서 다음과 같이 강조했다.

> "단결은 힘이다. 신중국이 탄생한 후 중화 민족이 일어서고 부유해지고 강해지는(站起來 · 富起來 · 强起來) 이러한 과정을 원만하게 실현할 수 있었던 것은 대민족 단결을 강화한 중국공산당의 정확한 정책 결과다. 사단법인 전일본중국조선족연합회가 허영수 회장의 인솔하에 이러한 중국공산당의 우량한 전통을 계승 · 발전시키고 중국 국내외 동포들 간의 단합과 교류를 도모하여 실제적인 일을 하기 바라며, 특히 중국의 민족 대단결 이야기를 널리 전수하기를 바란다."

"보고 싶었습니다. 이야기를 나누고 싶었습니다"로 시작한 축하연설에서 연변대학 박영호 전임교장은 "중화인민공화국 창립 70돌이 되는 해, 연변대학 개교 70주년을 맞이한 해, 그리고 일본이 새로운 레이와(令和) 시대를 맞이하는 해에 사단법인 전일본중국조선족연합회가 설립되게 된데 너무나 큰 의미가 있다"고 말하고 나서 다음과 같이 피력했다.

> "1980년대 이후 재일 중국 조선족은 중일 간의 우호적인 관계 설

정과 개선을 위해 최전선에서 달려왔다. 여러분의 피와 땀이 밴 노력 덕분에 중일관계가 가장 좋은 시대를 맞이하게 되었고, 중국 조선족의 새로운 역사를 쓰게 되었다. 중국 조선족은 민족의 정체성을 가장 확실하게 지켜왔고, 정치 · 경제 · 사회 · 봉사 분야의 의무와 책임을 가장 우수하게 이행해왔으며, 해외에서도 정체성을 고수하고 당당하고 자랑스러운 삶을 살아가는 자랑스러운 민족이다. 앞으로 하나로 뭉쳐 중일관계의 새로운 도약, 새로운 역사의 창조에 앞장서주기를 바란다."

이날 설립식에서 표성룡 회장이 건배사를 했으며, 중국과 한국에서 온 내빈들을 대표하여 권순기 회장, 장욱 회장, 장영식 회장, 전규상 회장, 이광석 대표, 김의진 회장이 잇따라 축하인사를 했다.

고정관념 깨고
실제적 경제효과를 목표로 새출발
월드옥타 치바지회 제7기 신임회장 선출

길림신문 2019-12-02 발표

2019년 11월 30일, 월드옥타(세계한인무역협회) 치바(千葉)지회 제7기 회장 임기교체의식 및 2019년 송년회가 일본 도쿄 닛포리에서 열렸다.

전일본중국조선족연합회 등 15개 재일 조선족 단체 대표들, 월드옥타 일본동부지역 등 일본 국내외 월드옥타 타지회의 대표와 이사들, 재일 조선족 각계 인사들과 월드옥타 치바지회 회원들을 포함한 180여 명이 교체식에 참석했다.

세계 68개국의 141개 지회 중 해외에서 유일하게 중국 조선족 회원들로 구성된 치바지회는 올해 창설 13년을 맞이했다. 치바지회는 이미 정기회원이 160여 명으로 늘어났으며, 근 900여 명에 달하는 무역스쿨 수료생을 배출했다. 박경홍, 허영수, 김동림, 조송천, 이태권, 주홍철 등 6대에 걸친 회장에 이어 제7대로 김정남 지회장이 위임을 받았다.

IT 소프트웨어개발회사인 K&K의 대표인 주홍철 전임 회장은 지난 2년간의 임기기간 중 적지 않은 성과를 거두었다.

우선 조직구성 면에서 여태 공석이던 이사장을 새롭게 선정하여 46명의 이사진들을 단합시켰으며, 차세대를 대상으로 새로운 조직구성을 도모했다. 동시에 정보국을 설립하여 중단되었던 홈페이지를 복구했다. 대내외적으로 사무국 업무를 분담했고, 회원 개개인이 능력을 발휘할 수 있는 환경을 구축했다. 본부와의 연계를 강화하고, 해외 취업자 활동에 적극 참가하여 자체 회사 차원에서도 월드옥타의 한국 청년 채용 캠페인에 발맞춰 2018년과 2019년에 이미 한국 대학생과 일본 유학생 13명을 채용했다.

전례가 없었던 회원사 탐방활동을 정기적으로 조직하여 회원들 간에 제휴관계를 맺게 했고, 회원들의 사업 정황을 직접 눈으로 확인할 기회를 마련해주었으며, 재일 조선족경영자협회 등 여러 조선족 협회들 간의 교류를 증진시켰다.

주홍철 전임 회장은 명예회장들의 지지, K&K의 사원들과 가족들의 협조에도 감사를 드리며 앞으로 치바지회를 월드옥타 141개 지회 중 브랜드 지회로 만들기를 바란다며 신임 회장에게 과제를 남기기도 했다.

재일 조선족 커뮤니티 '쉼터미디어', '쉼터물산' 대표인 김정남 신임 회장은 월드옥타 치바지회 창립 시의 오랜 멤버이기도 하다. 사무국장, 부회장, 이사장직을 거쳐 오랫동안 봉사와 지원을 이어온 그는 2019년 8월에 이사회의 선거로 제7기 월드옥타 치바지회 신임회장으로 선출되었다.

그는 취임연설에서 "선대 회장으로부터 내려온 전통을 이어가는 동시에 차세대 인재를 발굴하고 중국 조선족이라는 특색을 잘 살려 조선족 경제권 내에서 활약할 수 있도록 힘을 다하겠다"며 앞으로 2년간의 전망에 대해 이야기하면서 "2년간 저 혼자가 아니라 여러분과 함께한다는 설렘이 더 크다. 제7대 집행부가 더욱더 성장하고 성숙한 모습으로 여러분과 만날 것을 약속한다. 그리고 레이와(令和)라는 새로운 시대에 걸맞게 고정관념을 버리고 치바지회 차세대들의 제의를 받아들여 더 오픈된 치바지회를 만들어가기 위해 노력하겠다"고 임기기간 내의 목표를 발표했다.

장홍혁 차세대 대표는 기자에게 전임 회장과 신임 회장에 대해 이렇게 말했다.

"군인 출신인 주 회장은 늘 '우리는 전우다'라는 말씀을 하십니다. 늘 단합하고 실제적인 일을 하라고 하면서 우리 차세대에게 많은 기회를 주셨습니다. 하여 차세대의 활동무대가 예전에 비해 많이 넓어지고 활성화되었습니다. 특히 회원들 사이의 기업방문은 우리에게 큰 도전과 희망을 주었습니다. 김정남 신임 회장은 말수가 적지만 서로 간의 네트워크를 발전시켜 대외적으로 전체적인 경제효과를 올리자는 목표를 갖고 계신다고 봅니다. 앞으로 2년간 잘 따라가겠습니다."

교체의식에서는 신규회원 11명을 소개하는 배지 수여식에 이어 한 해 동안 열심히 봉사한 회원들에게 공로상과 우수회원상을 수여했다. 전임 회장이 신임 회장에게 지회기(支会旗) 전달의식을 한 후 월드옥타 일본 동부지역 김효섭 부회장이 하용화 본부회장의 축사를 대독했고, 중국 심천지회 박학철 부회장과 치바지회 허영수 명예회장이 각기 축사와 인사말을 했다.

이날 이·취임식은 한해 동안의 활동을 마무리 짓는 송년의 밤이 되어 다채로운 문예공연으로 이어졌다.

일본의 조선족 관련 연구 활기, 조선어 미래 고민

2018년도 (일본)조선족연구학회 전국대회 소집

길림신문 2018-10-24 발표

2018년도 (일본)조선족연구학회 전국대회가 10월 20일 니혼대학(日本大学) 경제학부 제7호관에서 열렸다.

이번 전국대회에는 일본 전국 각지에서 온 64명의 참가자들이 함께 했으며, 회원들에 의한 연구보고 부문과 특별 세션 두 부문으로 나뉘어 진행되었다.

보고자 리나 회원(미야자키대학 대학원생)은 "중국 조선족 중·고등학생의 조선어능력에 대하여: 조사(助詞)를 중심으로"라는 과제에서 중국 조선족 중·고등학생들의 조선어 능력이 과거에 비해 저하되는 심각한 현상과 조선어규범에 맞지 않는 조선어가 표준어화되어가고 있는 엄중한 현실에 대한 조사 결과 조선족에게 제1언어인 조선어가 제대로 정착하지 못하면 제2언어인 한어와 제3언어인 영어 혹은 일본어 같은 외국어 습득에도 영향을 미칠 것이라는 우려를 제기했다. 따라서 조선족에게 하나의 외국어가 될 수도 있는 조선어의 미래에 대한 고민도 함께 제기했다.

국제언어학원 외국어전문학교 문은실 회원은 "흑룡강성 조선족사회의 형성·분산·재형성: 수화지구의 조선족을 연구대상으로"라는 제목하에 1980년대부터 시작하여 특히 1990년대 이후에 이르러 활성화된 흑룡강성 수화시의 조선족 이동의 역사적인 배경과 이동·정착·재이동·재정착의 시간적·공간적 구축요소, 이주지에서의 네트워크 형성으로 인한 수화인 커뮤니티 재편성의 현상태에 대한 조사 결과에 대해 발표하는 한편, 그에 따르는 인간관계의 폐단에 대한 문제점도 지적했다.

"중국 조선족 이동연구를 둘러싼 관점의 다양화와 심화"를 주제로 한 특별 세션에서는 연변대학 인문학원 손춘일 교수(현재 국제 일본 문화연구센터에서 외국인 연구원으로 근무 중)가 "동북아 시각에서 본 조선족 이민사 그리고 연구 현황과 향후 과제"라는 기조강연을 했다.

손춘일 교수는 강연에서 "글로벌시대 국제이민이라는 대이동 속에서 조선족의 새로운 이민문제, 동시에 미국, 일본 등 국제사회에서 그들의 신속한 적응과 새로운 성과들에 대해 더 넓은 시각에서 심층적인 분석과 객관적인 연구를 할 필요성이 있다"고 강조했다. 또한 동북아의 풍운 속에서 조선인 이주역사를 '동북아'라는 큰 틀에서 바라보아야 한다고 강조하면서 명말·청초부터 시작된 이주역사는 이미 300여 년이라는 세월을 거쳐 중국에서의 새로운 민족공동체, 즉 조선족이 형성되었다고 했다.

중국학계의 연구현황에 대해 손춘일 교수는 "조선족 이주사에 대한 연구가 거의 반세기 동안 진행되었다고 하지만, 사실상 연변대학을 중심으로 한 조선족 학자들에 의해 연구가 진행되었다 해도 과언이 아니다. 1990년대 말에 이르러 중국 조선족 이주사 연구가 새로운 수준에 올라서게 된 원인은 문화대혁명 이후 처음으로 조선족 역사전공 박사학위 소지

자들이 연이어 출현하면서 새로운 역사이론을 도입하고 많은 사료를 발굴하여 더욱 계통적이고도 질 높은 연구성과가 나온 덕분"이라고 주장했다. 손춘일 교수는 향후 연구과제에 대해 중국 조선족 항일투쟁사, 중국 조선족 수전개발사, 조선족 공동체 형성의 기점문제, 조선족 아이덴티티 문제, 중국 조선족 이민문화 등에 대한 연구가 반드시 필요하다고 지적했다.

이어 현재 일본에서 진행 중인 과학연구비 조성사업 기반 연구항목인 「중국 조선족 일본유학 경험자와 동아시아에서의 '월경적인 사회공간'에 관한 연구」의 중간보고가 있었다.

일본 유학 경험자를 핵심으로 조선족의 일본 유학 후와 '월경적인 사회공간'에 대한 실태적인 해명을 목적으로 한 이 프로젝트의 연구진행 상황에 대해 「조선족과 일본의 유학생 정책」(미야지마 미카), 「초창기 조선족의 일본 유학」(정형규), 「근년 조선족의 일본 유학과 다양화하는 유학 후의 이동」(조귀화) 등 세분화한 부문에 대한 조사보고와 분석이 있었다.

권향숙 연구자는 총론적인 보고 「조선족의 일본으로의 이동과 동아시아」에서 현재까지 연구에서 1990년대 초반 일본 유학생들에게서 보여지는 중국 사회에서의 일정한 사회 환경과 생활 조건, 1990년대 후반 이후의 유학생들에게서 보여지는 부모세대의 한국 진출과 자식세대의 일본 유학이라는 복합적인 흐름에 대해 확인할 수 있음을 밝혔다. 또한 현재의 조선족이 일본 유학 후의 취업, 기업(起業)을 기점으로 재이동과 가족의 분산, 재집결 등 잠정적인 사회공간을 구성하고 있다는 결론도 얻을 수 있다고 했다.

권향숙 연구자는 앞으로 각종 형태에 대한 고찰과 분석을 깊이 진행하는 것이 과제이며, 최종적으로는 1980년대부터 2010년대까지 일본 유학 경험자의 특징과 경향을 망라한 분석과 비교고찰을 진행하여 전체적인 현상을 파악하는 것이 최종적인 취지라고 보고했다.

　이번 연구학회에서는 또 연변에서 온 석화 시인이 「어떤 논리-나무일지」, 「천지꽃과 백두산-연변」 등 시를 인용하면서 "연변은 간다: 어디로…"라는 제목의 특별강연을 했으며, 재일 조선족을 대상으로 펼쳐진 글짓기 공모전(삼구김치 협찬)의 심사 결과가 발표된 동시에 석춘화(대상) 등 수상자들을 표창했다.

재일 조선족에게 축구는
고향과 민족의 '명함장'
재일 조선족축구협회 공식 홈페이지 정식 오픈

길림신문 2017-04-25 발표

2017년 4월 21일 21시 21분, 21세기의 새로운 역사를 창조하기 위해 줄달음치는 재일 조선족의 꿈과 포부를 담은 조선족축구협회 공식 홈페이지가 정식으로 세상에 공개되었다.

재일 조선족 축구의 존재 근원과 이유를 확신시켜주는 "우리에겐 연변 축구만 있으면 된다!", "오늘 축구장에서 흘린 땀이 내일의 우리를 존재하게 한다" 등의 메시지가 담긴 오픈 포스터가 공식 홈페이지 공개에 앞서 주목받았다.

이날 홈페이지 정식 공개를 앞두고 재일 조선족축구협회 마흥철 회장((株式会社エムエイ 사장), 리호 부회장(株式会社Tiger 사장), 손성룡 부회장(成富商事株式会社 사장), 박문걸 사무국장(日本中華総商会 사무국장)과 웹마스터 홍용일(도쿄대학 박사과정) 등이 재일 조선족 축구가 걸어온 길을 돌이켜보는 시간을 가졌다.

이국에서의 외로움을 달래는 것을 목적으로 고향의 지인들과 만나 같은 말, 같은 음식을 즐겼던 단순하고 소규모이던 모임이 정기적이고 조직화된 커뮤니티로 발전하는 과정에 가장 빨리 침투되고 공감범위가 넓었다 해도 과언이 아닌 커뮤니티가 바로 재일 조선족축구협회다.

2002년 3월, 처음으로 재일 조선족 유학생을 중심으로 한 '동북아시아청년련의회(동청련)'가 설립되어 주일마다 연습과 시합을 펼쳤다. 같은 시기 연변FC 출신인 김광주, 원 심양부대팀 키퍼 정걸 등을 중심으로 '재일백두산천지팀'(현재 백두산축구클럽)이 결성되었고, 그해 9월에 연변조선족자치주 설립 50주년 기념 축구대회에 참가했다. 백두산축구팀은 2002년 펼쳐진 도쿄 유학생 축구경기에서 우승을 따냈으며, 재일 조선족 축구의 선두 역할을 해왔다.

그 후 SHIMTO(쉼터), SE아시아, 연변관팀, 스와트 등 여러 조선족 축구팀이 새롭게 나오면서 조직적이고 통일적으로 관리할 필요성이 과제로 남았다. 드디어 2007년 백두산팀, 동청련, 쉼터, SE아시아 등 4팀을 중심으로 한 '재일 조선족축구협회(KCJFA)'가 정식으로 설립되었다.

협회의 통합적인 관리하에 각 팀 사이의 공동 연습시합, 친목, 교류 활동은 갈수록 활발하게 전개되었다. 현재 재일 조선족축구협회에는 동북아청년련의회(동청련), 하나팀(시니어), 골든타임, 쉼터, 스타FC, K&K, 연변97, 오아시스, 백두산, 녕고탑, 스카이넷 등 도합 11개 정규 축구팀이 등록되었다.

협회 설립 이래 해마다 연중 행사로 봄가을 2회씩 재일 조선족축구대회가 열리는데, 각 팀이 차례로 조직사업을 맡고 조직팀의 이름으로 컵[杯]을 정하는 등 평등한 운영방식으로 2017년 3월까지 이미 18차례의 대회를 성공적으로 개최했다.

또한 각 팀에서 올스타 멤버를 선정하여 해외에서 개최되는 '세계한 민족축구대회'에 참가하고 있으며, 2015년부터 재일 조선족 각 단체와 협조하여 공동으로 도쿄 재일 조선족운동대회를 개최하고 있다.

축구는 이미 재일 조선족사회에서 단순한 스포츠가 아닌 소통과 화합의 수단이 되었다. "북방의 연변과 남방의 매현이 없으면 중국 축구가 형성되지 못한다", "연변은 중국 축구의 고향이다" 등 한결같이 입을 모으는 연변 축구에 대한 열광적인 기대와 자부심은 "재일 조선족 축구는 YANBIAN FC를 떠나서는 논할 수 없다"로 이어지면서 축구는 이미 400그램 남짓한 축구공 하나에 뿌리의식을 심어주는 민족문화의 일환이 되었다.

2016년 1월, 재일 조선족축구협회는 재일 조선족경영자협회, 월드옥타 치바지회, 재일 조선족여성회, 삼구물산주식회사 등 재일 조선족 각 단체 대표 일행 15명과 함께 일본 가고시마에서 전지훈련 중이던 연변 부덕팀의 감독과 선수들을 방문했다. 일본에서도 그다지 흔하지 않은 50kg에 달하는 참치 해체쇼가 끝난 후 박태하 감독은 "일본에서도 이렇게 많은 우리 동포들이 지지해줄 줄은 꿈에도 생각지 못했다"며 "이것이 우리 연변팀의 원동력이 되는 게 아니냐"고 감사의 마음을 전했다.

격동의 2016년에 이어 2017년 슈퍼리그가 시작을 알렸고 재일 조선족 열광 팬들은 긍정과 자부심, 기대, 충격, 안타까움으로 주말마다 부덕팀 용사들의 모습을 지켜보고 있다. 그런 열풍 속에서 첫 발자국을 내디딘 '재일 조선족축구협회' 공식 홈페이지여서 더더욱 의미가 깊다.

선대 회장인 김동림, 김명, 최광춘에 이어 현재 제4대 회장을 맡은 마홍철은 홈페이지 오픈 30분 후 상상을 초월한 클릭 수를 확인하면서 "이

제 겨우 하나의 미약한 시작에 불과하지만, 축구협회 공식 홈페이지가 갖춰야 할 기본기능 외에도 '축구'를 소재로 다양하게 우리 조선족 사회의 여러 면을 보여주고 축구라는 '매개'를 통해 일본 수도권을 중심으로 관동지역뿐만 아니라 일본 전역, 세계 각지에 있는 우리 동포사회와의 교류 증진과 커뮤니티 활성화를 위해 힘쓰겠습니다"라고 했다.

리호 부회장은 축구에 대한 사랑을 이렇게 말했다.

> "어릴 때의 꿈이 프로 축구선수였는데 실현하지 못했습니다. 그 꿈을 일본에 와서도 포기하지 못했는데, 다행히 조선족 축구팀이 있었습니다. 조선족축구협회의 오랜 멤버 중의 한 사람으로서 조선족의 축구문화를 고수하고 계속 끌고 나가는 것을 사명으로 생각하고 있습니다. 나에게 축구는 이어지는 꿈이고 희망입니다."

홈페이지의 '문화와 사회'라는 카테고리에 대해 홍용일(홈페이지 웹마스터)은 "축구를 통한 우리 문화의 여러 가지 콘텐츠 제공을 목적으로 하는 카테고리입니다. 무릇 축구를 사랑하고 축구의 사회적인 의미를 인지하고 계시는 분들의 생각과 메시지를 다양한 장르로 전하려는 취지에서 만들었습니다. 많은 분들의 투고를 기대합니다. 후세에 소중한 '기록유산'으로 남길 수 있는 프로젝트에 적극 참여해주시기 바랍니다"라고 했다.

형식과 공간에 제한을 두지 않는 새로운 스타일의 마당. 축구만이 아닌, 일본만이 아닌, 넓은 세계를 느끼게 하는 그런 홈페이지를 기대해본다.

재일 장백산골프구우회

중국 조선족 기업가골프협회 설립 20주년 기념집 『그린우의 동행』(2021)에 수록

1901년 영국의 한 무역상인이 일본 효고현(兵庫県)에 있는 자신의 별장에 4개의 홀로 골프코스를 만들었다. 그것이 일본 골프장의 기원이다. 2년 후 그 상인이 홀을 9개로 증설하고 135명 회원을 모아 일본 최초의 고베(神戸)골프클럽을 설립했는데, 그중 일본 사람은 7명뿐이었다. 주로 일본에 주재하는 외국상인들을 위한 사교 시설이었던 것이다.

사치하다 할 만큼 거리가 먼 서양상인들의 문화였던 골프는 일본의 고도경제성장기(1954~1973), 도쿄올림픽 개최(1964), 버블경기 시대(1986~1991)를 거치면서 점차 대중적인 스포츠로 보급되기 시작했으며 관리 능력과 커뮤니케이션 능력, 그리고 인맥과 자격을 갖추어야 하는 이른바 멘탈 스포츠로 자리 잡게 되었다. 2019년 R&A(영국골프협회)의 발표에 따르면 일본의 골프장은 2,227개로 미국, 캐나다에 이어 세계 3위를 차지하며 골프인구도 전 세계 골프인구의 13%로 2위라고 한다.

100년 이상의 오랜 역사를 가진 일본의 골프문화 속에 재일 장백산

골프구우회 이대원 회장이 뛰어들었다.

2004년 인생에서의 전기를 맞아 일본으로 향한 이대원은 3년 후인 2007년 주식회사 TAU를 창립했다. 가족이 아직 상해에 있었던 연유로 타국에서의 고달픈 창업의 길은 외로울 때가 많았다. 때로는 축구로 마음을 달래고도 싶었지만, 멤버를 조직할 인맥도 시간적인 여유도 없었다.

어느 날 회사의 일본인 동료가 골프를 배워보라고 권했다. 일본에 온 초기부터 타이거 우즈의 플레이 모습을 텔레비전 화면을 통해 늘 보아왔지만, 아직 생소한 스포츠였던지라 망설임이 앞섰다. 하지만 여럿이 모여야만 할 수 있는 축구에 비해 혼자서도 연습할 수 있다는 점에서 마음이 동한 그는 골프를 배우기 시작했다.

얼마 지나지 않아 이대원은 연습하는 만큼 성과가 나타나는 골프의 매력에 푹 빠지게 되었다. 합리적으로 골프채를 휘둘러 정확하게 굿샷을 날리고 나면 그 달성감이 어마어마했다.

그러던 2014년 3월 어느 날, 이대원은 재일 화인골프협회인 부상중국회(扶桑中国会)가 개최한 골프대회에 참가하게 되었다. 길림성 서란시 조선족 중학교 출신인 그가 상해시 동제대학을 졸업한 후 상해에서 6년간 강재무역업에 종사하다가 일본에 건너오기까지 조선족과의 만남이 거의 없었다. 그런 그가 그날 그곳에서 재일 장백산골프구우회 창립멤버인 류건, 황해동, 윤광수, 전호남과 만나게 되면서 골프가 맺어준 새로운 인연이 시작되었다.

그날, 그들은 일본 관동지구에서 첫 조선족 골프협회를 만들 의향으로 마음을 합쳤다. 짧은 석 달 간의 준비 끝에 2014년 7월, 20명 회원으로 구성된 재일 장백산골프구우회가 도쿄에서 고고성을 울렸고, 중국 조선족의 대표적인 명절인 9월 3일 첫 조선족 골프대회가 열렸다.

올해로 설립 6주년을 맞이한 장백산골프구우회는 초창기 20명이던 회원이 200여 명으로 늘어났다. 회원 중에는 부동산업, IT업, 호텔업, 건축업, 음식업 등 다양한 업계 창업자들이 있는가 하면 일본 간도지구 여러 업종에 종사하는 샐러리맨도 있는데, 그들은 전체 회원의 30%를 차지한다. 게다가 여성 멤버들의 대회 참가율도 매번 30%를 넘는다.

"이국 땅에서 조선족의 만남의 장소가 되고 있어서 제일 기쁩니다."

이대원 회장은 장백산골프구우회가 스코어와는 상관없이 무엇보다 즐거운 만남이 이루어지는 곳이라며 뿌듯해했다. 운동회 같은 큰 대회는 1년에 한 번 또는 2년에 한 번씩 조직할 수밖에 없지만, 골프대회는 최소한 석 달에 한 번씩 개최할 수 있기 때문에 이국 타향에서 향수를 달랠 수 있는 존재로 골프라는 스포츠의 원래 의미를 초월한다고 했다. 지난 6년간 도합 34차의 골프대회를 개최하면서 무엇보다 피곤한 일상에서 벗어나 즐거운 한때를 보낼 수 있는 마음의 쉼터를 만드는 데 취지를 두었다고 한다.

장백산골프구우회는 재일 조선족 동호회의 성격을 띠고 있기 때문에 지나친 경제부담을 강조하지 않는다. 자원적으로 회원 중 기업인들이 스폰서 역할을 해왔을 뿐, 필요 이상의 정기적인 회비 없이 매번 대회 참가비를 납부하는 것으로 이어왔다. 그것이 갈수록 회원이 늘어가는 요인이 된 것이다.

재일 조선족 커뮤니티 중의 하나인 재일 장백산골프구우회는 조선족의 여러 활동에도 적극 협조하고 있다. 2015년부터 네 번이나 재일 조선족운동회를 공동 주최했고, 이대원 회장은 초기부터 운동회 조직위원회위원을 맡아 물심양면으로 지원을 아끼지 않았다. 그뿐만 아니라 2020년 2월에는 힘을 모아 코로나19로 시련을 겪는 연변과 무한 등지에 마스크와 방호복을 지원했다.

"골프가 더 많은 재일 조선족 사이에 보급되어가도록 플랫폼 역할을 하고 싶습니다. 특히 우리 후대들이 일본의 골프문화와 쉽게 접근하고 침투되어가도록 길을 닦아주고 싶습니다."

이대원 회장은 협회의 목표를 밝히고 나서 골프에 대한 소견을 이렇게 말했다.

"골프는 인생을 살아가는 것과 같습니다. 울퉁불퉁하고 험한 세상을 살아가려면 심사숙고하고 선택과 판단을 해야 할 때가 많습니다. 골프도 마찬가지입니다. 움직이지 않는 공을 치려면 많이 생각하고 골프채를 잘 선택해야 하며, 부단히 연습해야 합니다. 노력하는 자에게 성공이 있는 것처럼 골프도 연습을 게을리하지 않으면 종국에는 쾌거의 피안에 도달할 수 있습니다. 골프는 성격에 변화를 주며, 인생에 귀인을 불러줍니다."

이대원 회장은 골프에서는 스코어보다 필드 안팎에서의 매너가 중요하다고 강조하면서 장백산골프구우회 회원들에 대한 찬사를 아끼지 않았다.

2016년 리우올림픽에서 112년 만에 정식항목으로 선택된 골프다. 하지만 일본의 골프인구는 최근 20년 사이에 해마다 줄어들고 있는데, 2001년 1,300만 명 안팎이던 골프인구가 2019년에는 580만 명으로 줄었다(『레저 2020』). 화려했던 버블경기 시대에 건설된 골프시설들이 버블경제가 붕괴되면서 침체상태에 처하거나 부채로 문을 닫기도 했다.

과거 골프의 인기를 회복하기 위해 일본의 골프시설들은 경영방식의 개혁을 위해 무진 애를 쓰고 있다. 독특한 사례로 현재 일본에서는 캐디가 필수였던 스타일을 바꾸어 셀프 라운드나 2인 골프가 가능하게 하고 있으며, 과도한 서비스를 없애 저렴한 가격으로 라운딩할 수 있는 뉴노멀 시대의 새로운 골프 스타일을 선호하고 있다. 하여 전성기에 비하면 활기를 잃은 일본의 골프지만, 새롭게 골프를 시작하는 사람들이 조금씩 늘어나는 추세라고 한다. 바로 이런 새로운 시대의 골프 개혁 물결을 재일 조선족이 선도하고 있다. 하여 재일 장백산골프구우회는 현재 창립 이래 전성기를 구가하고 있다.

현재 8만 명 시대를 맞는 재일 조선족은 그동안의 노력과 도전 끝에 사회적으로 이미 중·일·한의 문화권·경제권 내에서 홀시할 수 없는 존재로 자리 잡게 되었다. 재일 조선족은 버블경제 시대와는 상관없지만 그동안 세계적인 금융위기인 리먼 쇼크(2008), 동일본대지진(2011)을 경험해왔고, 현재는 코로나19 사태를 함께 겪고 있다.

코로나 사태로 사회 전반적인 분위기가 침체되고 있던 2020년 비교적 안전한 스포츠로 새롭게 알려진 골프가 점차 조선족 사이에서 널리 보급되어가고 있다. 재일 조선족 골프를 통해 이미 2세, 3세의 탄생과 더불어 정착 시기를 넘어 안정기에 들어선 재일 조선족의 현주소를 진맥할 수 있다.

일본어판 단편소설선 『담배국』 출판

길림신문 2020-12-15 발표

조선의용군 최후의 분대장이며 중국 조선족을 대표하는 작가 김학철 선생의 문학선집 시리즈가 단편소설선 『담배국』(오무라 마스오 편역, 新幹社 발행)으로 일본에서 첫선을 보였다.

단편소설선 『담배국』은 1946년부터 2001년 사이에 창작된 김학철의 단편소설 12편을 서울시대[「ムカデ(지네)」, 「亀裂(균열)」, 「たばこスープ(담배국)」], 평양시대[「勝利の記録(승리의 기록)」], 중국 북경 · 연변시대[「松濤(솔바람)」, 「軍功メダル(군공메달)」, 「靴の歴史(구두의 역사)」], 중국 연변시대[「戦乱の中の女たち(전란 속의 여인들)」, 「こんな女がいた(이런 여자가 있었다)」, 「仇と友(원수와 벗)」, 「太行山麓(태항산록)」, 「囚人医師(죄수 의사)」] 등 시대적으로 구분하여 묶었다.

편역자인 일본 와세다(早稲田)대학 오무라 마스오(大村益夫) 명예교수는 중국문학 연구학자인 동시에 일본을 대표하는 조선문학 연구학자다. 일찍이 도리쯔대학(都立大学) 대학원에서 중국문학을 전공한 그는 『중국의 사상 6』 중의 「열자」를 번역했다. 1985년 조선 민족시인 윤동주의 사적(事

跡)을 발굴·조사한 오무라 교수는 전체 조선반도의 문학에 대한 연구를 거쳐 중국 조선족문학에 이르기까지 60여 년의 연구 인생을 보내고 있다.

연구 인생에서 가장 영향을 많이 받은 작가 중의 한 명으로 김학철을 꼽는 오무라 교수는 일찍이 김학철 선생과 만나기 전인 1974년 「담배국」을 번역했고, 김학철 선생과의 만남을 이어가는 중이던 1989년 「구두의 역사」, 「이런 여자가 있었다」를 번역했다.

1985년 와세다대학 재외연구원으로 연변에 머물던 1년간, 열다섯 차례에 걸친 김학철 선생과의 대담을 기록하여 청취록 「김학철: 내가 걸어온 길」(2003)을 일본에서 발표했다. 동시에 「조선족 작가 김학철」, 「김학철: 그 생애와 문학」, 「해방 직후 김학철의 서울시대」 등 10여 편의 연구논문을 발표했다. 김학철 선생을 일본에 알리는 데 선구적인 역할을 한 오무라 교수의 연구 집념은 최근에 이르기까지 멈추지 않고 있다.

책 출판 계기에 대해 김학철 문학선집 편집위원회 사무국 담당인 시인 정장(丁章)은 "2017년 일본의 문학평론가이며 번역가인 아이자와 가쿠(愛沢革) 선생과 제가 연변을 방문했을 때 연변대학 김호웅 교수의 소개로 김학철 선생의 자제분인 김해양 선생을 만나게 되었는데, 그때 김학철 작품집 번역 출판에 대한 의뢰를 받게 되었습니다. 1년 후인 2018년 10월 일본의 김학철 연구분야 권위자인 오무라 교수와 리쯔메이칸대학(立命館大学) 정아영(鄭雅英) 교수의 협력을 허락받고 편집위원회를 발족하면서 일이 추진되기 시작했습니다"라고 밝혔다.

일본에서 처음으로 김학철 문학선집을 출판함에 있어서 김학철 소설의 작품성에 대한 도서출판 신칸샤 고이삼(高二三) 사장의 열정을 부인할 수 없다. 넉넉하지 못한 출판사 사정을 무릅쓰고 한국문학번역원의 번역 출판 지원을 받기까지 고이삼 사장의 노력이 지대했다.

김학철 문학선집 시리즈는 제2집 『20세기 신화』(아이자와 가쿠 역), 제3집 『격정시대 상』, 제4집 『격정시대 하』(정아영 역)가 앞으로 몇 년간 잇따라 출판될 예정이다.

김학철 문학은 시대의 증언에 대한 기록성이 특징이다. 문학창작을 비롯해 그가 걸어온 길과 그의 옹근 생애가 중국, 북한, 한국, 일본이라는 지정학적 범위를 뛰어넘어 세계유산이 된다(오무라). 이번 김학철 문학선집 출판을 계기로 김학철과 그의 작품들이 일본은 물론 전체 조선반도, 나아가 영어권 내에서 널리 확산되어감으로써 앞으로의 김학철 연구에 의미 있는 사료로 남을 것이다.

특별 인터뷰

신문기사

오무라 마스오와 조선족문학

길림신문 2017-03-07 발표

머리글

처음으로 오무라 마스오 교수님과 만나게 된 것은 2016년 10월 2일 도쿄 니혼대학에서 개최된 조선족연구학회(일본) 전국학술대회 취재 때였다.

오전 발표가 끝나고 휴게실에 들어갔을 때였다. 주최 측에서 정성 들여 배열해놓은 점심식사 자리의 제일 오른쪽 모퉁이에서 홀로 식사하고 계시는 교수님의 뒷모습이 눈에 띄었다. 중간자리로 모시려 했더니 거기가 편하다며 기어이 구석을 고집하셨다.

세상이 인정하는 그 유명한 업적과 어울리지 않을 정도로 말수가 적으시고 온화하고 겸허한 분이셨다. 나는 감히 명함을 드렸다.

"나하고 가까운 동네에 사네."

낮은 목소리와 함께 교수님께서도 명함을 주셨다.

그 말씀을 연줄로 전화와 메일을 드리게 되었고, 자택에도 여러 번 다녀오면서 오늘에 이르렀다.

오무라 마스오 교수님은 일본 와세다대학 명예교수이며, 일본에서의 중국문학연구 학자인 동시에 조선문학 연구학자이기도 하다. 일찍이 중국문학을 전공한 그는 전반 조선반도의 문학에 대한 연구를 거쳐 연변의 조선족문학에 이르기까지 60여 년을 쉼없이 지속적으로 달려왔다.

그는 일찍이 『중국의 사상 6』 중의 「열자」를 번역했으며, 조선의 민족시인 윤동주의 사적(事跡)을 지구상 최초로 발굴·조사한 연구자다. 동시에 조선의용군 최후의 분대장이며 중국 조선족을 대표하는 작가인 김학철 선생을 일본에 널리 알렸고, 김학철 문학을 파고들기 위해 긴 시간을 들여 이야기를 주고받은 김학철 선생의 마음의 벗이기도 하다.

그 열정과 인내, 세밀한 탐구는 세인을 감동시킨다.

"오무라 선생을 두고 사람에 따라서는 일본인이라는 당시로서는 썩 유리한 처지에 있었기에 가능한 업적이라고 말할 수도 있겠으나 윤동주의 유고와 육필을 조사·검토한 지구상 최초의 연구자라는 점에 대해 모종의 토를 달 사람은 아마도 없지 않을까 싶다."(문학평론가 서울대 김윤식 교수)

"오무라 교수는 냉철하고 진보적인 지식인의 자세로 '남북 등거리 문학 연구'에 매진하는 유일한 존재이며, '진지한 학자이며 원만한 인격자요 진보적인 지식인'이라는 삼위일체로 조선민족 문학을 연구하는 외국인으로서는 그 어느 누구에게도 뒤지지 않는다."(한국 문학평론가 중앙대 임헌영 교수)

중국문학 전공

오무라 선생은 1933년 5월, 도쿄 도시마구(豊島区)에서 동요 시인이던 아버지 오무라 가즈에(大村主計) 씨와 어머니 구니에(くにゑ) 씨의 셋째 아들로 태어났다.

제2차 세계대전이 한창이던 초등학교 시절에 도시부의 아이들을 집단적으로 농촌에 이동시켰던 학동소개(学童疎開)도 겪은 그는 독일문학가 헤르만 헤세를 숭배하는 문학소년 시기를 보냈다.

1953년 당시 신문기자였던 아버지의 뜻대로 와세다대학 제1정치경제학부 정치학과에 입학했다. 앞으로의 삶을 보장받을 수 있도록 강경하게 추천하는 아버지의 의견을 받아들이긴 했지만, 정치학에 대한 실망을 느끼고 있던 청년 마스오였다.

그 즈음에 중국 사상사(中国思想史) 학자인 안도 히코타로(安藤彦太郎) 교수를 만나게 되면서 중국어를 배우기 시작했다. 그때가 그의 연구 인생에서 작은 전환점이기도 했다.

아시아 일각에서의 중국 정치와 문화에 대해 흥취를 갖게 된 오무라 선생은 일주일에 세 번씩 구라이시(倉石) 중국어 강습회에 참석하면서 2년간 중국어 공부에 몰두했다. 정치경제학부임에도 오로지 중국어와 중국문학에만 열중했다.

1957년 와세다대학을 졸업하고 도쿄 도리쯔(都立)대학 인문과학연구과에 중국문학 전공 석사로 입학한 오무라 선생은 "청조 말기 사회소설 연구"를 시작했다. 그때부터 「'노잔유기(老残遊記)'에 대한 장필래의 평가」(평론), 「노신 '인류의 역사'」(번역해설), 「중국부녀운동사의 한 페이지: 추근사적(秋瑾史蹟)」(서평), 『중국의 사상 6』「열자」(번역), 「청말사회소설 연구(清末社会小説研究)」상·중·하(논문), 「중국어 교육의 문제점」(논문) 등 수십 편을 발표했다.

청나라 말기의 견책소설 『노잔유기(老残遊記)』에 연구중심을 두면서 같은 시기에 무술정변으로 일본에 망명한 청나라 말기 사상가인 양계초(梁启超)에게 관심을 두기 시작했다. 특히 양계초가 일본 망명 시기, 일본의 정치인이며 소설가인 도카이 산시(東海散士)의 정치소설 『가인의 기우(佳人之奇遇)』를 번역하기 시작한 시대 배경과 번역 과정, 중도에 번역을 중단한 원인 등에 대한 연구를 진행하는 과정에서 그는 몇 가지 점을 발견했다.

『가인의 기우』는 서구제국주의에 직면한 아시아 약소국가들의 공통된 위기의식을 보여주면서 약소국가들 사이의 연대의식도 반영한다. 전 16권 중 10권까지는 약자들의 저항 이야기가 담겨 있다. 양계초가 번역을 시도한 것도 망국의 슬픔, 인종차별에 대한 투쟁 등의 이야기에 감명을 받았기 때문이고, 아시아의 연대감에서 시작된 도카이 산시와 비슷한 정치 입장이 있었기 때문이다.

하지만 10여 년에 걸쳐 쓰인 소설은 그사이 국제정세의 변화와 더불어 작가의 논조에도 변화를 가져왔다. 후반에 이르러 소설은 조선반도에 대한 의론과 갑오전쟁 후의 3국간섭에 대한 의론이 작품의 주축이 되면서 자유민권론자이던 작가가 국권주의론자로 변신하게 된다. 동시에 작가인 도카이 산시가 조선왕조 민비(명성황후) 시해 사건을 추진한 중심인물이 되어버리고, 조선에서의 중국 세력을 배제하고 조선을 일본의 것으로 만들어야 한다고 주장하게 된다.

그쯤에서 양계초는 붓을 꺾고 "도카이 산시가 조선은 일본의 것이라고 주장하고 있지만 그것은 착오다. 조선은 오래전부터 우리나라를 종주국(宗主國)으로 여기고 있다"라는 코멘트를 달고 번역을 중단하게 된다.

연구과정에서 오무라는 양계초의 『가인의 기우』가 충실한 번역이 아니라 내용상 생략과 개작이 존재한다는 점을 발견하게 되었으며, 번역 하나를 문제 삼는다 해도 조선, 중국, 일본 3개국의 사회 상황과 그 연관 속에서 연구해야 한다는 점을 느끼게 되었다. 또한 약소민족의 연대와 적대, 즉 조선을 속국시하려는 점에서 도카이 산시와 양계초 양자의 공통점과 대립면을 발견하게 되면서 조선에 관해 아무것도 모르는 자신을 발견하게 된 오무라는 "그 시대, 당사자였던 조선 사람은 어떻게 생각했으며, 어떤 생활을 하고 있었을까?"라는 점이 궁금해지기 시작했다.

조선문학 연구

조선을 모르면 중국도, 일본도, 세계도 이해할 수 없다는 결론을 내린 오무라는 아시아의 문화와 역사가 새로운 관점에서 연구되어야 한다는 생각에 중국문학과 동시에 조선문학을 연구하기로 마음먹었다. 그것이 오무라의 인생에서 큰 전환점이 될 줄을 그때 자신도 몰랐다.

그의 연구 방식이라 할까. 중국문학을 연구하려면 우선 중국어를 익혀야 하고, 조선을 알고 조선의 역사와 문학을 연구하려면 또한 조선어를 배워야 했다. 석사공부를 갓 시작한 1957년 여름, 그때 일본에는 조일사전도 없었다. 학교 안팎에서 조선어를 배울 수 있는 곳을 찾지 못하여 한영(韓英)사전을 무기로 자습했던 그는 시나노마치(信濃町)에 있는 재일 조선인 총연맹유학생동맹을 찾아갔다가 거절당하고 말았다.

그 이듬해 4월, 오무라는 재일 조선청년동맹 도쿄지부 야간학교에 다닌 유일한 일본인으로 '아야어여'를 배우기 시작했다. 조선어와 음악, 역사 등 일주일에 네 차례의 야간수업을 받을 수 있었다. "일본놈이 왜?"

재일교포들을 위한 청년동맹인만큼 뜬금없이 찾아온 일본 청년을 보는 눈길들이 곱지 않았다. 간첩이 아닌가 하는 의심도 받았다.

하지만 문턱을 넘은 것만으로도 다행이던 그 시절에 눈길 따위는 두려운 것이 아니었다. 결국 제주도에서 온 음성학 전문가인 박정문 선생님의 교실에 마지막까지 남은 세 학생 중의 한 명으로 열심히 조선어를 배웠다.

1961년 고등학교에서 교편을 잡으면서 박사공부를 계속한 오무라 선생은 아키코 부인과 결혼했다. 연암 박지원의 『열하일기』를 원문으로 읽는 것을 목표로 삼은 그는 아들이 태어나면 이름을 '지원'이라 짓자고 부인과 약속했다고 한다.

1962년 3월 도쿄 도리쯔대학 박사과정을 마친 오무라 선생은 1963년부터 2004년 정년퇴직할 때까지 와세다대학 어학연구소, 와세다대학 제1ㆍ제2 법학부에서 중국어와 조선어 전임강사를 맡으면서 중국문학과 조선문학에 대한 연구활동을 계속했다.

그는 최서해의 『탈출기』(상ㆍ하), 조명희의 『낙동강』(상ㆍ하), 윤세중의 『빨간 신호탄』, 『김일성의 문예에 관한 논문 ①~④』 등을 번역했고 「해방 후의 조선문학」, 「1920년대의 조선문학」, 「조선초기 프로레타리아 문학: 최서해의 작품들」, 「2차 세계대전하의 조선의 문화상황」 등 논문 수십 편을 발표했다.

20년 전까지 일본에서 조선 근대문학을 연구하는 연구자는 4~5명에 지나지 않았고, 현재도 20여 명에 지나지 않는다. 중국문학에 비해 조선문학은 연구자가 적었을 뿐 아니라 책자 출판도 어려운 소외된 분야였다. 어려운 상황이었던 1970년 12월, 오무라 선생 주관하에 관련 책자 『조선

문학: 소개와 연구』가 창간되었다. 조선문학에 한해서는 아마추어인 5명의 순수 일본인의 힘으로 출판됐다.

창간호를 낸 후 독자들의 의외의 반향에 대해 쓴 오무라 교수의 글 『기쁨과 당혹과』에는 이렇게 적혀 있다.

> "… 따뜻한 격려의 말씀에 깊이깊이 머리를 숙인다. 그러면서도 '여기에 인간의 사랑과 일본인의 양심이 있다'든가, 이 잡지의 창간이 '현대 일본문학사상 하나의 사건'이라는 말씀까지 들으면 '잠깐만, 우리는 안 그래' 하며 도망가고 싶어진다. 때로는 등에 지워진 책임의 막중함에 견딜 수 없다고 느낀 적도 있다. 우리의 힘은 보잘 것없다. 그러나 그와 동시에 초라한 우리가 그러한 기대를 받지 않으면 안 될 정도로 지금까지 일본인이 아무것도 한 일이 없다는 무서운 사실을 새삼스럽게 깨닫게 되는 것이다. 조선인 여러분의 말씀은 우리에게는 감언이 아니라 어떤 의미에서는 잔혹한 채찍이다. 정신을 똑바로 차리라고 엉덩이를 내리치는…."

이때부터 "백두산 이남에서 현해탄에 이르는 지역에서 살았던, 또는 살아가고 있는 민족이 낳은 문학을 대상으로" 조선과 한국의 등거리 문학 연구에 매진하기 시작한 오무라 선생은 조선반도의 민족·민중 전체를 바라보면서 진정한 문학작품의 가치와 민족역사의 의미에 대한 연구를 줄곧 멈추지 않았다.

『사랑하는 대륙이여: 시인 김용제연구』, 『시로 배우는 조선의 마음』, 『조선 근대문학과 일본』, 『조선의 혼을 찾아서』, 『제국주의와 민족주의를 넘어서』 등 주요 저서들에 조선민족 문학에 대한 오무라 선생의 순수한 애착과 깊은 연구로 얻은 성과가 기록되어 있다.

윤동주에 대한 지구적인 연구

"오무라 교수는 저항시인 윤동주의 존재를 처음으로 우리 연변에 알려준 사람이다. 윤동주는 일찍부터 세상에 널리 알려진 시인이며 연변 태생이고, 그의 묘가 연변에 있었는데도 우리는 여태껏 모르고 있었다. … 사실 그때까지 우리 연변에서 윤동주를 아는 사람이 없었다. … 나도 기실 오무라 선생이 나에게 준 윤동주의 시집 『하늘과 바람과 별과 시』를 읽고 나서야 처음으로 알았다."(연변대학 전임 부총장 정판룡)

조선문학을 연구하면서 일찍이 연변(간도)을 취급한 작가 최서해, 강경애 등의 작품에 반하여 일본어로 번역·출판하게 된 오무라 선생은 언젠가 연변에 가보는 것이 꿈이었다. 연변에 가서 그 작품들에서 나오는 풍경을 눈으로, 피부로 직접 접하고 싶었다.

연변에 가기 위한 수단으로 1984년 오무라 선생은 와세다대학에 신청하여 연변과 가까운 동북사범대학에 일어교원으로 가기로 했다. 그 직후 연변대학에서 유학생을 받아들인다는 소식을 접한 그는 동북사대 일어교원을 포기하고 연변대학에 유학을 신청했다. 그리하여 전례가 없었던 일이 벌어졌다. 일본 와세다대학 교수가 조선족문학을 배우겠다고 유학생으로 들어왔고, 유학비용 대신 연변대학 일어학부 학생들에게 일본어를 가르치게 되었다. 상상에 그쳤던 연변의 땅을 직접 밟을 수 있는 1년간의 기회를 그렇게 잡게 되었다.

연길로 떠나기 전인 1984년 12월 말의 어느 하루, 당시 도쿄대학에서 재외 연구 중이던 윤동주의 동생 윤일주(성균관대학교 건축공학과) 교수를 만났다. 오무라 선생의 연변행 소식을 접한 윤일주는 형님의 묘소를 찾아달라고 간절히 부탁했다. 그는 40여 년 전의 기억을 더듬으며 형님 동주의 무덤을 찾을 수 있는 간단한 지도를 그려주었다.

당시 중국과 한국은 국교가 없었다. 윤동주의 남동생 윤일주와 여동생 윤혜원이 이미 오래전에 용정을 떠났고, 막내동생 광주도 젊었을 때 타계한 탓에 자유롭게 용정에 드나들 수 있는 친족이 없었다. 그런 형편에 유가족의 부탁을 받은 오무라 선생은 깊은 책임감을 느끼게 되었고, 윤동주 사적조사에 의욕을 갖게 되었다.

1985년 4월 12일 연길에 도착하고 나서 며칠 후 윤일주가 알려준 그의 친구에게 윤동주의 묘소를 찾아달라고 부탁했다. 이미 1985년 2월에 개방되어 외국인도 자유롭게 다닐 수 있었던 연길시와 달리 동주의 묘지가 있는 용정현은 외국인이 마음대로 다니지 못하는 곳이었다.

훗날 윤동주 묘소를 발견하지 못했다는 연락을 받은 오무라 선생과 아키코 부인은 없으면 없는 대로 직접 확인하려고 연변대학에 부탁했다. 그해 5월 14일, 당시 연변대학 민족연구소 소장이던 권철 부교수와 연변대학 조선문학 교연실 주임 이해산 강사와 함께 용정중학교 사회과 한생철 선생을 찾아 동행을 부탁했다.

묘지라기보다 산 자체였다. 조선의 회령으로 이어진 구릉 여기저기에 흙더미나 묘비가 보일 듯 말 듯 흩어져 있었다. 산 밑에서 지프차로 20분 정도 올라갔다. 윤동주의 무덤은 길가에서 조금 내려앉은 곳에 있었다.

> "황폐한 원야에 우두커니 남쪽을 향해 서있는 비석에 '시인 윤동주지묘'라고 새겨져 있었습니다. 그것을 보는 순간 뭔가 말할 수 없는 것에 목이 꺽 메이는 것 같았습니다. 당시 가족은 이미 윤동주를 시인으로 인정한 것입니다."

당시의 심정을 말하는 오무라 선생의 얼굴에는 그때의 감격이 그대로 새겨져 있었다.

1985년 5월 14일, 사상 최초로 시인 윤동주 묘비가 발견되는 순간이었고, 민족시인 윤동주가 연변에 알려진 순간이었다. 며칠 후인 5월 19일 연변대학의 여러 선생과 연변민속박물관의 심동검 관장, 연변박물관 정영진 관장 등 일행 9명이 윤동주 묘소 앞에서 제사를 올렸다. 두만강에서 잡은 송어에 조선산 명태를 더하고 박물관의 제기를 사용하여 순수 조선민족 제사를 올렸다. 그 후 당시 연변박물관 관장이던 정영진 씨에게 의탁하여 묘비의 탁본을 만들었다.

국교 때문에 형제의 무덤을 찾지 못하는 유가족의 부탁을 어깨에 짊어진 오무라 선생은 믿음이 가는 확답을 주고 싶었다. 유감스럽게도 묘비를 발견했다는 소식을 직접 만나서 전하지 못하는 사이 윤일주 씨는 그해 겨울에 세상을 떴다.

그리고 연변의 문학자들도 전혀 몰랐던 윤동주와 그의 작품 10편이 1985년 연변문학예술연구소에서 출판한『문학과 예술』제6기(11월 13일 발행)에 처음으로 소개되었다. 사실상 묘비와 생가에 대한 지구상 최초의 발굴에 그치지 않은 윤동주 문학에 대한 지속적이고 밀도 있는 오무라 선생의 탐구가 그때부터 시작되었다.

1985년 4월부터 1년간 연변에 체류하는 동안 오무라 선생은 그때까지의 선행연구 결과와 현지 중국 여러 곳의 협력을 받으면서 윤동주에 대한 '사적'조사와 연구를 진행했다. 오무라 선생은 중국, 특히 연변의 현대화가 가속화됨에 따라 윤동주 사적조사의 필요성과 절박성을 느끼게 되었다고 한다. 현재 알려져 있는 윤동주의 생가를 비롯한 여러 가지 윤동주의 발자취가 바로 그때의 조사에 의해 세상에 알려진 것이다. 그때까지 윤일주 씨가 정리한 윤동주 연보에는 명동소학교를 졸업한 후 1년간 중국인 소학교에 다녔다고 되어 있었는데, 묘지 발견에 의해 화룡 현립 제1소학교 고등과였다는 것이 밝혀졌다.

1985년 가을에 오무라 선생이 쓴「시인 윤동주의 묘를 참예하며」가『계간 삼천리』(일본)에 발표되었고 윤동주 생가 자리, 그가 다녔던 명동학교, 은진중학교, 광명중학교 옛터, 광명중학 시절의 학적부, 연변의 친척과 아우 광주에 대한 조사, 윤동주의 학창 시절 스승들과 선후배들에 대한 조사 결과가 1986년 10월에 오무라 선생이『조선학보』(일본) 121호에 발표한 논문「윤동주의 사적에 대하여」에 상세하게 기재되었다.

윤동주에 대한 연구를 시작할 때의 심경을 발표한 어느 글에서 오무라 선생은 이렇게 적었다.

"김소월이나 이육사 시는 판본 비교연구가 있는 데 반해 윤동주의 경우 그것이 없는 것은 왜일까. 윤동주 같은 민족시인에 대한 연구성과 중에 그 기초자료의 음미와 관련된 것이 거의 포함되어 있지 않다는 것은 좀 이상하다는 느낌이 든다. 윤동주가 워낙 거대한 존재이니 그의 사상성이나 문학성에 대한 연구가 급선무이며, 기초연구는 뒤로 미뤄도 된다는 사연이 있었기 때문인지도 모르겠다."

이것이 곧 오무라 선생이 윤동주 시의 기초연구에 몰두하게 된 계기다.

1986년 여름, 오무라 선생과 아키코 부인은 한국에 가서 윤일주 씨의 부인 정덕희 여사와 윤인석 씨를 비롯한 세 자녀를 만났다. 오무라 선생에 대한 감사의 마음을 표하기 위해 정덕희 여사는 윤동주의 육필 원고 일부를 보여주었다. 가족에 의해 힘겹게 보관해온 시의 원본, 육필 원고들은 윤동주의 동생 윤일주 씨와 정병욱 씨의 여동생 정덕희 여사가 결혼한 후 줄곧 안방 깊숙이 보관해왔다. 그런 친필원고와 원고노트를 학자로서는 처음으로 오무라 선생이 보았다.

윤동주의 친필원고는 정덕희 여사가 보관하고 있었고 복사본을 한 부씩 세 자녀에게 주었는데, 그 복사본을 복사한 한 부를 오무라 선생이 받게 되었다. 하지만 "혹시 이것에 대해 글을 발표하더라도 한국인 학자가 발표한 후에 해달라"는 유가족의 간절한 부탁이 따로 있었다.

일본인에 의해 먼저 연구되고 발표되는 일이 없기를 바라는 윤일주 부인의 간절한 바람이고 강렬한 요구였다. 그때를 돌이키며 윤일주 씨의 아들 윤인석 씨는 이렇게 적었다.

"오무라 선생은 어머니의 말씀을 충분히 이해하시고 오랜 세월 동안 인내해주셨다. 그러면서 우리 가족을 만날 때마다 귀중한 자료를 잘 보관하고 여러 가지 방법으로 복사해놓으라 하셨다."

사실 그때까지 윤동주의 친필원고를 접한 학자는 없었다. 좀 더 구체적으로 말하면 윤동주 시집 외에 원본을 보고 싶은 사람이 없었다 해도 과언이 아니다. 하지만 유가족은 원본을 연구하고 싶다고 나서는 민족학자를 기다리기로 마음먹었던 것이다.

유가족과의 약속으로 10년 동안 오무라 선생의 연구는 원본 연구가 아닌 판본 연구에 머물렀다. 윤동주 원고의 전면 공개가 언젠가는 실현될 것이라 기원하면서 직필 원고를 보았다는 사실조차 숨겨야 했다. 「『하늘과 바람과 별과 詩』의 판본 비교연구(1948년 초판, 1955년 재판, 1976년 제3판에 대한 비교)」가 바로 그때 발표된 논문이다.

1996년 드디어 원본 연구에 의욕을 보인 한국인 학자 단국대학교 일문과의 왕신영 교수가 나타났고, 오무라 교수와의 만남이 이루어졌다. 정덕희 여사는 목숨처럼 보관해온 가보(家宝)를 세상에 공개하는 것에 대해 망설였다. 그때도 오무라 선생은 이미 형성된 믿음의 공간과 마음으로 설득했다.

드디어 『(사진판) 윤동주 자필 시고전집』을 출판할 계획이 세워졌다. 오무라 선생의 추천으로 한국문학 전공자 심원섭 선생도 함께한 3년간의 고생스러운 작업 끝에 1999년 3월 1일 제1판이 세상에 나오게 되었다.

"1996년 여름방학과 겨울방학, 1997년 여름방학, 1998년은 연

구년으로 이 일을 위해 오무라 교수님 내외분이 한 달 이상씩 한국
에 머무셨고, 그 숙소를 작업장으로 제공하셨다."

『(사진판) 윤동주 자필 시고전집』(후기)에 감사의 마음을 적은 윤동주의
조카 윤인석 씨의 글이다.

그 후 오무라 선생은 「윤동주 연구의 몇 가지 문제점」, 「윤동주 시의
원형은 어떤 것인가」, 「윤동주의 '서시'에 대하여」, 「윤동주의 3형제의 시
에 대하여」, 「동주에 대한 공화국의 평가」 등 수십 편의 논문을 발표했고,
저서 『윤동주와 한국문학』을 출판했다.

일찍이 오무라 선생은 체포 당시 몰수당했던 윤동주의 일기와 메모
를 찾기 위해 지인 변호사를 통해 교토(京都)지방재판소를 찾았다. 아쉽게
도 일기와 메모는 없어지고 이미 사진으로 세상에 공개된 윤동주의 재판
기록만 남아 있었다. 이미 없어져도 무방할 재판기록을 지인 변호사의 도
움으로 복사하여 세상에 공개하기까지 오무라 선생의 밀도 있는 연구는
계속되었다. 그때의 일을 떠올리면서 "윤동주에 대한 연구는 많은 사람들
에 힘입었습니다. 나 혼자만의 연구가 아닙니다"라고 주변의 일본인에 대
한 감사의 마음을 내비쳤다.

오무라 선생은 윤동주 연구의 방향에 대해 "윤동주는 일본문학과 일
본어를 통해 수용한 서구문학으로부터 영양을 흡수하면서 목숨을 내걸고
일본제국주의와 대항하는 길을 걸었다. 윤동주에 관한 본격적인 연구는
한국의 국문학자가 중심이 되어 진행하는 것이 당연한 일이지만 조선, 일
본 그리고 윤동주가 태어나서 자란 중국 연변과의 공동연구, 나아가서는
종교학, 미학, 역사학, 철학, 독일문학, 프랑스문학 등 전문가들의 공동연

구도 필요할 것이다"라고 지적했다.

오무라 선생은 시종일관 조선민족문학의 범위에 한국, 북한, 나아가 중국 조선족문학이 포함되지 않으면 안 된다는 견해를 갖고 있다. 분단문학의 대등거리에 서서 김사량, 이기영, 김조규 등 조선문학계 작가들에 대해 긍정적이고 애정 어린 연구를 해온 그는 접촉의 제한을 받은 많은 한국인 학자들이 조선문학을 이해하고 연구하는 데 큰 도움을 주었다. 그는 한국과 북한, 나아가 중국과 일본 등 아시아 지역 사이의 조선민족문학의 경계선을 허물어온 분이시다.

그럼에도 오무라 선생은 일찍이 '역사의 아이러니'설에 휘말려들었다. 다시 말하면 일제 침략하에 숨진 윤동주의 무덤이 하필이면 일본인에 의해 발견되었다는 사실에 대한 한국언론과 학자들의 안타까움이었다. 긍정과 인정과 감사가 쉬이 나올 수 없었던, 오랫동안 역사의 아픔을 동반한 평가를 받아왔다.

윤동주의 묘지가 발굴된 지 몇십 년 세월이 흘렀다. 처음 조선말을 배우려고 찾아갔을 때 들었던 "일본놈이 왜?"라는 말에 점점 익숙해진 오무라 마스오 선생이다. 세상의 눈빛과 상관없이 한마디의 반박도 시도하지 않고 시종 연구에 몰두하면서 사심없이 연구성과를 공유해온 그에게 "일본인이 먼저 발견했다고 하여 그를 미워해서는 안 된다"는 국민대학 장백일 교수를 비롯한 한국인 학자들의 진심 어린 말이 들려오기 시작했고, 거기에 불평을 내뱉는 이들은 거의 없어졌다.

현대 조선족 문단의 이정표인 김학철 선생과의 인연

　1974년, 오무라 선생은 현대조선문학연구의 일환으로 김학철 선생의 단편소설 「담배국」을 번역하게 되었다. 「담배국」은 김학철 선생이 1945년 한국에 거주하면서 조선독립동맹 서울시 위원으로 활동하는 한편 문학 창작 활동을 활발히 전개하던 시기에 쓴 단편소설이다.

　소설이 번역되고 나서 10년이 지난 1985년, 연변에 도착한 지 두 달이 지난 6월 중순쯤의 어느 날이었다. 정판룡(이미 작고, 당시 연변대학 부총장) 선생을 만난 오무라 선생은 "김학철 선생이 연변에 계십니까? 꼭 만나 뵙고 싶습니다"라는 부탁을 했다. 연변에 가고 싶은 이유 중의 하나였던 김학철 선생을 하루 빨리 만나고 싶었던 것이다.

　며칠 후 한밤중이었다. 손님이 찾아오셨다는 주인집 가정부 아주머니의 목소리에 현관으로 내려간 오무라 선생 부부는 그만 그 자리에 굳어 버렸다. 조선의용군 최후의 분대장이며 중국 조선족문단의 노장인 김학철 선생이 아무 연락도 예고도 없이 오무라 선생을 만나러 오신 것이다. 그것도 누구의 배동도 없이 홀로…. (홀로 다니는 법이 거의 없으시다고 후에 김학철 선생 사모님께서 알려주셨다.)

　'조선족의 노신'으로 불려도 손색이 없을 정도로 적나라하고 명실상부한 글을 쓰시는 분이 너무나 감상적이고 자상하셨다. 놀랍게도 김학철 선생은 오무라 선생을 알고 있었다.

　실은 그해 4월, 오무라 교수 내외는 연길로 가는 도중 북경에서 며칠 묵었다. 그때 소문을 듣고 찾아온 미국 VOA방송국 기자와 인터뷰를 한 적이 있었는데, 10분간의 인터뷰에서 연변에 가게 된 동기에 대해 이야기를 나누었다. 물론 김학철 선생에 대한 이야기도 나왔다. 방송으로 그 10분간의 인터뷰를 들은 김학철 선생은 오무라 선생이 연변에 오면 만나게 되리라고 믿고 있었던 것이다.

첫 만남임에도 이야기는 2시간 이상 계속되었다. 김학철 선생은 유창한 일본어로 대화했다. 다행이었던 것은 중국어에 능하고 중국 역사와 중국문학에 대한 풍부한 지식을 갖고 있던 오무라 선생이었기에 단락단락 이어지는 김학철 선생이 걸어온 길에 대해 충분히 이해할 수 있었다. 이야기가 끝날 무렵 오무라 선생은 연변에 체류하는 동안 선생의 인생 이야기를 상세하게 들려주실 것을 부탁했다. 김학철 선생은 흔쾌히 승낙해주었다.

그때의 일을 아키코 부인은 이렇게 회억했다.

"일본군에 의해 한쪽 다리를 잃으신 분이 그렇게 친절하고 유쾌하게 우리를 받아주실 줄은 꿈에도 생각하지 못했어요. 그림에 대한 이야기며, 음악에 대한 이야기며, 아름다운 여성에 대한 조크며…. 그분의 감성의 근원은 어디일까요…. 너무 갑작스러운 방문이어서 녹음을 못 한 것이 얼마나 후회스럽던지 몰라요."

그날 저녁, 김학철 선생이 집에 돌아가실 무렵이었다. 현관에 나선 오무라 선생은 당황했다. 왼쪽 구두가 없어진 것이다. 아무리 찾아도 없었다. 조급해하는 그 모습을 보고 김학철 선생은 시치미를 떼고 한참 구경만 하다가 허허 웃었다.

"난 신을 사도 옹근 한 켤레 값을 내고 한쪽만 갖고 온다니까…."

이것이 바로 그 유명한 '구두 한쪽 이야기'다.

오래전부터 김학철 선생의 문학세계를 사랑한 오무라 선생은 그날 이후로 그의 신상에 대해 너무나 허물없이 이것저것 물을 수 있었다. 근 열 달 동안 오무라 선생과 아키코 부인은 거의 매주 김학철 선생의 저택으로 찾아가 이야기를 나누었다.

한국 원산과 서울에서 지낸 소년 시절, 상해와 남경에서의 생활, 신사군과 팔로군에서의 생활, 해방 직후 서울에서의 생활, 조선민주주의인민공화국에서의 기자 생활, 연변에서 겪은 고난의 생활 등 너무나 생생한 이야기들이었다. 대부분 눈물 없이는 들을 수 없는 이야기였다. 60분짜리 카세트테이프 A, B면에 전부 녹음하면서 파란곡절의 인생 이야기와 더불어 김학철 선생의 마음의 외침을 육성으로 남겼다.

「담배국」을 번역하면서 작품의 유머적 수법에 끌렸다는 오무라 선생은 눈물 없이는 들을 수 없는 파란 많은 인생 이야기를 농담과 웃음으로 엮어가는 김학철 선생의 모습에 '유머로 양조(釀造)'하는 소설의 풍격이 어디에서 오는지를 알았다.

1986년, 오무라 선생 부부가 일본으로 돌아오기 직전에 김학철 선생은 23년간의 풍상을 겪은 장편소설 『20세기의 신화』의 원고를 보여주었다. 오무라 선생은 깜짝 놀랐다. 내용도 내용이지만 일본어로 된 제1부가 동시에 완성되어 있었다. 다시 말하면 『20세기의 신화』는 일본어판도 준비되어 있었다.

거의 1년간 김학철 선생 가족과의 왕래는 오무라 선생 부부에게 잊

을 수 없는 추억을 남겨주었다. 연길을 떠나기 전 김학철 선생에게 부탁이 없으시냐고 물었더니 선생은 오르골, 그것도 「황성의 달(荒城の月)」이 담겨 있는 오르골이 있으면 보내달라고 했다.

항일전쟁 시기 일본군의 기세를 떨어뜨리려는 목적으로 밤마다 일본군을 향해 대적방송(対敵放送)을 하곤 했는데, 조선의용군 병사들이 일본어에 능한 까닭에 그 일을 맡게 되었다. 그때 자주 방송했던 일본의 유행가가 「황성의 달」이었다. 항일전쟁의 피비린내 나는 역사의 한 페이지기도 한 일본의 유행가요였지만, 전쟁을 떠나서 그 노래의 선율이 김학철 선생의 마음에 들었던 것이다. 그 후 오무라 선생의 딸 미치노(三千野) 양이 석사공부차 북경대학에 갔을 때 오르골을 전해드렸다. 그때 오르골에서 흘러나오는 「황성의 달」을 들으면서 김학철 선생이 무척 기뻐하셨다는 이야기를 전해 들었다면서 오무라 선생은 그 노래의 선율을 콧노래로 들려주셨다. 김학철 선생을 떠올리는 모습이었다.

1989년 오무라 선생은 김학철 선생의 단편소설 「구두의 역사」와 항일전쟁을 제재로 한 「이런 여자가 있었다」를 번역 출판했고, 이어서 평론 「기구한 역사를 산 작가 김학철 선생」, 「조선족 작가 김학철」, 「김학철: 그의 인격과 작품」을 발표했다. 2003년에는 드디어 김학철 선생과 나눈 대화기록을 활자화한 『김학철 선생의 발자취』가 일본에서 출판되었다. '반우파투쟁과 「20세기의 신화」', '김일성', '항일전쟁과 조선의용군', '신사군에서 팔로군으로', '팽덕회', '황포군관학교', '부상, 구속', '김사량', '서울시대', '평양시대', '조선전쟁', '북경에서 연길로', '연길시 58년 이후', '중국작가협회 연변분회' 등 31개의 소제목으로 구성된 『김학철 선생의 발자취』는 조선의용군 최후의 분대장이며 조선족 문단의 노장인 김학철 선생이 걸어온 험난한 길에 대한 실록으로 남게 되었다. 그 후 일본에 오신 김학철 선생을 초청하여 와세다대학에서 강연회를 여는 등 오무라 선생을 통해 일본에서 김학철 선생이 널리 알려졌다.

40여 년 만에 다시 일본 땅을 밟았을 때 김학철 선생은 "내 한쪽 다리는 이미 일본의 흙이 되었습니다"라고 하시면서 옛일을 떠올렸다고 한다. 김학철 선생은 태항산에서 팔로군 내의 조선의용군 일원으로 싸우던 중 1941년 다리에 탄알을 맞고 의식을 잃은 채 일본군에 잡혀 나가사키로 압송되어 사상범으로 징역 10년 판결을 받았다. 그때의 일을 돌이키면서 김학철 선생은 제때 치료받지 못하여 염증으로 시달리던 때 다리를 절단해준 일본인 의사가 고마웠다는 말씀도 하셨다. 전쟁의 잔혹함과 더불어 인간애를 기억하시는 김학철 선생의 인간성에 크게 반한 오무라 선생은 연구활동 이외의 사적인 교류도 끊지 않았다. 거의 해마다 연길에 가서 만나뵙곤 했고, 한국에서도 여러 번 만났다.

오무라 선생 부부가 한국에 체류했던 때의 일이다. 마침 한국 국무총리의 초청으로 한국에 가신 김학철 선생이 국립묘지 참배를 거절한 동시에 신변보호를 해주는 호화로운 호텔을 거절하고 파고다공원 뒤 골목의 허름한 여관에 머무르신다는 말을 듣고 찾아간 적이 있었다. 손님이 찾아왔다는 소리에 김학철 선생은 필경 마스오 선생일 것임에 틀림없다고 말씀하셨다 한다.

두 분과 두 부인은 한국 삼류 여관 이웃방에서 일주일 동안 같이 머물면서 많은 이야기를 나누었다. 담배와 술을 모르시고 불합격 남편이라는 점에서 너무 비슷한 두 분, 그리고 그런 두 분을 위해 팔다리가 되고 가장 믿음직한 조수가 된 두 부인 사이의 우애는 세인이 추측할 수 없이 깊었다.

김학철 선생과 마지막으로 만난 것은 2001년 9월 14일(금요일)이었다. 돌아가시기 직전이었다. 위독하시다는 소식을 듣고 선생 댁을 찾았다.

"나 정판룡 선생과 죽음시합을 하는 모양이오…." (당시 정판룡 선생님도 병환 중이셨다.)

"이 시합에서는 지는 것이 이기는 것입니다."

두 분이 여태껏 하시던 대로 농담을 주고받았다고 한다.

"이 손으로 얼마나 많은 글을 쓰셨습니까?"

병환 때문에, 게다가 연일 단식으로 마른 선생의 손을 잡으면서 한탄하는 오무라 선생을 보고 김학철 선생이 마지막으로 하신 말씀이 "いい男だね~(멋있는 남자야)"였다.

그동안의 우애를 두고 오무라 선생에 대한 최대의 평가를 주셨다.

「담배국」으로 시작된 김학철 선생에 대한 동경의 마음은 그 후 15년을 꾸준하게 이어온 만남과 두 분 사이에 오간 수많은 서신을 통해 공경의 마음으로 진화되었다. 거의 10개월 동안의 대담을 통해 녹음기의 'on', 'off'를 거듭하면서 나누었던 수많은 이야기, 'off'일 때의 두 분만의 세계는 누구도 알 수 없는 것으로 영원히 남을 것이다. 두 분은 믿음을 바탕으로 정을 주고받은 마음의 친구였다.

오무라 선생은 2017년 8월 뉴질랜드에서 열리는 제13회 국제고려학회에서 발표할 김학철 선생에 관한 논문 준비에 바쁘셨다.

"김학철 선생에 대한 연구를 계속하는 이유는 무엇입니까?"

"그분의 인간성과 작품에 매료되었기 때문입니다. 조선족으로서 중국 혁명에 평생을 바친 그는 높은 윤리성을 바탕으로 하는 사회주의 실현을 위해 한평생을 바쳤습니다. 김학철 선생은 '인간의 얼굴을 가진 사회주의'를 목표로 했습니다."

"일본에서의 김학철 연구는 어느 정도 진행되고 있습니까?"

"리쯔메이칸(立命館)대학 정아영 교수를 비롯한 분들이 연구하고 있습니다. 사실 조선족연구학회에서 최근 김학철 선생에 대한 토론이 진행되는 것에 놀랍기도 하고 기쁘기도 했습니다. 계속 이어지길 원합니다."

"앞으로 김학철 문학연구에 의욕이 있으시다면?"

"『항전별곡』을 일본어로 번역하려 시도했는데, 모종의 원인으로 아직 실현하지 못하고 있습니다. 중국어, 한국어 그리고 풍부한 중국 근대역사 지식을 필요로 하는 책입니다. 방대한 작업일지라도 시도해보고 싶습니다."

김학철 선생 문학의 가장 큰 특색을 '시대의 증언에 대한 기록성'이라고 보는 오무라 선생은 "선생께서 걸어온 길, 문학 창작을 비롯한 선생의 옹근 생애는 중국, 북한, 한국, 일본이라는 지정학적 범위를 뛰어넘어 세계유산의 가치가 있다고 생각합니다. 굴할 줄 모르는 강직한 성품, 자신의 신념에 대한 충실성, 그러면서도 천진무구한 소년과도 같은 솔직함, 선생은 한마디로 '사무사(思無邪)', 즉 거짓을 모르는 성품의 소유자입니다"라고 김학철 선생을 높이 평가했다.

연변조선족자치주와 중국 조선족문학에 대한 애정

오무라 선생이 연변에 가서 연구하고 싶다고 느낀 것은 1963년 중국 사상사(中国思想史) 학자인 안도 히코타로(安藤彦太郎) 교수의 『연변기행』을 읽은 29세 때였다. 그때부터 중일 수교와 연길시의 대외개방을 기다려야 하는 오랜 세월이 흘렀다.

드디어 1972년 중일 두 나라가 수교되고 1985년 와세다대학 교수의 신분으로 재외연구지를 연변으로 택했다.

그해 4월부터 1년간의 연변 생활은 오무라 선생의 연구 생애에 새로운 영역을 개척해주었다고 해도 과언이 아니다. 연변은 상상 속의 '간도'가 아니었다. 가는 곳마다 조선민족 자체를 볼 수 있었고, 헌법에 의해 보장된 소수민족의 권리를 느낄 수 있었다.

오무라 선생은 일본의 규슈(九州)와 비슷한 면적의 연변조선족자치주가 자민족의 언어, 문화, 풍속을 계승 · 발전시키고 있으며, 일정한 정도의 자치권과 높은 문화수준으로 중국의 한족과 어깨를 나란히 당당하게 뿌리를 박고 있다는 점에 깊은 감명을 받았다.

특히 당시 연변 인구의 40.32%(1982년 통계자료)를 차지하는 조선족의 문화교육은 일본인에게는 미지의 세계인 상당한 가치를 가지는 연구 영역이었다.

민족언어 습득에 큰 비중을 두는 민족학교(초등학교, 중학교, 고중)의 훌륭한 교육제도, 연변대학 등 4개 민족대학과 연변인민출판사, 연변교육출판사의 존재, 『천지』, 『문학과 예술』, 『아리랑』 등 조선문학 전문 잡지와 『연변일보』, 연변라지오텔레비죤방송국, 『길림신문』 등 조선족 전문미디어의 존재는 연변조선족자치주, 나아가 전체 중국 조선족의 언어 상황과 문화 상황에 대한 오무라 선생의 연구 의욕을 불러일으켰다.

처음 1년간은 시간을 쪼개어 쓰는 나날들이었다. 가끔 일본에서 열리는 학회도 2박 3일 정도로 참가하고 서둘러 연변에 돌아가야 했다. 20여 년을 기다린 1년간의 연구 기간이었던지라 윤동주 사적조사, 김학철 문학 연구, 연변조선족의 언어 상황에 대한 조사와 연변의 근대 중견 작가들에 대한 이해, 연변, 나아가 중국 조선족문화의 과거와 현재에 대한 연구 등 해야 할 일들이 너무나 많았다.

오무라 선생이 2002년에 발표한 수기 『연변방문기』에 이런 글이 적혀 있다.

> "20대 후반의 꿈이었던 연변에서의 생활. 정작 생활해보니 여러 가지 현실문제들에 부딪치기도 했다. 하지만 연변에서 생활하는 동안 밑도 끝도 없는 연변사람들의 인정 때문에 연구는 물론, 연길시에서의 생활 자체에 미련을 버릴 수 없어 그 후로 해마다 한 달씩 연변에 가야 하는 '연변병'에 걸렸다. 연변은 나의 제2의 고향이 되어버렸다."

『중국 조선족: 연변조선족자치주 개황』(단행본) 일본에서 번역 출판

　　1984년 11월 연변인민출판사에서 출판한 『연변조선족자치주 개황』은 국가민족사무위원회 민족문제위원회에서 편찬한 『중국 소수민족자치지방 개황 총서』 중 하나다.

　　연변에 가자마자 이 책을 접한 오무라 선생은 그때까지 몇몇 학자의 논문에서 가끔 소개되곤 했던 연변을 전면적이고 정확하게, 그리고 상세하게 일본에 알리는 중요한 책자로서 큰 의미를 가진다고 여기게 되었다. 편집위원회 책임자였던 연변 사회과학원 역사연구소 한준광 소장(당시)의 협조로 일본에서의 번역 출판이 쉽게 결정되었다.

　　연변에서 돌아온 직후부터 착수한 첫 번째 일이 바로 『연변조선족자치주 개황』 번역이었다. 이 책의 출판은 문화적인 의의가 컸음에도 판로 문제 때문에 여러 출판사에서 거절당했다. 오무라 선생은 자비출판비용 100만 엔을 들고 그때 이미 17년의 역사를 가지고 있던 고베(神戸) 시민단체인 '무궁화회'를 찾아가 협조를 부탁했다.

　　연변에서 돌아온 지 1년 반이 지난 1987년 12월, 오무라 선생과 '무궁화회'가 공동으로 『중국 조선족: 연변조선족자치주 개황』(단행본)을 자비로 번역 출판하게 되었다.

　　책의 머리글에서 오무라 선생은 이렇게 적었다.

　　"이 책은 연변조선족자치주 자체가 새로운 관점과 자신들의 힘으로 연변을 전면적이고 계통적으로 국내외에 소개한 저작으로서 전체적인 연변을 파악하는 데 불가피한 문헌이라고 본다. 서술이 좀 딱딱한 면도 있지만 숙독하면 할수록 볼 맛이 있고, 책 속의 글 줄기에서 독자들은 여러 가지를 섭취하게 될 것이다."

책의 원 이름 『연변조선족자치주 개황』을 『중국 조선족: 연변 조선족 자치주 개황』이라 한 데는 그럴만한 이유가 있었다.

그때까지 일본 사람들은 '조선족'이라는 명칭에 대해 전혀 이해하지 못하고 있었다. 출판사 편집자들은 '재일 조선인', '재일 코리안' 등의 명칭 에 익숙한 일본 독자들이 이해할 수 있게 '재중 조선인'이라고 고치자는 건의를 해왔다. 하지만 오무라 선생은 양보할 수 없는 문제였다고 말한다.

그 이유는 다음과 같다.

"중국 조선족이란 중국의 56개 민족 중의 하나로 중국 국적과 공 민권을 가진 조선민족이며, '조선족'은 하나의 고유명사다. 그들은 조선민족이지만 국가적으로는 중국인이다. 전쟁 전후로 중국 국적 을 가지지 않고 중국에 살고 있는 조선인도 있지만, 그들은 조선족 이 아니라 중국에서 외국인 대우를 받는다. 재중 조선인과 중국 조 선족은 완전히 다른 의미다."

엄격히 말하면 이 책이 출판되고 나서부터 '조선족'이라는 고유명사 가 일본에 정착되기 시작했고, '간도'가 아닌 연변조선족자치주가 일본에 널리 알려지기 시작했다.

"책이 팔리면 교수님께 인세(印稅)가 들어옵니까? 투자하신 만큼만이라도⋯."

"아니요. 대부분의 경우 아예 처음부터 인세를 포기하는 계약을 합니다. 그리고 책도 백 권 정도씩 사곤 합니다. 그렇게 해서라도 많은 책을 출판하기만 한다면 좋은 일입니다."

여태 한번도 일본인 앞에서 떳떳하게 자랑해본 적 없는 필자의 고향에 대한 오무라 선생의 깊은 애정을 느낄 수 있었다.

『중국 조선족 단편소설선: 시카코 복만이』를 일본에서 번역 출판

전체 조선반도의 문학연구를 진행함에 있어서 일제강점기의 재'만(滿)' 조선인문학에 대한 연구를 중시해온 오무라 선생은 다음과 같은 주장을 굽히지 않았다.

"'만주국' 시기 조선인에 의한 조선어문학은 그곳에 사는 사람들의 민족적인 기개와 감정을 표현하고 있다. 물론 일본의 지배를 받은 조건하에서 여러 가지 제한을 받았지만, 그것은 확실한 조선문학의 일부이며 동시에 중국 조선족문학은 중국문학의 일부이기도 하다."

"서울과 평양으로 이어지는 조선문학의 거점이고, 중한 · 중조

교류의 거점이기도 하며, 항일전쟁의 역사적인 거점이기도 한 연변
에 대한 이해가 없으면 조선반도와 중국에 대한 이해는 물론, 일본
자체도 진정한 의미에서 이해할 수 없다. 다시 말하면 중국 조선족
문학을 제치고 진정한 조선문학을 논할 수 없다."

당시 연변조선족자치주는 일본인에게 생소한 존재였으며, 중국 조선
족문학 역시 일본인 조선문학 연구학자들에게 미개척 분야였다.

중국 땅에서 조선어로 발표하는 조선족 작가들의 시와 소설은 중국
의 현실을 여실하게 보여주는 한편, 민족의 풍속이나 습관과 고유한 인품,
생활 감정을 생동감 있게 그리고 있었다. 오무라 선생은 한족문학과 달리
섬세하고 서정적이며 특유한 유머적 수법을 갖고 있는 조선족문학에 대
해 말할 수 없는 매력을 느끼게 되었다.

오무라 선생이 처음 연변에 체류했던 1985년, 당시 조선족 문단에는
10명의 직업작가들 외에 많은 겸업작가가 문단을 장식하고 있었는데, 그
중에는 농민 작가들이 많았다. 또한 『천지』(연길), 『아리랑』(연길), 『문학과
예술』(연길), 『장백산』(통화시), 『도라지』(길림시), 『송화강』(할빈시), 『은하수』(목
단강시), 『새마을』(심양시), 『북두성』(장춘시) 등 연변주 내외의 문학 전문잡지
가 월간 혹은 격월간으로 출판되고 있었다.

당시의 조선족문학의 특징을 두고 오무라 선생은 이렇게 개괄했다.

"주인공은 조선족이고, 농촌을 배경으로 농민을 묘사한 작품이
대부분이었다. 모든 작품은 민족 특색이 농후하고 풍속 습관은 물
론, 노인을 존중하는 백의민족의 고유한 품성이 돋보이는 건전한

풍격을 갖추었다."

오무라 선생은 우선 여러 신문이나 잡지에 발표된 작품을 선정하고, 연변대학의 협조로 작가들을 한분한분 찾았으며, 긴 시간 동안 왕래를 거듭하면서 그들과 친분을 쌓았다. 1985년 이후부터는 거의 해마다 한 달씩 연변에 가서 머무르면서 조선족문학에 대한 조사연구를 진행해왔다.

1989년 9월, 중국 조선족 문단의 실력파 작가들의 단편소설 13편을 묶은『중국 조선족 단편소설선: 시카고 복만이』가 오무라 선생의 편역과 아키코 부인의 표지 디자인으로 일본에서 출판되었다.

「시카고 복만이」(장지민), 「생활의 음향」(최홍일), 「포로」(김성휘), 「상장」(림원춘), 「사시절가」(박은), 「구두의 역사」(김학철), 「오이꽃」(류원무), 「시름거리」(김훈), 「배움의 길」(리원길), 「처가집」(박선석), 「하고 싶던 말」(정세봉), 「중국사람」(리홍규), 「조선에서 온 손님」(김종운) 등의 단편소설을 포함한 이 책은 중국 조선족문학을 이해할 수 있는 일본에서의 첫 책자로서 큰 가치를 갖고 있다.

중국 문단의 평론과 조선족문학 관계자들의 의견을 참고로 오무라 선생 자신이 직접 읽고 선정하여 번역한 작품들 머리글에는 작가들의 사진과 더불어 상세한 프로필(작가 본인들의 이야기를 기준으로 함)이 적혀 있다. 근 3년간의 시간을 들인 작가들과의 교류, 연변에서의 세밀한 조사연구의 결실이 매 소설 뒷장에 이어지는 오무라 선생의 해설[注]에서 충분히 전달된다. 그리고 사진 기록과 표지 디자인을 담당한 아키코 부인의 연변에 대한 애정 역시 표지 그림에서 엿보인다.

최홍일의 『도시의 곤혹』을 단행본으로 번역 출판

　1992년 진행한 오무라 선생의 조사에 따르면 1950년 이후에 작품을 활자화하여 발표한 조선족 작가 총수는 3,100명에 달했고, 현역에 종사하는 작가들만 2천 명을 넘었다. 당시 인구가 190여만 명 남짓한 조선족 사회에 9개의 문학 전문잡지와 2천 명의 작가들이 존재한다는 것은 놀랄 만한 현상이었다고 한다. 다시 말하면 읽는 사람보다 쓰는 사람의 비율이 높다고 해도 과언이 아니었다.

　그때까지만 해도 조선족문학은 조선문학의 전체를 파악하는 데서 결핍되었던 부분이다. 오무라 선생은 "조선족문학은 중국문학과 조선문학의 공유지 성격을 띤 양자의 접촉지역이며, 양자를 이해하는 데 불가결한 존재다. 일본 군국주의 침략에 대한 항전의 최전선이던 사실에서부터 조선족의 삶의 방식은 역사적으로도 현실적으로도 일본인과 연관이 없다고 할 수 없다. 게다가 조선족의 삶의 방식은 재일 한국인의 현재와 미래에 하나의 암시를 주고 있다고 해도 과언이 아니다. 총체적으로 조선족문학은 우리에게 국가와 민족의 관계를 다시 생각해보게 한다"라고 조선족문학의 존재에 대해 새로운 평가를 했다.

　일찍이 1988년 오무라 선생은 중국문학 연구학자인 와세다대학 기시 요코(岸陽子) 교수와 합작하여 "중국의 잃어버린 세대"를 주제로 문화대혁명의 폭풍 속에서 청춘을 매장당한 특정된 세대의 정념(情念)을 그린 하향 지식청년 소설가들의 소설들을 묶어 『새로운 중국문학』 시리즈를 번역 출판하기로 기획했다.

　오무라 선생은 『새로운 중국문학』 시리즈에 중국문학에서 홀시할 수 없는 한 부분이라고 줄곧 주장해온 조선족문학도 택했고, 거기에 최홍일 작가를 선택했다.

오무라 선생이 최홍일 작가와 만난 것은 1980년대 후반이었다. 특별히 최홍일에게 끌리게 된 것은 그의 소설 『생활의 음향』을 접한 후부터였다. 주체적으로 살려고 하는 인물이 현실사회와의 여러 가지 모순에 부딪치면서 출로를 모색하는 주제로, 평탄하지 않은 작품을 많이 쓴 최홍일은 그 작품성 때문에 제때 평가받지 못하는 경우도 있었다. 하지만 그에게서 진정한 소설가의 모습을 보게 되었고, 그의 소설에 특별한 매력을 느낀 오무라 선생은 소설 『도시의 곤혹』과 『그녀와 그, B현 소재지』를 『새로운 중국문학』 시리즈 제3부의 작품으로 선정하여 단행본으로 번역 출판했다. 일본에서 조선족 작가의 소설이 단행본으로 출판된 것은 이 책이 처음이었다.

저서 『중국 조선족문학의 역사와 전개』 출판

1985년 4월에 시작된 연변을 향한 선생의 발자취는 2004년 1월 15일 와세다대학 14호관 501교실에서의 마지막 강의 '조선근대문학과 일본'을 끝으로 맞은 정년퇴직 이후에도 계속 이어졌다.

중국문학에 발을 들여놓고 그 속에서 조선을 알게 되었으며, 조선 근대문학에 대한 실증적인 연구를 거쳐 중국 조선족문학에 이른 오무라 선생의 세심한 연구는 외국인으로서는 처음이 아닐까 하는 생각이 든다.

'위만' 시기 중국 동북의 조선문학에 대한 연구에서 싹트기 시작한 '간도' 연변에 대한 애착은 오랫동안 지속되었다. 따라서 중국 조선족문학은 오무라 선생의 학자 인생에 중요한 연구 영역으로 자리 잡았다. 정년을 맞기 1년 전인 2003년 3월 31일, 조선족문학과 관련하여 쓴 그동안의 논문과 평론, 기행문, 수필로 묶은 오무라 선생의 전문 서적『중국 조선족문학의 역사와 전개』가 세상에 나왔다.「김창걸 연구시론」,「심련수의 시를 두고」,「조양천 농업학교 시절의 김조규」,「윤동주 시와 그의 생애」,「윤동주 사적에 대하여」,「윤동주의 일본 체험」,「최홍일의 소설세계」,「인삼의 고향 장백조선족자치현을 찾아서」,「중국 조선족과 그 언어상황」,「조선족문학의 매력」,「중국 조선족문학의 현황(상·중·하)」,「김학철의 발자취」,「김학철 선생」,「김학철 선생의 생애」,「연변을 빼놓고는 논할 수 없는 조선문학」 등 수십 편이 수록된 이 책자는 일본에서의 중국 조선족문학을 일정한 위치에까지 끌어올리고 단단하게 자리 잡도록 한 전문 자료로 그 가치가 높다.

일본 헤이본샤(平凡社)에서 출판한 조선 장편소설 시리즈『조선 근대문학 선집』제2권에 강경애의『인간문제』를 번역한 선생께서 요즘에는 제8권에 낼 이기영의 장편소설『고향』의 번역작업을 마무리 단계에 두고 계시다.

그리고 한국의 소명출판사에서 출판하는『오무라 마스오 저작집』(전6권)의 교정작업에도 시간이 딸리시고 일본 식민지 문화연구학회의 연간지『식민지 문화연구』제15호에 연변의 시인 리욱의 시 10여 편을 제공하기 위한 준비로도 바쁘시다.

취재를 마무리할 즈음에 선생의 서재에 들어가 보게 되었다. 작은 전문 도서관이었다. 장르별·언어별로 계열적으로 정리정돈 된 책자들을 보면서 당연한 사실에 놀라움을 느꼈다. '조선'이라는 글발이 여기저기에서 눈에 띄었고, 연변의 책자들이 엄청 많았다. 일부는 연변에 갈 적마다 고서점에서 사셨다고 했다.

20대 후반에 쓴「나와 조선」이라는 수필에서 오무라 선생이 쓴 이런 글을 떠올리게 하는 순간이었다.

"내 속에 언제부터 조선이 뿌리를 내리기 시작했는지는 분명하지 않다. 중국 근대사와 문학을 공부하던 중 나는 항상 인도와 조선이 마음에 걸렸다. 아시아 문화와 역사가 새로운 관점에서 연구되어야 한다고 생각하면서도 보잘것없는 내 손을 뻗치면 신세만 망치고 마는 것이 아닌가 주저하고 있었다. 허나… 조선의 역사는 일본과 너무나 생생한 관계를 맺고 있는 만큼 눈을 돌릴 수 없었다. 일본·조선·중국이 서로 뒤얽히는 관계를 해명하고 일본의 왜곡을 적으나마 정상으로 돌려놓아야 한다. …"

젊은 시절 꾸었던 오무라 마스오 교수의 꿈은 어디까지 도달했을까….

[취재 후기]
미래에 보내는 아름다운 추억

2016년 10월에 처음 뵌 이래 여러 번 드린 메일에 "내년 정월쯤 한번 놀러 오세요"라는 오무라 마스오 교수님의 회신을 받았던 때가 잊히지 않는다.

긴장되면서도 흥분된 마음을 달래면서 미리 교수님 댁의 주소대로 살며시 찾아가본 기억이 생생하다. 주변 주차장 상황이며, 가는 길에 소모되는 시간이며 상세히 체크하기에 여념이 없었다.

2017년 1월 19일 오후 1시, 두근거리는 가슴을 안고 교수님 저택의 초인종을 눌렀다. 교수님과 사모님이 반갑게 맞아주셨다. 사모님과는 첫 대면이었지만, "연변 아가씨가 오셨네" 하시면서 허물없이 농담을 건네주셨다.

처음에 교수님은 취재를 거부하셨다. 놀러 오라고 했지 취재는 허락한 적이 없으시다고 하셨다. 사실이었다. 감히 여쭐 수 없었던 것이다. 교수님을 취재하려는 일념에 근 한 달 반 동안 교수님의 저서를 열심히 읽은 사연을 말씀드리면서 중점과 의문점을 상세하게 메모한 필기책을 보여드렸다. "허락을 안 해주시면 다음날에 또 초인종을 누를 수도 있습니다"라고 감히 농담을 했다.

"차나 맛있게 드세요."

그러시는 교수님 곁에서 사모님이 한마디 하셨다.

"연변의 기자잖아요. 『길림신문』이라 하잖아요."

그 말씀에 대답이 없으신 교수님이셨고, 거의 절반 허락하신 모양이라는 사모님의 눈길에 나는 안도했다.

　후에 알게 되었지만 연변에 가실 때마다 『길림신문』을 즐겨 읽으셨다고 한다. 교수님과 같이 여러 가지 자료를 찾는 과정에서 중요한 파일에 보관하신 그때의 『길림신문』을 발견하기도 했다.

　그날부터 근 두 달 반 동안 매주 금요일 오후 시간은 오무라 교수님 내외분을 만나는 귀중한 시간이 되었다. 오후 1시면 교수님 댁의 대문은 열려 있곤 했다. 그렇게 초인종의 신세도 지지 않고 가벼운 마음으로 댁에 들어갈 수 있도록 신경 써주신 사모님께 항상 죄송했다. 커피며 과일이며 준비해주실 때마다 황송하기 그지없었다.

　생각해보면 한 번에 근 3시간씩 꼬박 테이블에 마주 앉아서 취재를 당하신 교수님이 얼마나 고달프셨을까. 게다가 여러 가지 논문 집필과 소설 번역 때문에 바쁜 시기였는데….

　늦게나마 죄송하다는 말씀을 드리고 싶다.

　사실 윤동주 관련 지식이 많이 결핍했던 나는 엉뚱한 질문도 여러 번 했다. 그때마다 교수님은 알기 쉽게 차근차근 설명해주셨고, 사모님 역시 여성적인 입장에서 여러 가지 해석을 해주셨다. 연변을 떠난 지 20년이 넘은 나는 연변의 작가들에 관해서도 희미한 점이 너무 많았다. 역시 교수님의 말씀을 들으면서 하나하나 이해해야 했다.

　여태껏 나처럼 교수님의 정력을 소모한 기자가 있었을까…. 교수님은 배우려고 하는 자세가 마음에 드셨다고 하시면서 번번이 저서 중 나한테 맞을 것 같은 책들을 골라주시곤 하셨다. 하여 석 달에 가까운 기간에 나의 책장에는 오무라 마스오 교수님의 코너가 생겼다.

　참으로 영광스럽고 행복한 취재였다.

한 달쯤 취재했을 무렵 놀라운 사실 하나를 알게 되었다. 내가 대학교 1학년 때 교수님과 한울타리 안에서 지낸 사이이기도 했던 것이다. 교수님 부부가 연변대학에 계셨을 때 머무셨던 곳이 우리 집과 100m쯤 사이를 둔 집이었고, 아버지와도 아는 사이셨다. 너무나 놀랍고 반가운 사실에 특별한 인연을 느끼게 되었고, 그날 이후 마음속으로 부모님처럼 모시게 되었다.

취재 중 교수님이 때때로 자신의 기억을 사모님께 확인하시는 것을 보았다. 여러 가지 자료를 사모님이 척척 찾아내시는 것도 보았다. 말수가 적으신 교수님을 대신하여 그때그때의 상황을 알기 쉽게 설명해주실 때가 많았다. 시간에 맞추어 잠깐 쉬라고 초콜릿을 내다주실 때도 있었다.

윤동주 사적조사를 포함하여 연변에 가실 때는 항상 같이 다니셨다고 하는데, 사모님의 사진을 찾기 힘들어서 애먹었던 나다. 후~ 하고 한숨을 쉬는 나에게 사모님은 웃으시며 말씀하셨다.

"이 사람아, 나는 촬영기사였어⋯."

나는 사모님과 교수님 사이의 이야기도 쓰고 싶었다. 실은 너무 감동적인 이야기들이 남아 있다. 교수님은 동의하셨지만 사모님이 극구 반대하셨다. 교수님의 기사에 등장하여 초점을 흐리기 싫으시다는 말씀에 마음이 뭉클했다. 사모님은 오무라 교수님의 평생 동반자이자 제일 가깝고 만만한 조수라고 할 수 있다. 그것에 만족하신다면서 구태여 앞에 나서는 것을 마다하셨다. 언젠가 사모님이 허락해주신다면 꼭 쓰고 싶은 이야기가 아직 남아있다.

긴장과 설렘으로 시작된 교수님과의 인터뷰가 마감을 맞은 날, 허전함이 앞선 나는 교수님과 함께 앞날에 대한 여러 가지 이야기를 하게 되었다. 한참 이야기하다 보니 교수님 댁의 고양이 에미짱이 나한테 기대어 뭔가 듣고 있는 듯한 느낌이 들었다.

"우리 고양이도 연변말에 습관이 됐나 보네."

사모님의 웃음 어린 말씀을 듣고서야 여태껏 테이블에 마주 앉아 이야기를 나눴던 교수님과 내가 어느새 거실 바닥에 편히 마주앉아 있는 것을 발견했다. 너무나 따뜻한 방이었고 편안한 자리였다. 촬영기사이신 사모님은 어느새 찰칵 셔터를 누르셨다.

그림을 그리는 사모님은 너무나 감상적인 분이다. 아쉬운 나의 심정을 꿰뚫어보신 듯 CD플레이어를 누르셨다. 「선구자」 노래가 흘러나왔다. 사모님은 「선구자」의 가사를 읊으며 용정에 찾아가니 가사에 쓰인 그대로인 용정이었다며 그때의 감격을 못 잊으시겠다고 말씀하셨다.

> 일송정 푸른솔은 늙어 늙어 갔어도
> 한줄기 해란강은 천년두고 흐른다
> 지난날 강가에서 말 달리던 선구자
> 지금은 어느곳에 거친꿈이 깊었나

교수님과 사모님 그리고 나, 자연스럽게 「선구자」의 선율에 낮은 목소리를 모았다.

차분해지는 마음에 언제까지라도 이어졌으면 했던 그 분위기를 잊을 수 없다. 나는 교수님이 번역하신 일본어로 된 「선구자」의 가사가 머리에 떠올랐다.

一松亭青き松は老いに老ゆれど
一筋の海蘭江は千年の古のまま流る
かつての日川べりに馬走らせし先駆者
きょうはいずこに荒れすさぶ夢見るや

어쩌면 조선문학에 대한 만능의 이해력을 가지신 분이 아니실까….
이런 생각을 하면서 교수님 댁을 나섰다. 먼 훗날 자신이 걸어온 길을 돌
이켜볼 때, 필경 오늘 이 순간이 나에게 '아름다운 추억'으로 남아 있을 것
이다.

잔류 일본인 고아 이케다 스미에

(2019년도 길림신문상 1등상)

길림신문 2019-06-05 발표

1945년 8월 15일, 일본은 항일전쟁에서 항복을 선언했다. 패전 시 중국에 있던 100여만 명에 달하는 일본인(중국의 동북3성과 내몽골지구로 이주한 일

본인 개척민)은 철퇴하지 않으면 안 되었다. 피난길에서 태어난 아기들과 먼 길을 이동할 수 없는 나이의 아이들을 살리려고 당시 고마운 중국인에게 자식을 맡기고 떠난 사람들도 있었는데, 그때 남겨진 아이들이 오늘날의 '잔류 일본인 고아'다.

1972년 중일관계가 정상화되면서 그들에 대한 조사가 시작되었다. 1981년 첫 잔류고아 방일조사단이 육친 혈연조사차 일본을 방문한 것을 시작으로 2018년 12월 31일까지 무려 2만 907명의 잔류고아와 그 가족들이 일본에 영주귀국 했다.

일전에 도쿄에서 만난 현재 중국 귀국자·일중우호회(中国帰国者·日中友好会)의 이케다 스미에(池田澄江) 회장이 바로 그들 중의 한 사람이다.

하필이면 내가 왜 쑈르번꾸이즈(小日本鬼子)일까?

1940년대 말, 흑룡강성 목단강시 유신(維新)시장 부근에서 부모님 사랑을 듬뿍 받고 자란 '서명(徐明)'이라는 여자아이가 있었다. 일곱 살 나던 해, 초등학교 1학년생이던 서명은 친구들과 함께 항일전쟁을 소재로 한 영화를 보게 되었다. 영화 속 일본병사들의 만행에 분노를 참지 못하고 있는데, 갑자기 머리에 뭔가 날아왔다. 무슨 영문인지 돌아보는 순간 반급 아이들이 너도나도 서명이를 때리기 시작했고, 심지어 얼굴에 침까지 뱉었다.

"일본놈 새끼…"

"쑈르번꾸이즈…"

선생님이 달려와서 아이들을 말렸다. 선생님의 보호로 겨우 집에 돌아온 서명이는 울면서 엄마한테 물었다.

"내가 왜 쑈르번꾸이즈예요?"

헌데 엄마는 놀라지도 않은 채 그게 별명이라며 서명이를 두 팔로 안아주었다.

그날 이후로 서명이는 왠지 자기를 보는 마을 사람들의 눈길이 예사롭지 않은 것 같아서 늘 불안했다. 그러던 1953년 서명이가 여덟 살 나던 해, 공안국 사람이 서명이네 집에 찾아왔다.

"당신 딸이 일본애가 맞습니까? 일본 사람을 돌려보내야 한다는 정책이 나왔습니다."

그때도 서명이의 신상에 대해 입 밖에 내지 않았던 엄마는 몇 년이 지난 후에야 진실을 알려주었다.

1945년 8월, 일본이 패전한 후 한 일본 여인이 다섯 아이를 데리고 목단강에 있는 일본 난민수용소에 피난을 가게 되었다. 피난길에 모유가 나오지 않게 되자 여인은 갓난아기를 안은 채 이씨 성의 목수를 찾아와서 무릎을 꿇고 제발 아이를 살려달라고 부탁했다. 그 갓난아이가 바로 서명이었다. 그 후 이씨 성의 목수는 당시 아이가 없던 서명의 양부모에게 500대양(大洋: 당시 유통되던 은화의 단위)을 받고 서명이를 팔았다.

서명이가 아홉 살 나던 해, 양부의 사업 실패로 집안 형편이 일락천장이 되었다. 빚 때문에 양부는 행방불명이 되었고, 두 모녀는 그때까지 겪어본 적 없는 생활난을 겪게 되었다. 매일같이 찾아오는 채권자들의 시달림에 엄마는 지칠 대로 지쳤다. 하지만 아무리 힘들어도 서명이의 학교

공부를 중단시킨 적 없었던 엄마는 매일 서명이의 숙제가 끝나기를 기다려서야 잠자리에 들곤 했다.

그런 엄마의 정성과 기대를 저버리지 않은 서명이었다. 어린 시절 영화관에서 일본놈 새끼로 몰린 자기를 감싸주던 선생님을 보면서 늘 교원의 꿈을 키워온 서명이었다. 목단강 사범학교를 졸업하고 해림림업국 홍기림장의 한 초등학교에 배치된 후 그곳 림장의 한 남성과 결혼하여 세 아이의 엄마가 된 그녀였지만, 마음 한구석에는 늘 잊을 수 없는 한마디가 남아 있었다. "쑈르번꾸이즈!" 하필이면 내가 왜 일본 사람 자식일까.

나는 누구일까?

1972년, 중일 양국 국교 정상화가 실현되었다. 그 이듬해에 사회적인 배려로 목단강 시내로 전근하게 된 서명은 집 천장에 붙인 신문지에 박혀 있는 '중, 일'이라는 두 글자에 자주 눈길이 가는 걸 어쩔 수 없었다. 초등학교 때 남의 눈을 피하여 지구의 위에서 가만히 찾아보았던 일본이라는 나라가 궁금해지기 시작했다.

오랫동안 원망하면서 살았던 친부모가 대체 어떤 사람이며, 왜 자기를 버리고 갔는지 그것만이라도 알고 싶었다. 엄마의 마음을 아프게 할 것 같아서 조마조마했지만, 한편으로는 낳아준 부모를 찾아 온갖 고생을 겪으며 자기를 키워준 엄마한테 꼭 은공을 갚게 하고 싶었다. 그래서 엄마한테 솔직히 털어놓았다. 엄마는 즉시 서명이를 이끌고 옛날 살던 동네에서 좀 떨어진 이씨 성의 목수를 찾아갔다. 헌데 이미 다른 사람이 살고 있는 그 자리에는 친부모를 찾을 만한 단서가 남아 있지 않았다.

1980년, 목단강을 방문한 한 일본 기자가 서명의 사연을 기사로 발표했다. 얼마 지나지 않아 홋카이도(北海道)의 요시가와(吉川)라는 한 노인이 연락해왔다. 당시는 잔류 일본인에 대한 조사가 다시 시작된 때여서 비슷한 사연을 가진 사람들 사이의 서신거래가 시작되었으며, 최후 확인이 필요한 잔류고아들은 일본을 방문할 수 있었다. 요시가와 씨의 요청으로 서명이는 6개월간의 친척방문 비자를 받고 1981년 7월 24일, 어린 세 아이를 데리고 일본으로 향했다.

홋카이도에 도착한 후 친자확인 수속을 밟는 과정에서 확인증거가 부족하다고 여긴 일본 정부는 DNA 감정을 요구했다. 그 결과를 기다리는 석 달 동안 매일 중일자전을 한손에 들고 소통하곤 했지만, 친부녀 사이일 거라는 희망 때문에 행복하기만 했다.

석 달이 지난 후 친자관계가 성립하지 않는다는 감정서를 받은 요시가와 씨의 태도는 돌변했다. 하루아침에 서명이가 가짜증거를 만들어낸 사기꾼이 되어버렸다. 술에 절은 요시가와 씨는 매일 물건을 부수며 행패를 부리더니 급기야 그들을 내쫓았다. 기가 막혔다. 혼자 몸이라면 어디라도 갈 수 있었지만, 딸린 세 아이를 데리고 어찌할 수도 없었다. 그대로 중국에 돌아가려고도 생각했지만 평생 '가짜 일본 고아의 자식'으로 손가락질 받으며 살아가야 할 세 아이의 장래가 걱정되었다.

우선 그 집에서 나오기 위해 서명은 홋카이도 법무부에 찾아갔다가 중국 법원에서 발급한 일본 혈통 고아 증명서를 일본에서는 승인하지 않는다는 대답을 받았다. 친자 확인이 되지 않는 경우 강제 송환되기 전에 돌아가야 했다. 헌데 죽으라는 법은 없었다. 살길을 찾아야겠다고 궁리하던 끝에 일전에 친자 확인 수속을 밟는 과정에서 번역을 맡아주었던 번역 사무소가 생각났다. 어렴풋이 들었던 빌딩 이름 하나로 택시를 타고 번역 사무소를 찾은 그녀는 결국 그분들의 도움으로 홋카이도 중국영사관을 찾아가게 되었고, 자신의 처지를 알리게 되었다. 영사관에서는 요시가와 씨에게 전화로 "서명은 아직 중국 공민이다. 우리는 우리 공민을 보호해야 할 책임이 있다. 만일 당신이 털끝 하나 건드려도 용서하지 않겠다"고 으름장을 놓았고, 한 달 동안 거주할 수 있는 집도 마련해주었다.

홋카이도에서의 친자 확인은 실망과 고통만 주었지만, 신중해야 한다는 경험도 남겨주었다. 홋카이도 영사관 직원들의 도움으로 1981년 12월 17일 도쿄에 도착한 서명과 자녀들은 며칠 동안 거리를 방황했다. 12월 22일, 크리스마스를 맞은 도쿄의 밤은 형형색색의 일루미네이션으로 반짝이고 있었다. 불행 중 다행이라고 할까. 그 황홀한 거리를 헤매는 아이 셋을 거느린 일본인 잔류고아의 불쌍한 모습이 아사히 신문기자의 카메라에 찍혀 전국에 알려지게 되었다.

'서명 사건'은 전 일본을 들썩였다. 사쿠라공동법률사무소의 가와이 히로유키(河合弘之) 변호사가 서명 일가를 돕겠다고 자원했다. 하여 1982년 6월 2일, 서명은 친부모를 확인하지 못한 채 일본 국적을 가진 첫 잔류고아가 되었다.

37년을 '서명'으로 살았던 그녀는 아낌없이 도와준 번역가의 성인 이마무라(今村)를 따르고, 양부모가 지어준 명(明) 자를 남긴 이마무라 아키코(今村明子)로 호적에 올리게 되었다.

운명은 그녀를 버리지 않았다

1987년 2월부터 사쿠라공동법률사무소에서 번역 업무를 맡게 된 서명은 가와이 변호사와 함께 1,300여 명 전쟁고아들의 국적 취득을 돕게 되었다. 이마무라 아키코로 일본 국적을 받고 경제적인 형편이 안정되자 남편이 잔류고아 가족의 신분으로 일본에 올 수 있게 되었다. 다섯 식구가 단란하게 모여 행복하게 살게 되었지만, 친부모를 찾는 일을 포기하지 않은 채 13년 세월을 보냈다.

그러던 1994년 12월 4일, 변호사 사무소에서 개최한 전쟁고아 설명회가 열렸다. 통역을 맡았던 서명은 설명회가 끝난 후 몇몇 전쟁고아와 함께 평소에 한 번도 간 적이 없는 낯선 커피숍에 들어가게 되었다. 때마침 활동에 참가했던 일본 여성 두 분도 커피숍에 들어왔다. 그중 한 분이 서명에게 물었다.

"이마무라 씨는 어떻게 중국어가 그렇게 유창해요?"

"저도 전쟁고아입니다. 13년 전까지 중국 흑룡강성 목단강시에서 살았습니다."

"목단강? 성은? 몇 년도 생이에요? 우리도 거기서 살았는데…. 우린 열 달 된 동생을 이씨 성을 가진 집에 두고 왔습니다."

"저도 이씨 집에서 좀 살았다고 들었는데, 성은 서가입니다."

"이씨가 뭐하는 사람이었습니까?"

"목수…"

두 여인은 서명에게 목단강시 어느 마을에서 살았는지 그 당시 지도를 그려줄 수 없냐고 했다.

"여기가 목단강 일본인 난민수용소, 여기가 기차역, 여기가 이 목수네 집, 여기가 태평로, 여기가 일본인 거리….”

서명은 양모한테서 듣고 또 들었던 당시의 마을 모습을 상세하게 그렸다. 갑자기 두 분 중 한 분이 외치듯 말했다.

"네가 내 동생 스미에(澄江)야!”

"설마… 그럴 리가.”

"스미에! 나 큰언니야. 너를 이씨네 집에 보낼 때 내가 같이 갔어. 엄마가 너를 살리려고 남기고 왔어….”

그분은 자기가 그때 여덟 살이던 큰언니라며 서명을 붙들고 눈물을 흘렸다. 어서 같이 집에 가자고 손을 잡아 끄는 그분을 보면서 서명은 냉정하게 말했다.

"저는 믿을 수 없습니다. 아무것도 확실한 게 없잖아요.”

아무리 비슷한 경력이라도 쉽게 믿을 수 없었다. 그때는 가족을 찾는다는 기쁨보다 가족이 아닐 경우의 실망이 더 무서웠다. 가와이 변호사와 상담한 서명은 다시 한번 실망할 각오로 일본 후생성(厚生省)에 친자매 확인 DNA 감정을 의뢰했다.

그들의 DNA 감정은 신중에 신중을 기하며 도쿄, 오사카, 교토, 히로시마, 가고시마 등 다섯 곳에서 진행되었다. 행운만을 빌었던 17개월이 흘렀다. 1996년 7월 31일, 세 사람은 일본 후생성에 와서 결과를 받아가라는 통지를 받고 무거운 심정으로 회의실에 모였다. 친자매일 수도, 아닐 수도 있는 숨막히는 순간이었다.

기자들이 모인 회의실에서 조심스럽게 결과가 발표되었다. 99.9%의 확률이었다. 그동안의 설움이 북받쳐 오른 서명은 믿을 수 없어서 감정서를 몇 번이나 들여다봤는지 모른다.

서명이로 37년을 살다가 13년을 이마무라 아키코로 살아온 그녀는 그제야 진정한 자기를 찾게 되었다. 이름은 이케다 스미에(池田澄江), 1944년 10월 14일에 태어난 돼지띠였다. 양부모집에 왔던 날을 생일로 정하고 살았던 닭띠 서명이가 하루 만에 한 살 더 먹은 셈이 되었다. 호적에는 '사망'으로 적혀 있었고, 막내였던 자기 아래로 남동생이 하나 있었다. 생부는 시베리아에 포로로 끌려 갔다가 일본에 돌아온 후 2년 만에 병으로 돌아가셨고, 생모는 DNA 감정이 끝나기 반 년 전에 돌아가셨다고 언니들이 말해줬다.

며칠 후 부모님 묘소를 찾은 이케다 스미에는 절을 올리면서 중얼거렸다.

"엄마, 왜 나만 버리고 왔어요? 왜?"

인생을 통째로 바꿔놓은 세월이 원망스럽다고, 죽더라도 엄마 품에서 죽는 것이 행복이었을 수도 있다고, 한 번도 만난 적 없는 생모를 부르고 또 불렀다.

52세가 된 해에 진정한 자기를 찾은 이케다 스미에는 자신을 행운의 고아라고 하면서 결코 모든 고아들이 다 자기처럼 순조로운 귀국 생활을 한 것은 아니라고 말했다. 패전이라는 준비 없는 혼란 속에서 친족 간의 증거물은 누구나 갖고 있는 것이 아니었고, 일부 브로커들에 의한 가짜 일본인 고아들이 하나 둘 고발되면서 부모 외의 가족은 아예 찾으려고도 하지 않는 경우도 있었다.

현재 일본에 귀환한 70%에 달하는 잔류고아들이 아직 가족을 찾지 못하고 고아인 채 일본에서 생활하고 있다. 더욱이 몇 해 전까지만 해도 최저 생활보조금 외에는 전쟁고아들의 생활보장에 대한 일본 정부의 특별정책이 없었다.

패전 40년 만에 돌아오기 시작한 전쟁고아들은 대부분 40세가 넘은 상태였다. 언어의 장벽과 그동안 시간적인 공백으로 인해 가족들 사이에서 짐으로 여겨지는 경우도 있었고, 사회적으로 고립된 위치에 놓이게 되었다.

"전쟁이 없었더라면 우리는 전쟁고아가 될 이유가 없었다. 이 책임은 반드시 일본 정부가 져야 한다."

이케다 스미에 씨는 전쟁고아들의 창구가 되기로 결심했다.

2001년, 우선 간도지구에서 중국 귀국자의 인권과 노후생활 보장을 요구하는 '국가배상 소송 원고단'을 결성하고 집단소송을 냈다. 그 후 전국적으로 15곳에서 원고단이 결성되었고, 잔류고아의 90%에 달하는 2,213명이 원고로 나섰다. 그들은 거리에 나가 시위행진을 했고, 113만 일본인의 서명을 받았다. 일본인 변호단과 일부 국회의원들의 협력, 그리고 사회 여러 방면의 지원을 받으면서 5년간 분투해온 소송은 결국 패소로 끝났지만, 일본 사회에서 강렬한 반응을 일으켰고 전쟁 잔류고아가 주목받기 시작했다.

2007년 말, 일본 정부는 드디어 새로운 「중국잔류일본인지원법」을 공포했다. 하여 2008년부터 국민연금의 전액지급과 생활보조금 지급, 활동비 지급, 거주 주택비와 의료비 면제 등 새로운 정책이 실시되었다.

남은 과제를 계속 해결해가고 안정된 노후생활을 이어가기 위해서는 잔류고아들에게도 체계적인 조직이 필요했다. 하여 2008년 3월, 집단소송 중에 결성된 단결력을 이용하여 사쿠라공동법률사무소의 가와이 변호사의 지도를 받으며 NPO법인 '중국 귀국자 · 일중 우호회'를 세웠고 이케다 스미에 씨가 회장직을 맡았다.

　2009년에는 '잔류고아의 집'을 개설하고 귀국 고아들의 심리상담, 잔류고아 2세, 3세의 취직 상담, 일본어 교실, 탁구 교실, 노래 공부 등 여러 가지 활동을 정기적으로 하고 있다. 현재 간도(関東)지역 383명의 회원이 등록되어 있는 '잔류고아의 집'은 잔류고아들이 정기적으로 모여 서로 속마음을 나누고 오락을 즐길 수 있는 공동의 '집'이 되었다. 2010년에는 60대와 70대 잔류고아 40명이 힘을 합쳐 '만두공방'을 오픈했다. 손수 빚은 만두를 판매하기 시작하면서 외부의 지원에만 의탁하지 않고 조금이라도 자체의 힘으로 활동자금을 마련할 수 있게 되었다.

　드디어 사회적인 주목을 받게 되었고, 조금씩 사회생활에 적응하기 시작한 잔류 일본인 고아들이다. 중국에 버려졌다가 조국이라고 찾아 돌아온 그들에게 중국에 돌아가라며 차가운 시선을 던졌던 사회가 점차 따뜻한 눈길을 주기 시작했는데, 받기만 해서는 안 된다는 것이 이케다 스미에 회장을 비롯한 모든 잔류고아들의 마음이다.

　2011년 3월 11일 동일본대지진이 일어났을 때였다. 큰 도움이 못 되더라도 재해민들에게 정신적인 안위를 줘야겠다는 생각에 잔류고아들이 나섰다. 때는 지진이 발생한 지 한 달도 되지 않은 상태라 전체 동일본지구가 사회적인 혼란상태에 처해 있었던 4월 초였다. 대형버스 3대로 이와테현(岩手県) 리쿠젠다카다시(陸前高田市)에 찾아간 그들은 현지에서 물만두 9천여 개를 빚어 재난민에게 대접했다. 자기들의 힘으로 할 수 있는 일이어서 의미가 깊었다고 한다.

중국은 영원한 고향

이케다 스미에 회장이 늘 하는 말이 있다.

"부모가 준 생명을 중국이 지켜주고 키워주었습니다. 일본은 나의 조국이고 혈통관계가 있는 곳입니다. 중국은 나를 살려주고 키워준 영원한 고향입니다. 나에게 있어서 중일 두 나라는 떼려야 뗄수 없는 소중한 존재입니다."

순정한 일본 혈통임에도 중국 동북의 한어가 몸에 밴 이케다 회장은 절대적인 중국의 동북인이라 해도 과언이 아니다. 그녀는 가족을 찾은 이후의 솔직한 심정을 이렇게 말했다.

"진정한 나이와 이름을 찾고 혈통을 알게 되어서 너무 기쁩니다. 하지만 가족을 찾지 못했을 때는 느끼지 못한 또 다른 소외감을 느끼며 살아요. 형제자매들 사이에 같은 추억이 없어서 항상 끼지 못해요. 혈육이지만 너무 다른 문화를 갖고 있어서 항상 선 밖에 있는 것 같은 느낌이 듭니다."

아무리 혈육을 찾았다고 하지만, 그녀의 마음속에는 양부모와 함께 살았던 목단강에서의 추억이 가장 깊이 자리 잡고 있다고 한다. 이케다 회장은 그것이 모든 잔류고아들의 똑같은 마음일 것이라고 몇 번이고 강조해서 말했다.

2005년에 있었던 일이다. 한창 단체소송을 하던 때여서 일본에서 잔류고아들의 처지가 안정되지 못했던 시기였다. 어느 날 갑자기 국제전화가 걸려왔다. 흑룡강성 텔레비전방송국 법제 프로그램의 담당자였다. 사람을 찾아달라고 했다. 일본인 고아를 정성 들여 키워줬더니 일본에 귀국한 후 86세의 양모한테 한 번도 연락을 하지 않았을 뿐만 아니라 만나러 간 적도 없는 사람이었다. 양모의 자식들이 그를 상대로 배은망덕한 일본인이라고 소송을 걸었으며, 현재 중국 현지 미디어에서 널리 알려져 있는 사람이라고 했다.

그들이 찾고 있는 사람은 사카모토(坂本) 성으로 살고 있는 잔류고아였다. 그를 찾아간 이케다 회장은 중국에서 벌어지고 있는 일에 대해 설명했다. 사카모토 씨는 아무 말도 하지 못한 채 고개를 떨어뜨리고 말았다. 혼자 일본에 온 그가 성인이 된 세 자식을 일본에 데려와서 같이 살려면 일정한 정도의 수입이 있어야 하고 세금을 내야 했다. 언어가 통하지 않는 상황에서 최하층의 일을 해야 했던 그는 설상가상으로 불편한 다리 때문에 실업자 신세를 면치 못하고 있었다. 사회적으로 고립된 처지에 있었던 그에게는 하루하루가 고역이었다.

그의 처지를 이해하고 난 이케다 회장은 그 일이 사카모토 한 사람의 일이 아니라 전체 잔류고아들의 고민이라는 생각이 들었다. 서로 간의 이해가 필요하다고 생각한 이케다 회장은 얼마 후 무서운 현지 여론을 무릅쓰고 사카모토 씨와 함께 할빈으로 향했다. 그는 잔류고아들을 대표하여 그들의 고민과 처지, 울분을 토로할 수 있는 자리를 마련해달라고 텔레비전 프로그램 담당자에게 부탁했다. 두려움에 감히 앞에 나서지 못하는 사카모토 씨를 대변하여 잔류고아들에 대한 당시 일본 정부의 대우와 기구하다 할 만큼 고초를 겪고 있는 잔류고아들의 실제 생활에 대해 눈물을 흘리며 누누이 설명했다.

> "우리는 당신들을 잊은 적이 한번도 없습니다. 기다려주십시오.
> 우리는 지금 힘을 합쳐 일본 정부를 상대로 소송하고 있습니다. 꼭
> 좋은 소식이 있을 겁니다. 때가 되면 당신들의 자식 모두가 당신들
> 을 뵈러 올 겁니다."

열렬한 박수 속에서 양아들인 사카모토 씨와 양모가 만나게 되었고, 장내는 눈물바다에 잠겼다. 이해와 화해가 뒤엉키는 순간이었고, 모자 간의 정이 다시 끓어 넘쳤다.

중화인민공화국 창립 60주년을 맞이한 2009년과 항일 전쟁승리 70주년을 맞이한 2015년 이케다 회장은 그때의 약속대로 '감은단(感恩団)' 을 조직하여 할빈과 북경을 방문했다. 키워준 양부모를 찾아 인사를 올리고, 중국 인민에 대한 감사의 마음을 직접 전달하기 위해서였다.

또 하나의 약속이 있었다. 2007년 온가보 총리가 일본 방문길에 잔류고아들을 찾아주었다. 그때 총리에게 꽃다발을 드리면서 이케다 회장은 이런 말씀을 올렸다.

> "부모가 준 생명을 중국이 지켜주고 키워주었습니다. 우리는 절
> 대로 잊지 않을 겁니다. 꼭 보답하겠습니다."

2008년 사천성 문천현에서 지진이 발생했다는 뉴스를 접한 이케다

회장은 총리와의 약속을 떠올렸다. 지금이 바로 그 약속을 실천해야 할 시기라고 생각한 그녀는 각 지역의 잔류고아 대표들과 전화로 토론했다. 그들은 잔류고아 네트워크를 이용하여 일본 전국의 잔류고아들을 동원했다. 평소에 아껴 먹고 아껴 쓰던 돈이었다. 전차 한 역 정도는 돈을 절약하느라 걸어 다니는 사람들이 너나없이 선뜻 1만 엔씩 기부하기 시작했다. 지진이 발생한 후 5일 만에 500만 엔, 8일째 되는 날에는 1천만 엔이 모아졌다. 짧은 기간 내에 모아진 1,750만 엔을 들고 일본 주재 중국대사관을 찾아갔을 때 대사관 직원들은 선뜻 기부금을 받지 못했다. 그들의 형편을 너무 잘 알고 있었기 때문이다.

2년 후인 2010년 5월 잔류고아들이 기부한 기부금으로 사천성 미산시 인수현(眉山市仁寿县)에 '중일우호 태산촌 소학교'가 재건되었다. 기념식에 참석한 80명의 잔류고아들은 새롭게 컴퓨터 6대를 기증하고, 모든 학생에게 책가방과 필통을 선물했다. 이케다 회장 일행은 은공을 갚는 것이 사람의 도리라고 하면서 아이들에게 사회에 유용한 사람이 되라고 고무·격려해주었다.

현재 일본에 사는 잔류 일본인 고아들은 2,600명에 달하며, 대부분이 75세부터 88세 사이의 고령에 이르렀다. 인권문제, 노후대책, 2세, 3세 문제 등 많은 과제를 짊어진 채 역사의 또 다른 페이지를 써가고 있는 그들은 전쟁의 무서움과 잔인함을 존재 자체로 설명해주고 있다. 그들은 쟁탈과 박탈의 무서움과 잔인함을 전하는 동시에 인도주의적인 중국 양부모에 대해 대대로 일본인에게 전하여 오랜 전설로 남길 것이다.

● 후기

3년 전, 지인 한 분이 일본의 어느 연구소의 객원연구원으로 나를 추천하겠다고 연락을 해왔다. 재일 조선족에 관한 글을 많이 쓰다 보니 이름이 거론되었던 것 같다. 물론 나는 사양했다. 나에게는 대학교 본과 이상의 학위가 없으니.

결국 지인의 열성에 못 이겨 프로필을 보냈고 예상대로 심사결과는 보류로 끝났다. 그렇게 나는 원치 않게 정해진 결과에 대한 재확인을 하게 되었다.

26년 전의 예정대로라면 나의 프로필에는 일본 모 대학 예술학부 방송학과 석사라는 한 줄이 더 적혀 있어야 했다. 일본 모 연구소 연구원이라는 한 줄도 적혀 있었을지도 모른다.

난 여태 뭘 하며 살았던가? 우리말 방송작가인 내가 하고 싶었던 일, 잘할 수 있는 일을 제쳐놓고 왜 여기 외로운 땅에 왔던가, 더 성숙한 방송작가를 꿈꿨던 내가 왜 그 욕망을 내려놓았던가. 그때 아주 잠깐이었지만 학위 콤플렉스를 겪었던 일이 아직도 새롭다. 헌데 이 책을 내면서 그동안 내가 살아온 삶이 별로인 것이 아니었음을 깨달았다. 지난 세월에 후회를 묻고 온 것은 더더욱 아니었다.

남편이 나였고 아들이 나였던, 나의 전부가 내 가족에게 침투되어가는 동안, 점점 내세울 만한 것이 인생경험 뿐이었지만 나는 한 번도 움츠린 적이 없다. 나는 철저히 투명하게 또 다른 꿈을 꾸며 살았다. 가족과 함께 울고 웃고 견디고 즐기는 행복한 꿈이다.

7년 전, 이름 석자와 국적, 그리고 민족, 정체성 중 어느 하나에도 주춤하지 않고 당당하게 자기 소개를 하던 아들이 대기업에 취직했다. 때마침 『길림신문』 일본특파원이라는 자리가 나를 찾아왔다. 자식을 품 안에서 놓아줘야 하는 허탈감 따위를 느낄 겨를도 없이 20년 만에 듣는 기자라는 부름 자체가 나를 흥분시켰다. 나는 세상에 눈길을 돌리고 사람에 대한 감각을 자유롭게 풀어놓기 시작했다.

나는 나의 세포 속 어디에선가 그동안 막아놓았던 감성이 부풀어 올라오는 것을 발견했다. 블로그를 쓰기 시작한 것도 그때부터였다. 자유롭게 편한 말로 세상과 소통을 하고 싶어서였다. "오늘의 생각", "일본 사람", "일본 인상기" 등등 카테고리를 만들고 일기처럼 글을 올렸다. 우연히 그것을 읽은 중국의 신문사, 잡지사의 편집일군이 연락을 해왔고 나는 신문기사 외 "일본 인상기", "아키코 여사의 연변 추억" 등 개인코너로 글을 연재하기 시작했다. 지금 생각해보면 블로그가 이 책의 출발점이기도 하다.

목마른 사람이 물 마시듯 우직하게 읽고 쓰고 발표하는 동안, 코로나가 터졌다. 세상이 멈추고 만 것이다. 모든 행사가 정지되고 사람들은 뭔가를 의론하고 이루는 과정을 없앴다. 내가 20여 년 만에 뛰어든 논픽션의 객관 환경을 잃고 만 셈이다.

언제부턴가 글을 쓰지 않으면 배가 고프고 잠이 옅어졌다. 그것을 달래느라 우직하게 글을 붙잡고 실랑이를 했다. 문학지에 수필 20여 편을 발표하는 동안 점점 부풀어 오르는 봉선화 같은 핑크색 감성 또한 나는 참을 수 없었다. 때마침 재택근무가 시작되어 시간이 자유로워진 나는 대담하게 소설을 쓰기 시작했다. 2년간 이미 중단편 4편을 발표했다.

이 책은 3년이라는 인내의 기간을 거쳤고 책을 내려고 생각을 한 지 4년 만에 드디어 세상에 나왔다. 나의 일본 생활의 흔적이고 나를 비롯한 재일 조선족 1세들의 이야기이며 되찾은 내 글의 역사인 동시에 용솟음치는 내 감성의 흐름이기도 하다. 하여 나는 당시 썼던 그대로를 옮겼다. 부족함과 아쉬움도 함께 남겼다.

북한의 문법과 한국의 문법, 연변말 사이의 차이를 메꾸며 나의 모든 요구를 들어준 북코리아에 감사를 드린다. 단 한 번의 만남도 없이 무사히 책을 펴내게 되었다며 저자와 같은 마음으로 기뻐하시는 이찬규 사장님과 나의 수정 요구를 잘 전달해주신 김지윤 선생님은 꼭 한 번 찾아뵙고 싶다.

『일본에서 살기』네 번째 교정을 보던 어느 날 아침, 중국 조선족의 대표적인 문학 월간지인 『연변문학』의 김인덕 주필로부터 수상소식을 전해 받았다. 2021년에 발표된 중편소설 『사랑에는 국적이 있었다』가 제41회 "연변문학" 문학상 소설 '신인상'을 받았다는 놀랍고 반가운 소식이었다. 53살에 소설을 쓰기 시작한 내가 55살에 '신인상'을 받다니, 이제 일본에서 우리말로 글을 쓰는 늦깎이 작가로 더 커갈 일만 남았다.

2022년 11월 이홍매